U0932587

“学衡派”的身份想象

周佩瑶　著

海峡出版发行集团 THE STRAITS PUBLISHING & DISTRIBUTING GROUP | 福建教育出版社

图书在版编目（CIP）数据

“学衡派”的身份想象/周佩瑶著. 一福州：福建教育出版社，2013.10
ISBN 978-7-5334-6040-2

Ⅰ.①学… Ⅱ.①周… Ⅲ.①学衡派一研究 Ⅳ.①I209.6

中国版本图书馆 CIP 数据核字（2013）第 037983 号

“学衡派”的身份想象

周佩瑶　著

出版发行　海峡出版发行集团
福建教育出版社
（福州梦山路 27 号　邮编：350001　电话：0591－83706771
83733693　传真：83726980　网址：www.fep.com.cn）
出 版 人　黄　旭
发行热线　0591－87115073　83752790
印　　刷　福州华彩印务有限公司
（福州市福兴投资区后屿路 6 号　邮编：350012）
开　　本　890 毫米×1240 毫米　1/32
印　　张　7.25
字　　数　168 千
插　　页　1
版　　次　2013 年 10 月第 1 版　　2013 年 10 月第 1 次印刷
书　　号　ISBN 978-7-5334-6040-2
定　　价　22.00 元

如发现本书印装质量问题，影响阅读，
请向本社出版科（电话：0591－83726019）调换。

序

王富仁

周佩瑶是我的博士研究生，她的这部专著是在她的博士学位论文的基础上进一步修改加工而成的，这就有了在该书出版之际我不能不写篇序言的理由。

周佩瑶虽然是我的博士研究生，但那时我已经离开北京师范大学而来到汕头大学，在我的请求下，王德厚先生义务地担当起了指导我在京的博士研究生的任务。严格说来，鲍国华、彭小燕、周佩瑶几位博士研究生都是在王德厚先生的指导下完成自己的博士论文的写作的。所以，周佩瑶这部专著，首先应该请王德厚先生作序，他答应了，但又不放过我。我知道他的意思：对周佩瑶这部专著，我们都得表个态，都要给以力所能及的支持。

对于我的博士研究生的论文，我向来是不表示明确的褒贬态度的，但对周佩瑶这篇博士学位论文，我却不能不说，我是感到非常满意的。这里的原因有很多，但其中首要的一点，就是她敢于接触当前学术研究中存在的实际问题，敢于发表自己与前辈学者不完全相同的看法，并且立足于实证，立足于分析，做的是踏踏实实的研究工作，既不畏首畏尾，也不张扬跋扈。至少在我看来，这在当前的学术界，是难能可贵的。

关于周佩瑶的这篇博士学位论文，我想到了四个字的评语，即“思理朗然”。我们都是从爱好文学走上文学研究的道路的，大概在中学阶段，就是语文学得好，数学学得就差一些，所以写起文章来，情感的成分大，理性的成分小。有很多想法，都在空中飘着，落不到实处，也理不出一个清晰的思路来。周佩瑶的这篇博士学位论文，则没有这个毛病。外国有些学者，将社会科学论文的论证过程也称之为“演算”（我过去曾改用为“运演”），大概是说社会科学论文的论证过程也要像数学的演算一样严密，不能“打马虎眼”。我认为，周佩瑶这篇博士学位论文，是做到了这一点的。

原想写篇较长的序言，但因为生病，一直拖了下来，及至断断续续地写下来，又写得太长了，不适于当做序了。将这部书的出版拖了将近一年的时间，真是惭愧得很。

2013年8月20日于汕头大学文学院

目录

绪　论

1990年代以来，一直处于主流话语边缘，背负着“复古主义”和“反对新文化运动”之名的“学衡派”重新进入学界的视野。吴宓、梅光迪、胡先骕以及白璧德这些原本比较生僻的名字，渐渐成为现代文学研究的一个热点。关于“学衡派”的各种文章、论著、传记纷纷问世，论者主要从文化保守主义、人文主义[①]的角度来重新定位“学衡派”，重估他们在中国现代文化中的地位和作用。

1980年代末以前，海外学者已用“保守主义”或“文化保守主

① 白璧德的人文主义学说Humanism，与西方历史上通行的各种人文主义学说有一定区别，论者一般把白璧德所代表的人文主义称为新人文主义Neo-Humanism，但白璧德本人在其著作中基本不用Neo-Humanism，仍用Humanism一词，《学衡》杂志译介白璧德学说亦以人文主义名之。因此，本文在论述白璧德新人文主义时，出于行文方便，统一称之为白璧德人文主义。

义”来定位“学衡派”,[①] 但这种提法似乎并未在中国内地引起反响。内地的各种文学史仍将“学衡派”视为“文化战线上的封建势力”，坚持“反对一切新学说、反对介绍和借鉴近代西洋进步文学的反动立场”。[②]“在中国现代历史上，他们扮演了逆历史潮流而动的不光彩的角色”。[③] 1989 年，乐黛云在《中国文化》创刊号上发表《世界文化对话中的中国现代保守主义——兼论〈学衡〉杂志》一文。该文认为，与 20 世纪世界文化思潮（主要指西方文化思潮）相对应，20 世纪初期的中国文化启蒙运动也包括现代保守主义、自由主义和激进主义三种潮流，它们都是中国文化启蒙运动的重要组成部分。乐文为“学衡派”研究开启了一个新局面。此后，现代保守主义的提法得到越来越多研究者的赞同和继续阐发，相关文章主要有黄兴涛《论现代中国的文化保守主义者梅光迪》、贾振勇《世纪回眸——论五四文化保守主义者的文化关怀》、卢毅《世纪回眸——中国近现代文化保守主义的嬗变与传承》、高玉《论学衡派

---

① 司马长风将“学衡派”称为“保守派”，认为其对新文学的批评并非无的放矢，参见司马长风：《中国新文学史》，香港：昭明出版社，1980 年（初版 1975 年）。傅乐诗（Charlotte Furth）在为纪念“五四”五十周年所写的《五四的意义》一文中，把“学衡派”与章炳麟、王国维、辜鸿铭等并称为“保守主义”，同时区分了“学衡派”与后者在立场和方法上的区别。傅文参见周阳山编：《五四与中国》，台湾时报文化出版事业有限公司，1981 年（初版 1979 年）。在 1983 年初版（英文版）的《剑桥中华民国史》中，李欧梵用“文化保守主义”定位“学衡派”，史华慈等则采用“新传统主义”的说法，参见费正清主编，章建刚等译：《剑桥中华民国史》（第一部），上海：上海人民出版社，1991 年。

② 唐弢主编：《中国现代文学史》(一)，北京：人民文学出版社，1979 年，第 81～82 页。

③ 贾植芳主编：《中国现代文学社团流派》，南京：江苏教育出版社，1989 年，第 200 页。

作为理性保守主义的现代品格》等等。1999年，沈卫威的专著《回眸“学衡派”——文化保守主义的现代命运》出版，该书对“学衡派”进行较为全面的史料梳理，并从文化保守主义的角度对“学衡派”的三位主要人物梅光迪、胡先骕和吴宓进行个体分析，较为详细地呈现了作为文化保守主义者的“学衡派”在现代中国社会的生命历程。这些研究一方面大大丰富了我们对“学衡派”的认识；另一方面，如刘禾所指出的：把现代中国知识分子分成保守主义、自由主义和激进主义三派，这种做法本身就值得质疑，因为这样一来无异于将现代中国的历史简化为普遍的（欧洲的）有关进步之叙事的一个地方版本。[①] 保守主义的说法为沉寂多年的“学衡派”研究带来了另一种声音，为重新认识“学衡派”提供了一个新视角，而直接用欧洲的保守主义思想来对应“学衡派”，却在某种程度上对我们理解“学衡派”造成新的遮蔽。清代学者戴震有言：学者当不以人蔽己，不以己自蔽。近代以来，中国知识分子一直被一种与西方接轨（或曰与世界接轨，与国际接轨）的意识所牵制，这种接轨不仅体现于经济、军事、政治层面，更重要的是文化层面。为了追求文化上与西方的接轨，往往是西方有一种什么思想或思潮，我们就从中国的文化资源中寻找出相近的思想与之对应，并且不惜按照西方的模式来重新解读和塑造自己的文化。这种接轨意识所造成的不仅是以西方蔽己，同时，也是以己自蔽。

从人文主义的角度来研究“学衡派”，是近年来盛行的另一种方向。如段怀清的博士论文《新人文主义：美国与中国——欧文·

① 刘禾：《反思文化与国粹》，见宋伟杰等译：《跨语际实践——文学，民族文化与被译介的现代性（中国，1900～1937）》，北京：三联书店，2002年，第345页。

白璧德与〈学衡〉派知识分子群研究》[①]，从对新文学派与《学衡》派的论战进行历史性的梳理和描述入手，分别论述了欧文·白璧德的人文思想，以及对他的思想回应的《学衡》派知识分子群及梁实秋等人的主要思想及文学主张，梳理了他们与白璧德新人文主义之间的关系。同时，将《学衡》纳入到世界性的反现代化思潮之中予以考察，梳理了它的中国背景和特征，对《学衡》的"反现代化"主张多有肯定。旷新年在《学衡派与新人文主义》、《学衡派与现代中国文化》两篇文章中考察了"学衡派"与白璧德人文主义学说的理论联系，认为"学衡派"借助这种外国思潮为中国传统辩护，是新文化运动一种相反相成的力量；"学衡派"最早对现代性和启蒙主义进行批评，他们对于中国现代文化的思考有许多合理的因素。也有学者对这种"近于理想化的提升""学衡派"表示出一定的警惕，如李怡在《论"学衡派"与五四新文学运动》一文中，不仅着重澄清了"学衡派"与孔教派、国故派、甲寅派等复古派的区别，且认为"学衡派"既不能用文化保守主义或新人文主义来概括，也不是与新文化运动完全对立，实际上，"学衡派"与新文化运动的很多主张是相通的，必须将他们重新纳入到新文化建设的大本营加以客观地解读，对其粗暴的否定和过分的美化都是应该避免的。谭桂林的态度则比李怡尖锐得多，他在《评近年来对学衡派的重估倾向》一文中，批驳了从保守主义的角度充分肯定"学衡派"的论点，坚决反对扬"学衡"抑"五四"的做法。

此外，"学衡派"与东南大学的关系也是近年来"学衡派"研究中的一个焦点。高恒文的专著《东南大学与"学衡派"》（2002 年

① 论文来源于国家图书馆博士论文库。该文完成于 1999 年。

出版），梳理了东南大学的兴起以及“学衡派”在东南大学的活动，旁及“学衡派”的诗学理论及创作。

对《学衡》杂志本身的研究，是关于“学衡派”研究的另一个重要方向。王泉根是这方面的先行者，他较早对《学衡》办刊的始末及该杂志的生存状况进行具体考察，在 1990 年代初先后发表了《吴宓主编〈学衡〉杂志的初步考察》、《吴宓年表》、《吴宓主要著译目录》等重要文章。2000 年，沈卫威出版了他关于“学衡派”的另一专著——《吴宓与〈学衡〉》，以编年体的形式列出《学衡》各期的文章目录以及相关作者的背景，并根据《吴宓日记》，以吴宓为中心，梳理与《学衡》相关的一系列大小事情，促进对《学衡》杂志史料的整理。

“学衡派”以自己的方式承担着现代知识分子对中国现代文化建设的责任，应该以与新文化倡导者平等的姿态进入我们的研究视野，这是 1990 年代以来学界对“学衡派”的普遍共识。研究者从各种角度来重新解读和阐释“学衡派”，目的在于为“学衡派”重构一个“复古派”之外的身份，于是，文化保守主义者、新人文主义者、会通派、改良派等一件件比较温和、并带有肯定性的外衣被披到“学衡派”身上。随着“学衡派”研究的升温，“学衡派”这个概念的内涵和外延发生了重大变化。王国维、陈寅恪等曾在《学衡》杂志上发表过文章的学术大家开始被一些论者视为“学衡派”成员，这些在当时没有直接公开发文反对新文化运动的学术大师被排进“学衡派”的行列，无疑使评价“学衡派”的天平严重倾斜，容易导致对“学衡派”的另一种偏颇评价，走向与 1990 年代之前相反的另一个方向。对“学衡派”的不同界定，往往直接影响着对“学衡派”文化地位的阐释和理解。把在《学衡》上发表过文章的所有人都视为“学衡派”，是目前比较通行的关于“学衡派”的界定。这样一来，所谓“学衡派”的学术地位似乎得到极大提高，但与此同时，关于“学衡派”的很多论断，实际上并不能真正呈现《学衡》杂志以及“学衡派”的本来面目。

《学衡》杂志从创刊开始就是一本有着鲜明文学倾向的杂志，文学创作与文学批评是其中非常重要的一部分，此外，哲学、历史、经济、教育等其他人文学科的研究也是它的重要构成部分，其范围则涉及“国学”与“西学”。在《学衡》上发表过文章的人，来自以上各个领域，他们看待《学衡》的角度必定各种各样，他们介入梅光迪等《学衡》主将文化倾向的深浅程度也各自有别，并非所有在《学衡》发表过文章的人都认同《学衡》主将们的文学倾向和文化主张，若因此把在《学衡》上发表过文章的所有人都视为“学衡派”，可能会造成很多“冤假错案”。

一

本文认为，“学衡派”在现代文化中的身份，不能完全等同于《学衡》所有作者在现代文化中的身份，因此，认识“学衡派”，首先必须对作为一个流派的“学衡派”有所界定。“学衡派”作为一个流派出现，与《学衡》有着直接关系，而在《学衡》上发表过文章的所有作者是否都为“学衡派”成员，则是一个尚需进一步讨论的问题。界定“学衡派”，自然需要追溯“学衡派”这个概念出现和应用的历史，了解它本来的内涵和外延，此外，还须对“学衡派”和其他在《学衡》上发表过文章的人各自与《学衡》的关系进行具体辨析。这样才有可能尽量客观地认识“学衡派”和《学衡》，同时，其他曾经在《学衡》上发表过文章的人尤其是一些知名的学术人物，他们与“学衡派”的关系才能得到澄清。

1922年1月，《学衡》创刊号问世，由南京高师－东南大学[①]的教师梅光迪、胡先骕、吴宓、柳诒徵等人在南京编辑，上海中华书局发行。创刊号中，胡先骕的《评〈尝试集〉》和梅光迪的《评提倡新文化者》两篇文章，直接将矛头对准白话文运动及新文化运动，进行措辞激烈的否定性批评。此后，《学衡》对新文化－新文学运动的批评和反对一直延续到1933年该杂志终刊。面对《学衡》所掀起的反对声浪，新文化倡导者们，如周作人、鲁迅、胡适、茅盾等人都迅速予以回击。[②]

其中尤以鲁迅1922年2月9日在《晨报副刊》发表的《估〈学衡〉》（署名风声）一文至为重要，其中有言：“夫所谓《学衡》者，据我看来，实不过聚在‘聚宝之门’左近的几个假古董所放的假毫光；虽然自称为‘衡’，而本身的称星尚且未曾钉好，更何论于他所衡的轻重的是非。”[③] 在该文中，鲁迅逐一指出《学衡》第1期所发表的文章存在的各种文字上的毛病，并一针见血地道出《学

① 1920年12月，南京高师开始筹建国立东南大学。1921年10月，东南大学成立并招生上课。南京高师自1921年起即不再招生，俟其原有学生全部毕业后即并入东大。1923年6月，南京高师正式并入东大。合并之前，南京高师与东大共存，吴宓等既是南京高师教员，也是东大教员。参见朱斐主编：《东南大学校史》（第一卷，1902～1949），南京：东南大学出版社，1991年，第95～100页。

② 周作人1922年2月4日在《晨报副刊》发表《〈评尝试集〉匡谬》（署名式芬），针对胡先骕发表在《学衡》创刊号上的《评〈尝试集〉》一文进行学理上的批评。同日，胡适在日记中记述了对“梅迪生等”的《学衡》的看法，将《学衡》称为“《学骂》”。

③ 鲁迅：《鲁迅全集》第1卷，北京：人民文学出版社，1981年，第377页。

衡》创办者对自身身份定位的错误——以掊击新文化张皇旧学问自命，却于旧学并无门径，甚至连字句都不通。鲁迅的评价在很长时间内对后来的论者定位《学衡》与"学衡派"有着重要影响。

1922年10月2日，周作人在《晨报副刊》发表《恶趣味的毒害》（署名子严），对"'礼拜六'派（包括上海所有定期通俗刊物）"这种文学上的"反动"和"恶趣味"进行批评，同时，区分了这些"恶趣味"的反动与"'学衡'派"的反动，认为"这所谓反动并不是'学衡'派的行动。'学衡'派崇奉卢梭以前的思想，在最初的几期报上讲过一点笑话，但是比现在的反动思想要稍新，态度也稍正经，……他只是新文学的旁枝，决不是敌人，我们不必太歧视他的"①。周作人把"崇奉卢梭以前的思想"与"学衡派"直接关联起来，反映出新文化倡导者们心目中的"学衡派"，是有着特定思想倾向性的一个群体。由此可见，"学衡派"这一名称在当时已开始与胡先骕、梅光迪、吴宓等信奉白璧德人文主义学说的《学衡》主将们等同起来。另一方面，周作人把"学衡派"视为"新文学的旁枝"的说法，在当时并未成为新文学倡导者的一种共识。

1935年初版的《中国新文学大系·文学论争集》导言中，郑振铎将胡先骕、梅光迪、吴宓归入"复古派"，并称他们为"胡梅派"，该书第三编"学衡派的反攻"，"学衡派"是指《学衡》杂志批评新文化—新文学的几个主要人物。李何林先生在1939年出版的《近二十年中国文艺思潮论》中，也把创办《学衡》杂志的"梅

---

① 陈子善、张铁荣编：《周作人集外文》（上册），海口：海南国际新闻出版中心，1995年，第451页。

光迪、胡先骕、吴宓等几个留学生”称为“学衡派”。王瑶先生在1951年出版的《中国新文学史稿》（上册）中，也采用“学衡派”的称呼，称“以胡先骕、梅光迪、吴宓等为主”的“学衡派”是“标准的封建文化与买办文化相结合的代表”。1979年初版，唐弢先生主编的《中国现代文学史》，将《学衡》与《甲寅》并列为以“反动复古”为目的的“复古派”。

从“学衡派”作为一个特指名词出现，以及它在1980年代之前各种现代文学史及批评著作的使用来看，它所指涉的主要是《学衡》反对新文化一新文学运动的特定思想倾向和文化主张，并非针对杂志本身的全部内容。《学衡》“总编辑”吴宓1925年到北京清华学校任国学研究院主任后，研究院的导师王国维在《学衡》上发表过不少考古述学的文章，充实了《学衡》的学术含量。研究院其他导师梁启超、陈寅恪都在《学衡》上发表过文章。然而，从郑振铎、李何林到王瑶、唐弢等，他们在关于“学衡派”的文字中，都没有提及王国维、梁启超、陈寅恪这几个名字。显然，在他们的印象中，“学衡派”指的是在《学衡》上撰文反对新文化一新文学运动的部分人——以梅光迪、吴宓、胡先骕等几个《学衡》创办者为主，而非所有在《学衡》上发表过文章的人。“学衡派”这一概念在半个多世纪的使用历史中，一直被贴上“复古派”的标签，直接原因即在其批评白话文运动和新文化运动的立场。

1990年代以来，一些论者所界定的“学衡派”则包括所有在

《学衡》上发表过文章的人。[①] 这种说法根源于《学衡》创办时的一个不成文约定。《学衡》杂志社在成立之初，采取有别于一般杂志的组织方式，杂志的发起人梅光迪主张：

> 不立社长、总编辑、撰述员等名目，以免有争夺职位之事。甚至社员亦不必确定：凡有文章登载于《学衡》杂志中者，其人即是社员；原是社员而久不作文者，则亦不复为社员矣。[②]

这个“约定”在一些研究者那里，成为“学衡派”等同于《学衡》杂志所有作者这一界定得以建立的充分条件，关于“学衡派”这一概念的争论由此而来。这个约定用一种非常松散的方式规定了《学衡》社员的范围，表面看来是一种开放自由的姿态，实际上则是希望通过出入自由来壮大《学衡》的阵容，客观上有利于扩大

---

① 沈卫威与孙尚扬都把为《学衡》杂志撰文者一并视为“学衡派”，并通过凸现王国维、陈寅恪等学术大师的成就来彰显“学衡派”的学术成就及其在中国现代文化中的地位与价值，参见沈卫威：《吴宓与〈学衡〉》，开封：河南大学出版社，2000年，第17页。沈卫威：《回眸“学衡派”——文化保守主义的现代命运》，北京：人民文学出版社，1999年，该书辟专节论述了“‘学衡派’的后期成员”王国维投湖的文化意义。沈卫威在《我所界定的“学衡派”》（见《文艺争鸣》2007年第5期）一文中，从文化保守的精神这一角度对“学衡派”进行了更为广阔的界定，不仅以《学衡》杂志为阵地，还旁及南京高师—东南大学师生所办的一系列杂志，时空范围则延伸到1949年之后张其昀在台湾的文化活动。孙尚扬在《在启蒙与学术之间——重估〈学衡〉》一文中，把陈寅恪、王国维等都视为“学衡派”成员，由此大力张扬“《学衡》诸公在各个学术领域里的巨大贡献”，参见孙尚扬，郭兰芳编：《国故新知论——文化论著辑要》（代序），北京：中国广播电视出版社，1995年。

② 吴宓著，吴学昭整理：《吴宓自编年谱》，北京：三联书店，1998年，第229页。

《学衡》的势力。但从《学衡》的实际运作来看，这个“理想化”的“约定”从未明文出现在杂志上，许多在《学衡》上发表文章的人事先未必知道《学衡》有这种“约定”。根据一个大多数被约定者并不知情的“约定”而将所有《学衡》作者视为“《学衡》社员”，并给他们盖上“学衡派”的印戳，无疑是一种完全一厢情愿的做法。事实上，并非所有在《学衡》上发表过文章的人都愿意自认为“《学衡》社员”或“学衡派”成员，其中有些作者的文学倾向和文化主张，更是与吴宓、梅光迪等人相去甚远。如朱自清，作为吴宓执教清华时的同事，他曾在《学衡》第73期“文苑”发表过一首旧体诗，但他与吴宓等人的文学主张、文化倾向无疑有着天壤之别。再如陈寅恪，他从未公开表示认同梅光迪、吴宓等的文化倾向，更未在《学衡》或其他任何刊物发表文字批评新文化一新文学运动；作为吴宓的好友，他在《学衡》发表过文章，但他本人显然并不视自己为“《学衡》成员”。陈寅恪甚至屡次劝吴宓停办《学衡》，认为《学衡》对社会既无实际影响，也就没有存在的价值。若把陈寅恪也视为“学衡派”成员，并把他在学术上的成就包括在“学衡派”的学术成果之内，似乎太过牵强。

退一步讲，即使遵循这个“约定”，把所有在《学衡》上发表过文章的作者都看做是或曾是“《学衡》社员”，“《学衡》社员”仍不能等同于“学衡派”。虽然有些文人社团与流派存在直接对应关系，但并非所有的文人社团都能完全等同于流派，尤其是那些有着鲜明思想倾向或文化主张的流派，同一社团之内的人，其思想倾向和文化主张并非完全一致。中国历史上，文人结社的现象很常见，结社的起因各种各样，并非都是由于思想倾向和文化主张趋同，结社的目的也并非都是为了造成特定的思潮流派。若把社团与流派直接等同起来，容易造成社团研究与流派研究的混乱情况。朱寿桐先生指出："中国现代文学研究界对流派概念的把握总体上还是显得宽泛、模糊，在许多研究者那里，流派这一概念几乎可以涵盖任何一种作家群体和文人社团的全部外延，从而导致许多有价值的学术研究成果都常出现以流派研究取代社团研究的现象。"① 因此，对社团与流派进行区分和辨析，十分必要，这不仅有利于社团研究，也有利于流派研究。

研究者之所以在"学衡派"概念上发生争论，是由于有些研究者有意无意地混淆了作为一个流派的"学衡派"与作为一个松散群体的"《学衡》社"的区别。把所有在《学衡》上发表过文章的人都视为"《学衡》社员"，进而把"《学衡》社员"等同于"学衡派"，在当今的语境下，这样的界定，自然容易凸显王国维、陈寅恪等学术大师在"学衡派"中的地位和分量，并通过突出"学衡派"的学术贡献，淡化"学衡派"原来"假古董"、"复古派"的色彩。有论者甚至把吴宓、梅光迪这些在"国学"研究上并未真正有所建树的"学衡派"主将也视为"国学大师"、② 中国现代文化的"先知"，极力抬举"学衡派"在中国现代文化中的学术地位。这种做法，非但未能使我们更全面、更客观地认识"学衡派"，反而对我们重新认识"学衡派"造成更大的遮蔽，同时，也给王国维、陈

① 朱寿桐：《中国现代社团文学史》，北京：人民文学出版社，2004年，第9页。

② 与对梅光迪、吴宓、胡先骕这几个"假古董"的尖锐批评相反，鲁迅在1922年11月所写的《不懂的音译》中对王国维则大加肯定，认为"要谈国学，他才可以算一个研究国学的人物。"见《热风》，《鲁迅全集》第1卷，北京：人民文学出版社，1981年，第398页。

寅恪等人涂抹上一层暧昧的色彩。若王国维、陈寅恪是“学衡派”成员，则朱自清、梁启超自然也是“学衡派”成员了，那么，时下关于“学衡派”的任何论述可能都不适用于这个界定如此宽泛的所谓“学衡派”。

本文认为，作为一个流派的“学衡派”，是有着特定思想倾向性的一个现代知识分子群体，他们的倾向性包括两个方面：其一是反对新文化－新文学运动；其二是认同白璧德人文主义学说以及由其上溯的西方人文主义思想。其成员以梅光迪、吴宓、胡先骕、柳诒徵[①]及“柳门”弟子景昌极、缪凤林、徐震堮、向达等为主，旁及其他在《学衡》上撰文批评反对新文化－新文学运动、译介白璧德及西方人文主义、认同梅光迪等《学衡》主将的文化理想（或身份想象）的部分《学衡》作者，而非所有《学衡》作者。

界定和认识“学衡派”，不仅需要对他们与《学衡》的关系进行辨析，还必须始终结合“学衡派”出现的历史语境。仅从当下的语境来理解“学衡派”的理论主张，很难客观地认识这一知识分子群体的特殊文化命运，以及他们在反对新文化—新文学的姿态背后所蕴藏着的文化心态。重新认识“学衡派”，必须回到他们活动的1920～1930年代，并将其置于近代以来中国知识分子遭遇西方之后

---

① 柳诒徵在“学衡派”中是德高望重的人物，胡先骕、吴宓都对他极其敬重。柳不是留美出身，有过游学日本的经历。他在《学衡》上发表文章以专门“述学”的中国历史研究为主，间也兼及“国事与时局”，对当时的教育界、学术界加以评论，但“止于笼统指摘，绝不讦诋个人”，其作风与梅光迪、吴宓、胡先骕三位明显不同，《学衡》创刊后，新文化运动倡导者批评“学衡派”时基本没提及柳诒徵。因与梅光迪等接触的缘故，柳诒徵对白璧德的思想也较为认同，在文章中把白璧德视为“西方之大儒”，对其学说倍加称道。他在文化倾向上与其他三位《学衡》主将相当接近，因此，本文认为，柳诒徵也是“学衡派”重要代表人物之一。

重新寻求自我的历史进程中来考察。“学衡派”三位主将都有留学美国的经历，在美国接受过系统的现代学院教育，他们所谓的“复古主义”不仅体现着他们对中国近现代文化的“今”与“古”这一关系的理解，同时，还体现了他们对中国近现代文化“中”与“西”这一关系的理解。他们的文化主张，既有“复古”的成分，[①]也有“西化”的成分，并且，“复古”与“西化”在他们身上是一致而不冲突的。“学衡派”在中国现代文化中的身份因此显得复杂而耐人寻味，对“学衡派”的身份进行探讨和辨析，不仅能够拓展我们对新文化一新文学运动的理解，也有助我们深入了解中国现代知识分子所遭遇的文化困惑以及他们的文化境遇。

二

身份（identity，也译为认同）这一概念，近年来在西方的社会科学和人文科学领域如心理学、社会学和文学研究等领域被广泛使用。对身份问题的关注和研究是伴随着身份危机的出现而来的。身份危机（identitycrisis，也译为认同危机）作为一个心理学概念，指的是一个人无法根据他所在的社会环境来确立自己的身份时所出现的心理失调。这一概念在文化研究中主要指人的自我身份感或自我价值感、自我意义感的丧失，这种丧失往往发生在面对两种异质文化而生存的人身上。身份危机也被用于一个民族、一个国家，尤

① 关于“学衡派”的“复古主义”与康有为的孔教会，刘师培、黄侃、章炳麟、严复、林纾等的“国粹主义”，章士钊的《甲寅》其他同样被冠以“复古主义”之名的新文学“逆流”的区别，参见李怡：《学衡派与五四新文学运动》，《中国社会科学》1998 年第 6 期。

其是在现代化和全球化的进程中，发展中国家遭遇强势的发达资本主义国家，经济、政治、军事以及文化上的弱势往往造成发展中国家相应的身份危机。

一般来说，身份包括五种主要成分：1. 价值观念；2. 语言；3. 家庭体制；4. 生活方式；5. 精神世界。不同的研究者对身份的界定存在一定区别，往往由于各自对这几个成分所强调的重点不同。[①] 荷兰学者佛克马和蚁布思认为："一种个人身份在某种程度上是由社会群体或是一个人归属或希望归属的那个群体的成规所构成的。""个人身份就是由他或她的生理条件和智力以及他或她所掌握的成规构成的。既然在不同环境下必须要激活不同群组的成规，那么当一个人由追随一个群体而转向另一个时，他的身份看来会发生很多变化。"[②] 这个定义中的所谓成规（convention）大致涵括以上所言身份的五种成分，但佛克马和蚁布思显然更倾向于从价值观念和生活方式以及精神世界来理解身份问题；他们对身份的这种理解引发了不少中国学者的共鸣。西方一些后殖民主义理论家则更强调语言、话语在身份问题中的地位和作用。随着后殖民理论的兴起，发展中国家或生活在发达资本主义国家而有着发展中国家背景的知识分子，对发达资本主义国家在发展中国家的文化殖民开始保持警惕和质疑。萨义德的"东方主义"所描述的东方虽然是作者特定的"东方"，但他对西方文化话语霸权与东方文化的关系的尖锐剖析，

① 转引自饶芃子：《海外华文文学的新视野》，见《社会科学家》1998 年第 2 期，第 57 页。

② 〔荷〕佛克马、蚁布思著，俞国强译：《文学研究与文化参与》，北京：北京大学出版社，1996 年，第 120、121 页。成规（convention），原来指集合或集会，后来其词义引申为"协定"和"常规、习俗、惯例"，往往被视为一个中性的词来使用。

却给中国知识分子带来很大启发和鼓励，促使后者从文化身份的角度进一步探讨中国文化与西方文化在当下语境中的关系。

汉语中的“身份”（或身分）一词，在《辞海》中有两种含义：（1）人的出身、地位或资格。（2）模样；姿态。现在我们一般是在第一种含义中使用这个词。identity的汉译一般是“身份”，其意义与“人的出身、地位或资格”有一定对应性，但又不仅仅限于此。英语中identity一词的主要含义有：人或物不变的同一性或个别性；个体有别于他者的性格或人格；一种自身统一的状态；也即指一个人或一个物是其所是的状态。[①] 由此，我们可以看出，英语中“身份（identity）”的含义是通过与一个潜在的“他者”的区别而显现出来的。事实上，任何个体都是在与他者的关系中意识和确立自己的身份的，自我身份的建构总是隐含着一个相关的他者形象。

鸦片战争以来，中国便在文化上遭遇了所谓的身份危机，中国文化与西方文化的关系成为中国近现代知识分子无法回避的问题。鸦片战争之前，中国在自我想象中一直把中国以外的国家和地区都视为野蛮未开化的“夷狄”，中国则是天下的中心，是人类文明和文化的象征。随着鸦片战争爆发，原来在中国的想象中一直处于边缘的“夷”，却以技术先进武力强大的侵略者面貌出现，并以咄咄逼人不容抗拒的力量，把生活在万国来朝幻象中的“天朝上国”带进一个由“夷”（西方）主导的陌生世界。当作为世界中心的幻象被西方列强的炮火粉碎之后，中国如何在整个世界文化之中重新意

---

① identity的具体含义，参见 *Webster's Encyclopedic Unabridged Dictionary of The English Language*，Page950；*Longman Dictionary of the English Language*，Page728。

识自己的身份、如何面对西方文化的冲击和挑战而重新确立自己的身份？从魏源、林则徐开始，一代又一代的中国知识分子步入认识西方、寻找自我的艰难历程。随着对西方认识的不断深入，原来文化上的“中国中心主义”① 逐渐得到修正，对西方的每一次深入认识都伴随着对中国文化的重新反思。认识西方的过程，也是中国从传统的农业社会逐步向现代的工业社会转型的过程，在这个过程中，近现代知识分子开始游离于中国古代知识分子“修身齐家治国平天下”、“内圣外王”的最高理想身份——“圣人”之外，② 他们不得不在原来的文化基础上面对一种强势的异质文化而重新确立自我的身份。

“学衡派”处于中国知识分子的身份由古代型态向现代型态转变的交替阶段。较之民国之前的中国近代知识分子，这些在美国受过现代西式教育的留学生，他们对西方文化的认识，已不再停留于近代中国知识分子的“技”、“器”、“用”等经济、军事的物质层面，而是从物质到精神各方面都充分浸淫于西方文化中，备受后者熏陶和教化，这就决定了他们对自我的认识和对文化的理解是在两

---

① “中国中心主义”的说法参见费正清、刘广京编，中国社科院历史研究所编译室译：《剑桥中国晚清史 1800－1911 年》，北京：中国社会科学出版社，1993 年。

② 余英时认为，西方学术界所谓的“知识分子”，除了献身于以某种知识技能为专业的工作以外，同时还必须深切地关怀着国家、社会，以至世界上一切有关公共利害之事，而且这种关怀又必须是超越于个人（包括个人所属的小团体）的私利之上的。所以，有人指出，“知识分子”事实上具有一种宗教承当的精神。西方人所界定的“知识分子”的基本性格和中国的“士”极为相似。孔子所最先揭示的“士志于道”便已规定了“士”是基本价值的维护者。“士”作为一个担负着文化使命的特殊阶层，在中国历史上发挥着“知识分子”的作用。见余英时：《士与中国文化》自序，上海：上海人民出版社，1987 年。本文对“知识分子”的用法借鉴余英时的界定，并以“圣人”来指称中国传统知识分子的理想身份。

套不同系统的文化共同作用下发生的，他们的任何一种文化选择首先体现为对这两种异质文化关系的处理。因此，尽管“学衡派”在文化态度上给人以“复古”或“保守”的印象，但他们既不同于中华民国之前的一切“复古派”，也不同于西方文化语境中任何类型的“保守派”。最为明显的一点是，他们虽然有着反对新文化—新文学的恶名，仿佛是一种阻碍中国文化进步和发展的反动势力；但实际上，他们与“五四”新文化倡导者的对立不在于是否要发展新文化、引进西方文化，而是要按照什么标准来发展新文化、引进和借鉴西方文化。

无论是被冠以“复古主义”之名，还是“新人文主义”、“文化保守主义”之名，关于“学衡派”的表述，总是脱离不了他们的留学生身份。这一身份又直接关联着他们所崇奉的美国导师白璧德。“学衡派”的文化主张之所以是“复古”和“西化”的二位一体，根本原因在于他们是以白璧德的人文主义学说为标准来了解西方文化和重估中国文化，建构自己的文化身份——以西方知识分子的理想身份“人文主义者”和儒家知识分子的理想身份“圣人”为旨归。[①] 白璧德所理解的“人文主义者”是相对于“人道主义者”而言的，在他看来：“一个人如果对全人类富有同情心、对全世界未来的进步充满信心，也亟欲为未来的进步这一伟大事业贡献力量，那么他就不应被称作人文主义者，而应被称作人道主义者，同时他所信奉的即是人道主义。……人文主义者所关怀的对象更具选择

---

① 在吴宓等人的文章中，提及中国古代或西方古代理想形态的知识分子如孔子、苏格拉底、亚里士多德等，常用“先圣”、“圣贤”、“圣人”、“大哲”等，这几个称呼用法等同，本文统一用“圣人”（sage），该词在“学衡派”的使用中，与白璧德所界定的“人文主义者”同义。

性。”“人文主义者感兴趣的是个体的完善，而不是全人类都得到提高那种伟大蓝图；虽然人文主义者在很大程度上考虑到了同情，但他坚持同情必须用判断来加以制约和调节。”[①] 在“学衡派”看来，白璧德所谓“人文主义者”正是孔子所说的“圣人”[②]。吴宓认为：

> 人文主义＝个人之修养与完善。
>
> 圣人（仁＋智）＝the Ideal Man. 理想的人。
>
> （出类拔萃）＝the best，the most perfect，the most fully realized Man. 最佳、最完善，充分实现了自我的人。[③]

对“学衡派”而言，中西知识分子的这两种理想身份本质上是一致的、相通的——这种相通和一致已由白璧德人文主义所证明。从“学衡派”在现代文化中的实际命运来看，他们的身份建构与当时的中国社会现实显然存在一定错位，其理想色彩更浓于现实色彩；同时，这种身份建构包含着“学衡派”对中西文化关系的特定理解和阐释，具有一种鲜明的跨文化特征，因此，本文以身份想象

---

① 〔美〕欧文·白璧德著，张沛、张源译：《文学与美国的大学》，北京：北京大学出版社，2004年，第7页。

② 按照李零对《论语》的解读，他认为孔子所讲的“圣人”是带有复古色彩的概念。圣人都是死人，没有一个是活的。当圣人，要有两个条件：一是聪明，天生聪明；二是有权，安民济民。参见李零：《丧家狗——我读论语》，太原：山西人民出版社，2007年，第342页。

③ 吴宓著，王岷源译：《文学与人生》，北京：清华大学出版社，1993年，第15页、第147页。

命名“学衡派”的身份建构。①

在“学衡派”看来，发展中国新文化，实现中国自强自立，必须首先融会贯通中西文化的精华，遵循孔子、柏拉图、亚里士多德等中西大哲圣贤的“圣道”：“夫圣道者。圣人之道也。译言 the truth that is taught by the sages。出类拔萃之人 Ideal man 谓之圣人。故不特孔子之道为圣道。而耶稣释迦柏拉图亚里士多德等之所教皆圣道也。”②“学衡派”之所以视“圣道”为发展中国新文化的“正道”，与倡导人文主义学说的白璧德对他们的传道有着直接关系。从他们的实际应用来看，“圣道”即等同于白璧德的人文主义，“圣人之道”即是白璧德的“人文主义者之道”。鉴于“学衡派”要向国人宣扬的是经西洋文化所检验证明的“新文化”，他们在《学衡》中论及“圣人之道”，主要采用来自西洋的“人文主义”之名。他们对自我文化身份的预设和期待，即是成为维持“圣道”、传播“人文主义”的“圣人”和“人文主义者”。

---

① “想象”一词的用法对比较文学的形象学研究有所借鉴。形象学主要研究某国某民族文学作品中的异国异族形象问题。作家对异国异族形象的理解不是直接的，而是通过作家本人所属社会和群体的想象描绘出来的，这种想象包含着自我形象与他者形象的关系，由于作家在对异国异民族的塑造中，必然包含着对自我民族的对照和透视，因而，探究这种想象的发生及其所蕴涵的文化差异和冲突，成为形象学研究的一个重点。具体参见刘洪涛：《对比较文学形象学的几点思考》，见《北京师范大学学报》（社会科学版）1999 年第 3 期。

② 吴宓：《论新文化运动》，《学衡》第 4 期。引注：《学衡》不采用现代标点符号，本文凡涉及引用《学衡》文章处，一律沿用原文，以“。”断句。

三

“五四”这一代中国知识分子，尤其是有着留学欧美国家经历的知识分子，他们的留学背景对他们思考文化问题有着至关重要的影响。与同样留学美国的胡适一样，梅光迪等人从他们对西方文化的理解中获得一种看待中国文化的新视角，只不过胡适选择了杜威实验主义的视角，梅光迪等人则选择了白璧德人文主义的视角，不同视角的选择，决定了他们对西方文化的不同接受，反过来也影响着他们对中国文化的理解。梅光迪、吴宓等人对白璧德人文主义学说的理解和接受，自然存在一定误读、偏差以及想象的成分，并按照自己的需要而有所取舍地接受。[①] 但是，白璧德所表现出来的“国际人文主义者”姿态，无疑使得白璧德视野下的西方文化对这些来自没落中国的留学生具有强大的吸引力和说服力。白璧德把孔子与苏格拉底、柏拉图、亚里士多德、佛陀、耶稣等人的思想综合为他所界定的人文主义，勾勒出一幅天下一家的文化版图，并指出20世纪中西文化的发展必须以这种注重理性、节制、自我修养的人文主义为方向，才能拯救人性的堕落，纠正现代文明的错误发展方向。他的学说中包含着对孔子所代表的儒家文化的高度肯定，这

① “五四”一代知识分子对西方文化的接受，实际上都是按照自己的需要和理解，对其进行选择和取舍，甚至进行创造性改造，并非原汁原味全部移植。胡适对杜威实验主义哲学的接受也如此：“在他的心中，实验主义的基本意义仍在其方法论的一面，而不在其是一种‘学说’或‘哲理’。……他只强调实验主义是达尔文在哲学上的应用，因而使人觉得它是最新的科学方法。”余英时：《中国近代思想史上的胡适》，见《现代危机与思想人物》，北京：三联书店，2005年，第160页。

种肯定像磁石一般吸引了梅光迪、吴宓等原来即为孔子信徒的中国留学生，增强了他们对中国文化的信心；同时，也使得他们自觉以白璧德的视角来看待中国文化与西方文化的关系，通过白璧德的人文主义学说来想象中国在世界文化中的身份。在白璧德看来，只有按照“人的法则”（law for man，《学衡》中译为人事之律）行事的真正的“人文主义者”，才能解救现代社会因为一味遵循“物的法则”（law for thing，《学衡》中译为物质之律）而导致人欲横流、道德沦丧的社会危机；而孔子、柏拉图、亚里士多德、耶稣、佛陀这样的中西大哲正是这样的“人文主义者”，现代中国文化要获得真正的发展，避免重蹈西方国家的覆辙，就必须紧紧追随这些大哲圣贤的脚步，按照人文主义的原则来规划中国现代文化的发展。“学衡派”正是在白璧德的指引下找到了他们发展中国新文化的“人文主义”方向。

白璧德的人文主义学说，对于梅光迪等中国留学生，显然成为中国文化与西方文化的接轨点。通过这个接轨点，他们顺利消解了中西文化的差距和冲突，并在白璧德的思想体系内对中西两种文化进行互相阐释互相证明，从而将中国传统知识分子理想主义的“圣人”身份期待与西方知识分子的“人文主义者”身份融合在一起，从白璧德人文主义的角度为自己确立了一种融合中西文化古典主义原则的身份想象。在这种身份想象指引下，才有了1922年《学衡》杂志的诞生。其时新文化运动在国内已蔚然成风，梅光迪、吴宓、胡先骕这些留美归来的留学生，却坚定地为自己选择了一个反对派的角色，这自然是由于他们特定的身份想象所赋予他们的特殊文化使命感。他们在中国现代文化中的命运自此与《学衡》这本杂志紧密地结合在一起，《学衡》是他们身份想象的具体实践，也是他们在中国现代文化中的境遇的象征。考察“学衡派”的身份想象，自然离不开对《学衡》的具体了解，但是，对《学衡》的评价不能完全等同于对“学衡派”的评价，反之亦然，关于“学衡派”的任何论断，不能完全适用于《学衡》所有作者。

本文从分析“学衡派”“人文主义者”与“圣人”的身份想象的形成入手，通过梳理“学衡派”与他们身份想象的载体——《学衡》的关系，具体考察“学衡派”在其特定身份想象指引下所展开的文化实践，以及在这过程中所显现出来的身份想象与中国现代文化语境的错位，力图尽量客观地看待“学衡派”这些留美学生在中国现代文化中的地位与贡献。

第一章　留美体验与“学衡派”身份想象的发生

第一节　“学衡派”的留美体验

鸦片战争之后，随着中国作为世界中心的自我幻象被西方列强击碎，中国知识分子不得不在自我与西方这一关系中思考中国的命运，确立自身的文化身份。不同世代的中国知识分子对这一关系有着不同体认，也作出了不同的文化选择。

近代知识分子一方面需要通过学习西方、与西方打交道来拯救中国，另一方面又必须竭力排除经济、政治的西化对中国原有价值观念的冲击乃至瓦解，确保中国文化身份的完整，因此，他们在面对西方时的心理往往比较矛盾、复杂。这种复杂心理与其中国传统知识分子身份直接相关。传统知识分子所坚持的以“道”为本、以“器”为末的观念，使得他们在面对西方时总是无法避免道器之辨的问题，对西方的每一次认知和接受都必须首先明确它是属于“道”的层面还是属于“器”的层面。现实的惨痛教训，使得近代知识分子明白中国要在世界上重新屹立起来，就不得不向作为入侵者的西方列强学习；但是，文化上的“中国中心主义”的自我想象仍然牢牢地控制着他们当中绝大部分人的思维方式，使得他们总是倾向于从“技”、“器”、“用”的层面来理解西方文化，以“中学为体，西学为用”作为处理中国与西方的关系的基本原则。确定了这一原则，近代知识分子也就顺利解决了在处理自我与西方这一关系时所面临的两难处境，既能在经济、军事、政治上坦然学习西方、摹仿西方，同时，又保住了自己的文化自尊。在近代知识分子的想象中，西方尽管在物质方面比中国强大先进，但在文化上仍不能与有着悠久传统的中国相提并论。这种人为割裂道器关系或体用关系的错误认识论，以及由此所造成的对西方的错误定位和想象，无疑干扰了19世纪下半叶中国知识分子对自我身份及中国文化身份的认知，影响了他们对中国所遭遇的问题的有力解决。

“学衡派”这批生于清末、长于民初、留学海外的知识分子，是从思想文化的层面来体认自我与西方这一关系的。较之先前的中国知识分子，他们这一代的知识分子具有一种自觉的跨文化视野，力图通过融会贯通中国文化与西方文化，确立一种发展中国新文化的方案。留学经历使得他们对西方文化有着多层面多角度的体验，通过这种体验，他们对西方文化作出自己的判断和选择。留学体验反过来也影响了他们对母体文化的认识，他们不仅从自我的视野来思考中国文化，同时，也从西方这个他者的视野来看待中国文化。他们的文化方案或文化理想，具有鲜明的留学生文化特点。如王富仁先生所指出：

> 就总体而言，中国20世纪文化就是留学生文化。……这种文化的基本性质是比较文化，是在中外文化的比较中形成并发展的，从基本概念到整个文化体系实际都是比较文化性质的，它锁定与融合了中外文化，使中国文化与外国文化交织在

一起，无可回避地组织进了世界文化的总体格局。[①]

“学衡派”的身份想象正是中外文化融合的结果，他们不仅以源自西方文化的“人文主义者”自居，也以中国传统知识分子的理想身份——“圣人”自期，他们通过调和这两种身份背后所蕴含的文化原则来确立自己在中国现代文化中所要承担的角色。与胡适、鲁迅等新文化运动倡导者从西方获得对中国传统文化的批判性眼光不同，“学衡派”从西方所找到的是对中国传统文化的认同。这种认同有别于“复古派”的完全排外，而是借助一种西方的理论学说——白璧德的人文主义学说得以实现的。白璧德的学说，不仅是他们接受西方文化的视点和标准，也是他们重估中国传统文化的价值尺度。因此，尽管“学衡派”在很长时间内被视为“复古派”，但他们貌似“复古”的文化主张实际上也是“西化”的一种表现。只不过他们的“西化”与胡适的“西化”取不同方向。造成这种差异的原因，一方面是个人性格和成长环境的差别，另一方面是他们与胡适在留美期间各自所接受的西学不同。

中国现代文化发展的中坚力量可分为留日学生（也称留日派）和留英美学生（也称英美派）两大支。他们各自在现代文化中充当着不同的角色，留日派的成就主要在文学创作和文学理论建设方面，现代文学的重要作家几乎都有留日的背景；英美派的成就主要在学术和教育方面，现代中国的学院派知识分子大多有留学英美的背景。这种不同，除了个人天赋、性格、现实遭遇等因素外，从总

① 王富仁：《影响21世纪中国文化的几个现实因素》，见《王富仁自选集》，桂林：广西师范大学出版社，1999年，第63～64页。

体上看与其留学国家、留学方式也存在一定关系。

吴宓、梅光迪与胡适同属庚款留美生。庚款留美计划的形成，直接来自20世纪初中国驻美公使梁诚就庚子赔款问题与美国外交斡旋的成功，也与美国对中国文化侵略（即我们后来所谓的“和平演变”）的长远意图有关。当美国决定退还中国部分庚子赔款并提出将其用于派遣中国学生赴美留学时，一般国民多少对美国怀有感激心理，同时当然也有一定的耻辱感。胡适、梅光迪、吴宓这些庚款留美生对美国的感情和态度，与郭沫若、郁达夫等留日学生对战胜国日本的心态，二者有着微妙的区别。作为庚款官费留学生，他们享有很多留学的优惠政策，可以自由择校，[①] 生活费用优越，甚至比大多数美国同学经济宽裕，[②] 没有后顾之忧（胡适留学期间经常从生活费中挤出一部分寄回国奉养寡母，吴宓则从生活费中拿出一部分资助国内的朋友），在美国接受系统的正规学院教育，普遍拿到硕士学位、博士学位。与留日学生相比，留美学生的留学境遇可谓养尊处优。留日生的情况总体上比留美生复杂，除了部分公费留学生，还有大量的自费留学或游历的留学生，他们的经济状况

---

① 胡适、梅光迪、吴宓等在留学美国期间都有转学的经历。庚款留美生到美国所入学校和专业，由负责庚款留学的机构或清华学校结合学生的意向而指定（这种指定主要是从国家建设需要出发，专业多限于“实学”，往往并非真正出于个人意愿。胡适初到美国即被安排入康乃尔大学习农科，此非其所长也非其所愿，很快，胡适即转入该校的文理学院改习文科，后来又转入哥伦比亚大学追随杜威习哲学），但这种指定只限于去美国后的第一学年，第二学年，则每人均可自由选择学校，一切费用仍属官费。参见吴宓著，吴学昭整理：《吴宓自编年谱》，北京：三联书店，1998年，第184页。

② 参见吴宓著，吴学昭整理：《吴宓自编年谱》，北京：三联书店，1998年，第184页所载：“宓以有清华公费，其经济实比大多数美国同学宽裕。”

——即使是公费留学生——普遍不如留美学生的稳定和优越，他们的流动性更大，层次更复杂，并非像留美学生那样主要以学位和学术为目的，留日学生中很少有人在日本拿到硕士、博士学位。

甲午战争后到 20 世纪初，中国形成了一个不断升温的留日高潮。据统计，1900 年之前中国每年留日的人数不满千人，1906 年、1907 年的留日人数则超过万人。[①] 直到抗日战争爆发之前，日本都是中国留学生人数最多的国家。留日高潮的出现，甲午战争是最直接也是最强烈的刺激因素，另一个原因则是地理因素。较之英美国家言，日本离中国近得多，留日费用也更低，有利于更多人自费留学。[②] 到一个给自己国家带来巨大屈辱的异国留学，必定要承受极大的心理压力和挑战。甲午战争后，日本长期以来对中国存在的敬仰之情消失殆尽，取而代之的是对中国的极端蔑视和鲜明的民族优越感，在“支那人”面前，他们俨然是亚洲最优等的民族。留日学生在日本是“被欺凌与被侮辱的”劣等生，很难获得日本同学以及一般日本民众的尊重，如郭沫若所言：“我们在日本留学，读的是

① 参见郑春：《留学背景与中国现代文学》，济南：山东教育出版社，2002 年，第 82 页。

② 张之洞《劝学篇》提出：“明时势，长志气，扩见闻，增才智，非游历外国不为功也。”“至游学之国，西洋不如东洋，一，路近省费，可多遣；一，去华近，易考察；一，东文近于中文，易通晓；一，西学甚繁，凡西学不切要者，东人已删节而酌改之。中东情势，风俗相近，易仿行，事半功倍，无过于此。”参见舒新城编：《中国近代教育史资料》，北京：人民教育出版社，1985 年，第 963～965 页。以上所列均为留学日本的客观便利条件，直接刺激仍在于日本明治维新后的“雄视东方”和甲午战争，而在明治维新中发挥重要作用的是一批留学西洋的留学生，这一点也是张之洞等了然于心的，因此，原来的“蕞尔小国”日本便成为大清帝国取法的对象。

西洋书，受的是东洋气。”① 中国留日学生在日本所受的屈辱和歧视，在郁达夫的小说《沉沦》中得到了饱含血泪的表达。鲁迅对国民性问题的深刻思考，也与其留日体验有直接关系。留学生的祖国与留学国家的历史关系和留学生的现实境遇，对留学生的文化选择和文化追求，往往有着直接的刺激作用。留日学生尖锐而冷酷的日本体验，使得他们对个人命运与祖国命运的关系有着更深的认同，因而更加迫切地反思祖国存在的问题，以及中国人的民族性格问题。

相比较之下，留学英美的学生，不像留日学生那样直接经受着各种强烈的屈辱和痛苦。胡适、吴宓等人留学美国时，正属于美国人对中国的印象和看法较宽厚和包容的“仁慈时期”，② 中国留学生无论在校内还是在校外，都受到美国人比较热情的接待。与同时期的留日学生相比，20 世纪初留学英美的中国学生，他们的留学环境更为平和、学院化，他们与他们的英美同学一样充分享受着校园

---

① 郭沫若：《三叶集》，见《郭沫若全集》（文学编）第 15 卷，北京：人民文学出版社，1990 年，第 140 页。

② 根据美国学者哈罗德·伊罗生的看法，美国人对中国人的总体印象和看法可分为以下几个时期：“1. 崇敬时期（18 世纪）2. 蔑视时期（1840－1905 年）3. 仁慈时期（1905－1937 年）4. 钦佩时期（1937－1944 年）5. 幻灭时期（1944－1949 年）6. 敌视时期（1949－）”参见〔美〕哈罗德·伊罗生（Harold R. Isaacs）著，于殿利、陆日宇译：《美国的中国形象》，北京：中华书局，2006 年，第 43～44 页。

生活的乐趣，经常得到“校园内知名的教授学者们的温情和招待”，[1] 得闲则呼朋引伴到江边“辟克匿克”——“树下石上好作筵：牛油面包颇新鲜，家乡茶叶不费钱。吃饱喝胀活神仙，唱个‘蝴蝶儿上天’！”[2] 如此惬意的留学生活，胡适们自然不怎么感觉到弱国子民在强国面前的不平等了。

有着留日经历的现代作家如鲁迅、郁达夫、郭沫若等，都留下关于留日时的屈辱体验的文字。而在胡适、徐志摩、吴宓那里，他们关于留学时期的记忆却是温情脉脉，且终其一生都对其留学国家及其异国导师怀着深挚感情，如吴宓对白璧德，胡适对美国及杜威。胡适与吴宓的留学日记，记载的是对西方风物的享受和对西方文化的倾倒，找不到郁达夫式的血泪控诉。徐志摩的《再别康桥》更是对他的留学生活一往情深，眷恋不已。优裕的生活、友好的氛围，使得胡适们能够躲在西洋的学院里从容接受西方文化的教育与熏陶。身处异国的他们也有热烈的爱国之情，然而，与留日学生的热切激越相比，他们更能沉浸于自己所选学的专业、所崇拜的西方某种思想学说之中，亲近于文字，而远离现实生活中人与人的挣扎与奋斗。

学院化的留学体验，使得胡适、吴宓等人与祖国现实存在一定

---

① 唐德刚译注：《胡适口述自传》，台湾远流出版社，2005年，第55页。另参考该书第72页唐德刚注：“胡先生那一辈的留美学生，可以说全是中国士大夫阶级里少爷小姐出身的。他们漂洋过海，又钻进了美国WASP（引注：WASP是White Anglo-Saxon Protestant的缩写，即白人盎格鲁撒克逊新教徒，指美国中上阶层的精英群体及其文化、习俗和道德行为标准。）的社会里来，心理上、生活上，一拍即合。”

② 胡适：《留学日记》卷十四，见《胡适全集》第28卷，合肥：安徽教育出版社，2003年，第445页。“辟克匿克”是胡适译法，原文picnic，意为野餐。

的隔膜。胡适晚年的弟子唐德刚在记录《胡适口述自传》时便深有感慨："庚款留学生是近七十年来我国建国的栋梁之材。但是这些栋梁和一般中国老百姓距离多远啊!"① 胡适们与一般的美国社会现实离得也比较远，事实上，这些就读于常春藤盟校②的中国学生并没有真正接触到美国社会更广阔更真实更冷酷的一面。他们的视野往往囿于校园内，交际范围主要是中国留学生，与美国学生较少接触。吴宓在哈佛大学求学三年，"然每日所与往来、接触者，皆中国朋友，所谈论者，皆中国之政治、时事以及中国之学术、文艺。盖不啻此身已回到中国矣!"③ 即使在中国留学生之间，更多的也是生活上的交往和学理上的交流，很少有像留日学生那样在一个相同的社会目标下联合起来、共同奋斗的实践经历，留美学生的革命传统实在极为薄弱和淡漠。

胡适在留美期间对美国的政治活动热情关注（不全是现实关注，而更是出于对美国竞选制的一种研究兴趣），且热衷于四处演讲，对美国式的生活充满兴趣，但他和其他留美学生都对一般的美国社会以及美国下层的华人生活遭遇相当隔膜，他们留学时，华工在美国社会所受到的严重歧视和迫害便不为这些在学院内诗酒唱和的留学生所注意了。留美学生普遍不像留日学生那样总是从个人的遭遇中感受到祖国的命运与个人的命运是一体的。1915 年，因日本

---

① 唐德刚译注：《胡适口述自传》，台湾远流出版社，2005 年，第 113 页。

② 常春藤盟校由美国东北部七所大学和一所学院组成，包括哈佛大学、普林斯顿大学、耶鲁大学、哥伦比亚大学、康乃尔大学、布朗大学、宾州大学和达特茅斯学院。

③ 吴宓著，吴学昭整理：《吴宓自编年谱》，北京：三联书店，1998 年，第 175 页。

强迫中国政府签订丧权辱国的“二十一条”，留日学生有近4000人集体罢学归国，抗议日本的侵华行径和袁世凯的卖国行为。[①] 留美学生对“二十一条”的反应虽然不像留日学生那么激烈和直接用实际行动表示抗议，但也就此在留美学生所办的《留美学生月报》上展开热烈讨论，提出对日作战的口号。尽管这只是一帮远离祖国的书生“纸上谈兵”的行为，但在冷静的胡适看来却已是“失去理智”、得了“爱国癫”。在留美学生各种组织和活动中向来都是活跃分子的胡适，因此写下《致留学界公函》，呼吁大家：“在此危急关头，情绪激动是决无益处的。激动之情绪，慷慨激昂之爱国呼号，危言耸听之条陈，未尝有助于国。吾辈自称‘学子’、‘干材’，若只是‘纸上’谈兵，则此举未免过于肤浅。以余观之，吾辈学子，远去祖国，当务之急，当以镇静处之。让吾等各就本份，各尽责职；吾辈之责任乃是读书学习。不可让报刊上所传之纠纷，耽误吾辈之学业。”[②] 胡适的“镇静”意见引起其他一些留美学生的愤慨，但胡适之所以在此关系祖国存亡的紧急关头，仍能作此镇静语，足见留美学生的环境何等平和。留美学生尽管也关心祖国命运，但毕竟距离太遥远，不像留日学生那样对祖国的命运感同身受。种种原因结合在一起，使得留学英美与留学日本的中国学生各自思考问题的态度有所区别，就总体倾向而言，前者是温和的、学理化的，后者则是激越的、社会化的。

留学体验对“五四”这一代的知识分子，有着至关重要的影

---

① 李喜所：《中国留学生与五四运动》，《神州学人》1999年第5期。

② 胡适：《留学日记》卷九，见《胡适全集》第28卷，合肥：安徽教育出版社，2003年，第89～90页。

响，他们对待西方的态度与近代知识分子有着明显的区别。近代知识分子在文化上始终未能摆脱“天朝上国”的心态，不论洋务派、维新派还是革命派，他们对西方的认识都未能真正深入到思想文化的层面，他们想象中的西方，只是在军事、经济、政治上比中国发达而已，至于文化，自然不足与我中华文化相提并论。“五四”这一代的知识分子，是在近代中国知识分子认识西方的基础上起步的，他们当时都有着救国自强的朦胧理想，并以学生的身份感受体验着西方的生活与文化，把近代知识分子对西方的认识推进到思想文化的层面，超越了近代以来中国知识分子强行割裂文化体用关系的“中体西用”思维模式，把西方文化视为一个与中国文化平等（甚至优越）的独立文化系统。西方这个他者，第一次以完整的面貌进入中国知识分子的视野，自我（中国）与他者（西方）的关系，自此被中国知识分子纳入比较文化的角度来看待。他们因此突破了近代知识分子的自我想象和西方想象，不再如后者仅从中国的角度来看待西方、想象西方，同时也借助西方这个他者的视角来反观自身的文化，重新认识自我。西方人的中国想象因此介入到中国人的自我想象中来，并对后者产生深远的影响；然而，中国知识分子始终是从中国人的立场来思考中国文化的发展问题，因此，他们对西方视角的选择和借鉴，往往是从自身的需要出发，与他们原来的倾向性直接相对应。

吴宓、梅光迪、胡先骕都是士大夫阶层出身，出国之前生活境遇比较安稳优越，且都接受过系统的中国旧式教育，梅光迪和胡先骕还应过童子试。他们原是按照中国传统知识分子的模式培养起来的，传统士大夫以天下为己任的意识在他们身上有着明显的延续。梅光迪和吴宓留美期间以文学为专业，他们自觉关心中国文学及文化的命运是理所当然的。胡先骕留美期间所学的专业是植物学，他对中国文学及文化也有着自觉的关心和担当意识。这不仅是个人兴趣的问题，更是中国传统文化价值观所赋予他的一种文化使命感，这种使命感在他留学之后变得愈加强烈。“五四”这一代的知识分子普遍有着强烈的文化使命感，尤其留学生，不论是留学英美还是留学日本，他们基本都有一种中国文化建设舍我其谁的自觉意识和自我期待，他们对西方文化的选择和借鉴往往直接联系着发展中国新文化的目的。当时中国社会对于留学生特别是留学欧美的学生有着较高期待，欧美留学生自然深感责任之重了，又因为在欧美国家所受的是系统的学院化教育，较之日本留学生，欧美留学生自认为不管是对于中国文化，还是西方文化，他们都最有发言权，其文化优越感不言自明。因此，他们在自我身份期待上表现出一种当仁不让、舍我其谁的精英意识。胡适留美期间对文学、哲学、政治、演讲等都有着浓烈兴趣，且都表现得十分活跃，他之所以如此“求博不务精”，原因是：“盖吾返观国势，每以为今日祖国事事需人，吾不可不周知博览，以为他日为国人导师之准备。”[①] 胡适尽管对此也做了自我反省，觉得“吾生精力有限，不能万知而万能”。[②] 但这种“导师”或“领袖”意识实际上几乎贯穿他终生。胡先骕在归国后发表于《学衡》的《说今日教育之危机》一文中，一方面检讨了20世纪初以来欧美留学生对中国社会的正面贡献和负面影响，同时提出：“今日中国社会之领袖。舍吾欧美留学生莫属。此无庸自谦者

① 胡适：《留学日记》卷九，见《胡适全集》第28卷，合肥：安徽教育出版社，2003年，第148页。

② 胡适：《留学日记》卷九，见《胡适全集》第28卷，合肥：安徽教育出版社，2003年，第148页。

也。吾辈既居左右社会之地位。则宜自思其责任之重大。而有以天下为己任之心。”[①] 这种为“国人导师”和“今日中国社会之领袖”的意识普遍存在于欧美留学生身上。

尽管在救国的总体愿望上留日学生和留英美学生是趋同的，但由于他们各自对中国文化和西方文化所采的视角和态度不同，造成他们在具体取向上的差异。留英美学生由于留学环境、留学方式具有鲜明的学院化特点，回国后又多执教于高等院校，他们中的很多人自然而然成为中国现代文化中的学院派知识分子。这些人往往直接受西方某一人物的思想影响，并在回国后以其弟子和传人自居，如“学衡派”与白璧德[②]、胡适与杜威；这种直接的师承关系在留日学生身上较少见，后者对西方文化的采纳和接受，更庞杂、更兼容并包，如鲁迅留学日本期间所接受的西方文化范围相当之广——俄罗斯文学及东欧弱小民族文学、科幻小说、自然科学、尼采哲学等等，这种杂取众家之长的广大气魄在留英美学生身上就难得一见了。留英美学生对西方文化的接受，其视角往往源于他们留学期间所倾慕或崇拜的某一西方人物或导师的学说，其局限性和封闭性非常明显。至于吴宓、梅光迪与胡适各自选择的西方导师不一样，则在于个体本身的差异，吴、梅去国前原有的思想倾向即是比较传统

---

① 胡先骕：《说今日教育之危机》，《学衡》1922年4月第4期。

② 胡先骕虽然不像梅光迪、吴宓与白璧德有直接师承关系，但在加入《学衡》后，他即开始在文章中（如发表于《学衡》第2期的《评〈尝试集〉》）引用白璧德的人文主义学说为佐证来批评胡适的文学观，并且首先在《学衡》上译介白璧德的学说，可见他对白璧德也深为折服，其热情程度不亚于梅光迪、吴宓，因此，胡先骕也可算是白璧德间接的学生。1923年，胡先骕再度赴美留学，攻读植物学博士学位，所入学校为白璧德所在的哈佛大学，想必与白璧德有直接接触。

的，再遇上一个对传统中国有着诸多赞美的西方导师白璧德，里应外合之下，自然更坚定了他们对中国传统文化的认同，一心以维持中国传统文化于不坠为已任了。

第二节　白璧德人文主义视野下的中国想象

19 世纪末 20 世纪初，西方人对中国的想象，往往不外乎两个方向：一个是文物的过去的中国，另一个是病弱的现实的中国。[①]前者是美好的、精致的、辉煌的、文明的，也是凝固的；后者是丑陋的、顽固的、奇异的、落后的，是和女人的小脚、男人的辫子以及鸦片烟联系在一起的。前者令西方人向往，代表着一种美妙的、神秘的东方情调；后者则是西方人所鄙视的，其存在充分证明了西方人的优越性。

在华传教的美国牧师亚瑟·史密斯（Arthur Henderson Smith 中文名：明恩溥）19 世纪末所著的《中国人德行》（*Chinese Characteristics*，即《支那人气质》）一书，对鲁迅在留日期间开始思考国民性问题有着重要影响。该书所列出的中国人近 30 种德行，如"面子"、"智力混沌"、"缺乏公共精神"等，主要都是负面的，是典型的"西方中心主义"下的中国想象。该书自 1890 年代出版后，

---

① 参见〔英〕约·罗伯茨编著，蒋重跃、刘林海译：《十九世纪西方人眼中的中国》导言，北京：中华书局，2006 年。〔德〕雷赫完（A. Reichwein）撰，吴宓译：《孔子老子对于德国青年之影响》，《学衡》第 54 期。〔德〕雷赫完（A. Reichwein）撰，吴宓撮译：《中国欧洲文化交通史略》，《学衡》第 55 期。

很快被译成多国文字，在世界范围内广泛流传，[1] 对塑造西方人的中国想象产生了重要而深远的影响。在西方国家，“这本书不仅作为即将进入这一领域的新研究者准备工作中的必要书目，而且还作为关于中国人本性的一些最广泛地持有的观念的来源，在许多年中一直是一部标准的著作”[2]。然而，这样一本由美国人所写、在西方社会引起广泛关注、关于中国人的著作，并未进入 1910 年代留学美国的吴宓、梅光迪、胡先骕等日后的“学衡派”主要人物的视野。吴宓留美时期的日记中，经常详细记录所读的书，并加以评价，但他的读书记录中并没有出现过这本书。梅光迪则认为：“西人所著论吾国之书，十九谩骂吾人，不欲多读，此等书在吾辈视之，不值一笑。”[3] 20 世纪初留学于日本的鲁迅却极其重视这本书，[4] 他虽然认为该书“错误亦多”，并没有全部同意史密斯对中国的批评，但是，该书还是为鲁迅提供了一个思考中国人国民性问题的尖锐视点。[5] 这固然可以说是个人阅读兴趣和倾向的问题，其中

---

① 该书 1890 年在上海由北华捷报社首次出版，出版后，在英、美、加拿大等国引起很大反响。参见黄兴涛：《美国传教士明恩溥及其〈中国人的气质〉——一部“他者”之书的传播史与清末民国的“民族性改造”话语》，见〔美〕明恩溥著，佚名译：《中国人的气质》，北京：中华书局，2006 年，第 17 页。

② 〔美〕哈罗德·伊罗生（Harold R. Isaacs）著，于殿利、陆日宇译：《美国的中国形象》，北京：中华书局，2006 年，第 130 页。

③ 罗岗、陈春艳编：《梅光迪文录》，沈阳：辽宁教育出版社，2001 年，第 131 页。

④ 1896 年 12 月，日本东京博文馆出版了由羽化涩江保译的 *Chinese Characteristics* 日译本《支那人气质》，参见李冬木：《关于羽化涩江保译〈支那人气质〉》（上），《鲁迅研究月刊》1999 年第 4 期，第 41 页。

⑤ 参见刘禾：《鲁迅与阿瑟·斯密思》，见宋伟杰等译：《跨语际实践——文学、民族文化与被译介的现代性》，北京：三联书店，2002 年。

包含着很多偶然因素；但如果即小见大的话，也可由此看出当时留美学生和留日学生关注焦点的不同。[①] 西方对中国的误读、批判乃至丑化，很大程度上刺激了鲁迅这样的中国知识分子的自我反省，也激发了中国知识分子的民族感情和自强决心。西方人不无偏见的负面中国想象，以现在的后殖民理论视角来看，无疑应遭到中国人批判和拒绝，然而，对于20世纪初贫弱太久而不自知的旧中国来说，它在当时的作用却类似于牛虻，有助于刺激旧中国的清醒。对于以痛切之情寻找救国道路的鲁迅来说，那是一剂猛药，尽管可能产生一定副作用，但其治疗作用更明显。因此，鲁迅一直很关注这本书，回国之后，还屡次表达希望有人将这本书译介到中国来。[②] 与鲁迅相反，日后的"学衡派"三大主将在留美期间接受的是西方

① 1912年胡适就读于康乃尔大学期间，曾思著一书，曰《中国社会风俗真诠》，取外人（即外国人）所著论中国风俗制度之书一一评论其言之得失，以为祖国辩护。因此，比较留心西方人有关中国的著作，Arthur Henderson Smith：*Chinese Characteristics* 一书也在他的阅读范围内。参见胡适：《留学日记》卷二，见《胡适全集》第27卷，合肥：安徽教育出版社，2003年，第206～207页。胡适在日记中并未记录他对 *Chinese Characteristics* 一书的看法，仅说读了该书，且作了札记，以为他日之用。从他考虑著《中国社会风俗真诠》的目的来看，主要是想为中国辩护，明氏的著作想必只是进一步激发了他为中国人辩护的冲动。西方人如何评价中国和中国人，这个问题是当时的中国留学生都比较关心的，但关心的角度则各有不同，从这个问题出发，留日的鲁迅和留美的胡适所导向的目标有很大区别。这一问题促使鲁迅更深入思考中国的国民性，胡适则很快就把兴趣转移到其他方面了。

② 1903年，上海作新社出版了由涩江保日译本《支那人气质》转译过来的中译本《支那人气质》，鲁迅生前并未知道该中译本的存在。参见黄兴涛：《美国传教士明恩溥及其〈中国人的气质〉——一部"他者"之书的传播史与清末民国的"民族性改造"话语》，见〔美〕明恩溥著，佚名译：《中国人的气质》，北京：中华书局，2006年，第3页。中华书局所出该译本即据1903年作新社的译本而由黄兴涛加以重新校注。

人的另一种中国想象，那就是白璧德人文主义视野下的古典中国想象。

第一次世界大战前后，美国哈佛大学教授白璧德力倡人文主义之说，以纠正西方近世以来过度崇尚物质进步而导致西方文明趋于堕落的错误发展方向。白璧德认为西方近世以来之所以堕落，原因在于卢梭所代表的情感的自然主义，以及培根所代表的功利的、科学的自然主义两种思潮盛行。这两种思潮合而论之可称为人道主义，人道主义的一个中心概念是进步。18 世纪以来，进步主义成为“西方主扩张者之一种宗教也”[①]，随着科学日益发达，人们致力于个人物质欲望的不断满足，“物的法则”成为西方社会的主导法则。然而，物质科学的不断进步并未相应带来人们道德的进步，更未将人们带到“神圣光明之域”，而是把西方人带进了一场互相厮杀的世界大战——第一次世界大战。这次战争使得西方人对近二百年来的进步思想产生了极大的怀疑，他们原来所信奉的那一套美好的价值观念遭到了极大质疑。战争不仅对现实世界造成极大破坏，而且摧毁了西方人原来的精神信仰，把西方人稳定的精神世界也夷为废墟。这次战争给西方知识分子造成精神上的极大震动，他们都不得不面对这场浩劫而做出思考，为陷于社会危机和精神危机的西方社会重新确立起另一套价值观念，为战后的人们重建一个完整的精神世界。白璧德的人文主义学说，通过对进步主义的批驳，力图以人文主义的原则重建西方的社会规范和精神家园。

第一次世界大战爆发之前，在哈佛大学主讲法国文学批评的白璧德，已在其课堂和著作中对西方近世以来过度追求物质进步的倾

① 胡先骕译：《白璧德中西人文教育谈》，《学衡》第 3 期。

向进行批驳。白璧德从思想和道德的角度来研究文学，其文学研究以影响社会、解决西方社会危机为旨归。如台湾学者沈松侨所言："基本上，白璧德将文学视为其人生哲学之具体例证，故虽重视文学的美学特质，却更强调其道德功能。他理想中的文学是融伦理与美学为一，而最高鹄的仍在其教化人生的作用。"[①] 对道德功能的强调正是古典主义文学观的一个重要审美原则，白璧德人文主义学说的形成，即基于他的古典主义文学观，是他应用古典主义标准对卢梭以来的近代西方文学进行批评之后所推演出的结论。据 1909～1910 年在哈佛从学于白璧德的 T. S. 艾略特回忆，白璧德讲授"法国文学批评"时，经常涉及亚里士多德、朗吉努斯、狄奥尼休斯、佛教、孔子、卢梭和当代的政治、宗教运动。[②] 通过对卢梭为代表的法国文学的研究，白璧德试图把握西方近代文化发展的脉络，从中找到西方社会危机的症结所在，因此，他的文学研究总是自觉与思想、伦理道德关联起来，亚里士多德、孔子等这些在道德伦理方面有着深刻见解的思想家自然进入他的文学视野之内了。以这样的方式来研究法国文学，白璧德很快就找到了他所认为的造成西方社会危机的起因，那就是对近代文学以及整个西方文化有着重大影响的浪漫主义思潮，其罪魁祸首则是卢梭。卢梭所倡导的浪漫主义是一种情感的自然主义，与培根科学的、功利的自然主义，共同影响着近代以来西方文化的发展方向。

"一般来说，西方思想分三种不同模式看待人和宇宙。第一种

① 沈松侨：《学衡派与五四时期的反新文化运动》，台湾大学文学院出版委员会，1984 年，第 130 页。

② Stephen C. Brennan and Stephen R. Yarbrough，*Irving Babbitt*（欧文·白璧德），G. H. Hall&Co. Boston，Massachusetts，1987，Page 59.

是超越自然的，即超越宇宙的模式，集焦点于上帝，把人看成是神的创造的一部分。第二种模式是自然的，即科学的模式，集焦点于自然，把人看成是自然秩序的一部分，像其他有机体一样。第三种模式是人文主义的模式，集焦点于人，以人的经验作为人对自己，对上帝，对自然了解的出发点。”① 自卢梭以来的西方社会，主要遵循着第二种模式——自然的、科学的模式，它的主导原则是“物的法则”，过分倚重这种法则导致了人类文化的堕落。白璧德提出，要恢复人类的真正文明，必须以“人的法则”取代“物的法则”成为世界的主导法则。他所谓的“人的法则”正是第三种模式——人文主义的模式，但白璧德所说的“人文主义”不同于西方历史上一般所使用的各种意义含混的人文主义。人文主义在西方历来不是一种明确的哲学学说或思想派别，英国学者阿伦·布洛克认为，人文主义更适合被“当作一种宽泛的倾向，一个思想和信仰的维度，一场持续不断的辩论。在这场辩论中，任何时候都会有非常不同的、有时是互相对立的观点出现，它们不是由一个统一的结构维系在一起的，而是由某些共同的假设和对于某些具有代表性的，因时而异的问题的共同关心所维系在一起的。我能够找到的最贴切的名词是人文主义传统”。② 人文主义传统总是与对古代经典的重视相关，但由于人文主义这一概念本身的不确定性，使得它在被使用时往往被赋予各不相同的含义，而且常常与人道主义混淆。为此，白璧德首先对人文主义（humanism）进行词源学上的梳理，并对人文主义

① 〔英〕阿伦·布洛克著，董乐山译：《西方人文主义传统》，北京：三联书店，1998年，第12页。

② 〔英〕阿伦·布洛克著，董乐山译：《西方人文主义传统》绪论，北京：三联书店，1998年，第5页。

与人道主义（humanitarianism）进行辨析和区分，并作出自己的界定。[①] 在他看来，人道主义主张人性本善和博爱，对人类怀有广泛的同情，把人性堕落的原因归结为外在的社会秩序和既定规范，因而，人道主义反对外在世界对个人的约束，提倡摧毁束缚和压制人性的社会制度、道德规范，返回人的自然本性——这导致人性的放纵，造成了现代社会的危机；人文主义则认为人性包括善恶二元，强调个人协调善恶两种对立品性的能力，即个人的自我完善和自我制约，“在人文主义者的眼中，对于人来说重要的不是他作用于世界的力量，而是他作用于自己的力量。当他的力量作用于自身的时候，如果能以人文的选择标准、或以大致相同的真正约束性规范为指归，那么这同时也就是他所能担当的最高和最难的任务。”[②] 个体的自我完善就是个体作用于社会的力量，因为社会的堕落源自人性的堕落，因此，拯救社会危机的正确途径就是发扬人文主义，返回生命个体本身，追求个体道德品格的完善。白璧德认为现在倡导人文主义，必须推本溯源，通过纠正现代人对人文主义与人道主义的混淆，以正人文主义之名，然后才能恢复真正的人文主义思想，以其作为解决社会危机、引导人类文化往正确方向发展的法则。

白璧德的人文主义所要提出的是一种适应于整个人类社会的“世界性智慧”，因此，“远东的经验”自然不能被忽略。通过他的人文主义视野，白璧德从“远东的经验”中发现了佛陀与孔子，在他看来“远东的经验”是“西方的经验”最好的证明——佛教是基

① 参见〔美〕欧文·白璧德著，张沛、张源译：《文学与美国的大学》第一章“什么是人文主义”，北京：北京大学出版社，2004年。

② 〔美〕欧文·白璧德著，张沛、张源译：《文学与美国的大学》，北京：北京大学出版社，2004年，第38页。

督教的最好证明，孔子则是亚里士多德最好的证明，[①] 他们都是真正的人文主义原则的代表。白璧德“未通汉文”，他了解中国的主要渠道是“吾国古籍之译成西文者”，旁及“各国人所著书。涉及吾国者”[②]。而更让他感兴趣的无疑是“吾国古籍之译成西文者”，通过对中国古代典籍的阅读，白璧德发现，孔子的学说与柏拉图、亚里士多德的学说“在在不谋而合”。此外，作为法国文学研究专家的白璧德，他的中国想象，一定程度上可能也为18世纪法国启蒙思想家们的中国想象所影响。“十八世纪时，欧洲对中国的崇拜达到了异乎寻常的高度，那些以耶稣会士的报告作为自己观点基础的启蒙思想家们在这方面堪称独步，伏尔泰曾把中国的政治制度誉为‘人类精神所能设想出的最良好的政府’。”[③] 启蒙思想家们的完美中国想象，随着19世纪中国国门被迫向西方打开，逐渐被西方人所淡忘，在西方人心目中代之而起的是一个落后的、病弱的中国形象。白璧德则沿袭了18世纪启蒙思想家们对中国政治制度、道德观念的赞美，相对忽略了鸦片战争后中国在世界的弱势地位，把目光锁定于古典时代的中国，认为“中国文化较优于他国文化之处。首要者。即中国古今官吏虽腐败。然中国立国之根基。乃在道德也。……此道德观念。又适合于人文主义者也”。[④] 白璧德对中国“旧文明之精魂”的推崇，来自他对近代以来西方文明的不满乃至

---

① Irving Babbitt，*Rousseau and Romanticism*（卢梭与浪漫主义），Original Introduction（原序），New Brunswick，New Jersey，Transaction Publishers，1991，Page LXXIX.

② 胡先骕译：《白璧德中西人文教育谈》（吴宓附识），《学衡》第3期。

③ 〔英〕约·罗伯茨（J. A. Roberts）编著，蒋重跃、刘林海译：《十九世纪西方人眼中的中国》导言，北京：中华书局，2006年，第1页。

④ 胡先骕译：《白璧德中西人文教育谈》，《学衡》第3期。

失望，在这一点上，他与18世纪的启蒙思想家们是共通的，他们对中国发生兴趣和赞美中国的制度、道德，无非是希望从古老的东方获得批判其所在的西方社会制度的理论依据。不同的是，启蒙思想家们更推崇中国的政治制度，白璧德虽然也赞美中国古代包括科举制在内的政治制度，但按照他的人文主义标准，他显然更重视中国文化中以孔子学说为代表的伦理道德观念，这是“远东的经验”所能提供的关于他的人文主义的最好证明。通过孔子这位“东方的亚里士多德”①，白璧德建构起他人文主义视野下的古典中国想象。这种中国想象，有助白璧德将“远东的经验”与“西方的经验”统一起来，为他的人文主义找到更充分的例证，并使他的学说具有一种开放的、包容的“国际主义”姿态。

正是这种文化上的“国际主义”姿态，吸引了梅光迪、吴宓等中国留学生的视线。对于本来即为孔子信徒的梅光迪们来说，白璧德人文主义最致命的诱惑和最强大的说服力，在于支撑其人文主义思想体系的四大支柱中，其中一根为中国的孔子！在白璧德的学说中，孔子被赋予和亚里士多德、耶稣基督（白璧德认为，基督讲博爱，但其对象仍是有选择的，因此，基督也是人文主义者）、佛陀同等重要的地位，其思想与后三位圣贤是相通的，都代表着人类文

---

① Irving Babbitt，*Rousseau and Romanticism*（卢梭与浪漫主义），Original Introduction（原序），New Brunswick，New Jersey，Transaction Publishers，1991，Page LXXIX.

化永恒的价值。又因为白璧德极力张扬的是人文主义层面的生活①，并且力图用人文主义的原则来替代宗教原来在西方文化中的地位，因此，在树立人文主义典范时，他着重强调孔子和亚里士多德，视他们为最彻底的人文主义者。强调人文主义层面而非宗教层面的生活，自然更能引起在儒家文化熏陶下成长起来的梅光迪们的强烈认同感。其实，无论白璧德的具体主张如何，仅仅因为他的思想体系中有了孔子这根中国柱子，就足以给来自落后中国的梅光迪、吴宓等人带来莫大安慰和鼓励了。凭借孔子这根柱子，白璧德向他的中国学生指明了中国文化在世界上的地位（实际上是曾经具有的地位），为他们提供了一个看待本国文化的新视点——在世界文化的视野内看待中国文化，因而更加坚定了他们对中国传统文化的信仰。白璧德对孔子的尊重和理解，使得梅光迪等中国留学生把他视为“所有对中国的圣人有所研究的西方学者中首屈一指的人物”②，是他们在西方所要寻找的真正导师。通过白璧德的人文主义学说，梅光迪们得以摆脱近代以来由于国家贫弱所造成的自卑心理，重建对中国文化的自信心。

白璧德人文主义视野下的古典中国想象，其实是那个文明的未被西方入侵的过去时的中国，它的文化确实灿烂辉煌，在世界上占有不容忽视的重要地位。在白璧德看来，20 世纪的中国人应该吸

---

① 白璧德将人类的生活经验分为三个层面：自然主义层面、人文主义层面、宗教层面。他所要提倡的是人文主义层面的生活。参见 Irving Babbitt，*Rousseau and Romanticism*（卢梭与浪漫主义），Original Introduction（原序），New Brunswick，New Jersey，Transaction Publishers，1991，Page LXXIX.

② 罗岗、陈春艳编：《梅光迪文录》，沈阳：辽宁教育出版社，2001 年，第 217 页。

取近代西方的教训，追求物质科学进步的同时“必须审慎保存其伟大之旧文明之精魂”[1]——即孔子所代表的儒家学说，而不可盲从西方近代以来唯求物质进步的进步主义。孔子所代表的中国旧文明与苏格拉底、亚里士多德所代表的西方旧文明相契合，它们同为真正的人文主义，强调个体的自我节制和道德完善，以成为世人的典范，起到维持世道教化人心的作用。中国人应追随这几位东西大哲的背影，恢复他们在世界文化中的地位，按照他们的人文主义思想来规划现代中国文化的发展。这无异于要求他的中国弟子们从中国当下的社会中超脱出来，回到孔子的时代，按照白璧德的理论，只有那个时代才是真正合理的。白璧德理论的致命弱点，正如他的本国弟子 T. S. 爱略特所指出的：“他向我们推荐值得我们景仰和模仿的这些伟人时完全脱离了他们各自的民族、地域和时代的背景。因此，我觉得白璧德先生好像也脱离了他自己的背景。”[2] 白璧德的人文主义学说，与其说是他为堕落的西方社会所开的一剂万能的解药，不如说是一个有着古典情结的学院派知识分子的呓语，是一种否定现实而向古典时代逃逸的企图。在他天下一家的文化版图中，只有孤零零的几个圣贤大哲如柱子般矗立着，他们代表着人类历史上不可企及的伟大道德典范，具有应该供奉在神庙里的完美道德人格。在论述这些中外圣贤的伟大思想的意义时，白璧德似乎没有意识到他们都属于遥远的过去，他们的思想不管如何光辉灿烂，都不能再完全照亮现代人尤其是中国人所走的道路，也无法直接为现代

---

① 胡先骕译：《白璧德中西人文教育谈》，《学衡》第 3 期。

② 〔美〕T. S. 艾略特：《欧文·白璧德的人文主义》，见李赋宁译：《艾略特文学论文集》，南昌：百花洲文艺出版社，1994 年，第 187～188 页。

人构筑起可以安居的精神大厦。白璧德囊括东西方文化精华的人文主义救世方案，把梅光迪们的眼光引向古典时代的中国和西方，造成他们对西方现代文化的错误判断，以及与中国现代社会现实需求的隔膜。在白璧德的人文主义视野下，近代以来中国与西方的现实差距消失了，中国急需改变自己在世界上弱势地位的现实需求被忽略了，只要少数中国人实现道德的自我完善——成为真正的人文主义者，并以此号召国人，让大家都实行道德上的完善，中国就得救了。

第三节　从白璧德到“学衡派”

白璧德对孔子所代表的中国儒家文化的推崇，与梅光迪们对白璧德人文主义学说的认同，共同反映了20世纪初东西方文化彼此间的相互需求。罗钢先生指出20世纪初，

> 东西方思想文化交流可以说处于一种双向逆反运动之中。一方面是长久处于停滞状态的东方要向西方寻求先进的科学技术、社会制度、思想文化，以改变自己的落后状态。而另一方面，却有一部分西方知识分子，在面临西方物质文明高度发展，而人的精神却遭到全面扭曲和异化，人们处于极度缺乏稳定和安全感的情况下，把目光投向东方，希望从东方悠久宁静的文明中寻求西方精神危机的解脱之路。白璧德就是这方面的

一个先行者。[①]

先是白璧德借助孔子的学说论证其人文主义的合法性，其后，白璧德的人文主义学说为梅光迪等中国留学生所接受，他们归国后，又以白璧德的学说来论证孔子所代表的儒家文化在中国现代文化中的合法性。这个循环论证的过程，确实见出“西洋真正之文化。与吾国之国粹。实多互相发明互相裨益之处。甚可兼蓄并收。相得益彰”[②]。似乎印证了白璧德所号召的“人文的国际主义”——一幅中西人文主义者团结一致，携手共创人类文化美好未来的画面。然而，这种共时发生的相互需要，其背后所蕴含的思维方式和文化心态却大不相同。

白璧德的人文主义学说，是对近代西方文化的反拨，是西方知识分子对自身文化的一种反思，尽管在论证自己的理论时，他常把目光投向古典时代，但他思考问题的起点仍是西方当下的现实，服从于他解决西方社会危机、为西方文化的发展重定规则的需求。他对孔子的推崇和对中国文化的关注，也服务于这一需求，“远东的经验”之所以有意义，只因为它是对其“西方的经验”的证明。他对“远东的经验”的借鉴首先是按照他的人文主义标准进行选择的，其目的并非对孔子或中国文化做整体的学术研究，而是为自己的人文主义学说寻找一个中国版本的证明。因此，白璧德人文主义视野下的古典中国想象，尽管对孔子所代表的中国伦理道德观念给

① 罗钢：《历史汇流中的抉择》，北京：中国社会科学出版社，2000 年，第 231 页。

② 吴宓：《论新文化运动》，《学衡》第 4 期。

予极高评价，其背后所隐藏的仍是一种“西方中心主义”的文化心态。对于白璧德而言，他对中国文化的任何推崇和借鉴，都不会影响西方文化原来在他心目中的地位和价值，后者的优越性是先验存在的，毋庸证明，更不会被中国文化所动摇。他采用中国文化的例证来批判西方文化，并非从本体上来处理中国文化与西方文化的关系，实际上，在白璧德的思维方式中，中国文化与西方文化不构成一种关系，他并不需要从中国文化与西方文化的关系中来思考西方文化或中国文化。

梅光迪等中国留学生对白璧德人文主义学说的接受，则始终立足于中国文化与西方文化这一关系中，他们自我身份的建构首先表现为对这一关系的处理。鸦片战争后，近现代中国知识分子无法避免地身陷自我与西方这一关系，不管他们是否愿意，他们都不得不从这一关系中重新思考中国文化，确立自己的文化身份。当梅光迪们被白璧德的人文主义学说所吸引时，他们从中所看到的不是白璧德学说所蕴含的“西方中心主义”，而是看到了白璧德对中国文化与西方文化这一关系的完美解决，因而，他们立即对其产生强烈的认同感。就这一点而论，不管是白璧德，还是梅光迪们，他们对异质文化的认知和接受，都是从自我的角度、自我的需求出发，取自己所需，其中自然包含着对异质文化的取舍、想象、误读甚至叛逆。这是任何文化交流中普遍存在的现象，一种文化对另一种文化的接受，从来不可能是对另一种文化直接的、全面的复制或移植。一种文化进入另一种异质文化，发生变形不仅是难免的，而且是必需的，佛教在中国的发展就是最典型的例子。由此而论，可以说，任何文化中其实都存在着自己的“文化中心主义”。由于中国与西方在现实中的巨大差距和不平等地位，在处理自我与西方这一关系的过程中，近现代知识分子不断修正了他们的“中国中心主义”，提出了各种解决这一关系的方案，甚至提出过“全盘西化”的口号；然而，即使是倾向于激进而对传统文化采取否定性态度的新文化倡导者们，都没有对中国的民族地位与中国文化的发展丧失信心。如余英时所言：“无论是晚清士大夫或20世纪的知识分子，尽管其中有些人主张模仿西方的言论在当时听起来十分刺耳，都没有对中国的民族地位真正失去信念。……一个知识分子在文化认同的问题上，敢于公开主张学别人的长处和敢于责备自己的短处，他都必须首先对自己民族的过去和未来具有相当坚强的信心。至于言论是否过偏、用词是否失当，则是另一个问题。中国近代知识分子长期地坚持效法西方正好说明他们在心理上对于中国‘本来之民族地位’并未动摇。”① 正因为“对自己民族的过去和未来具有相当坚强的信心”，“五四”一代的知识分子在处理自我与西方的关系中表现出宽阔的胸怀和强大的气魄，对西方文化大胆“拿来”为己所用，并且自觉地把发展新文化与救亡图存的任务结合在一起。即使是倾向保守的“学衡派”，他们也是立足于发展新文化与救亡图存的现实需求，只是他们对这一需求的体认采取了有别于新文化倡导者的路线，他们从西方“拿来”的是与中国现代社会现实需求相距较远的白璧德人文主义学说，因而影响了他们在现代文化中所发挥的作用。

梅光迪初到美国留学，尚未接触白璧德的学说之前，文化上的“中国中心主义”在他身上有着鲜明的表现。去国之时，他随身携

---

① 余英时：《中国现代的文化危机与民族认同》，见《现代危机与思想人物》，北京：三联书店，2005年，第53页。

带了大量经史子集的书籍，据他在致胡适的信中交代：

经学携有《十三经注疏》、《经籍纂诂》、《经义述闻》、段氏《说文》，史学有四史、《九朝纪事本末》、《国语》、《国策》、《文献通考》、详节《十七史商榷》，诗文集有昌黎、临川、少陵、香山、太白、温飞卿、李长吉、吴梅村及归、方、姚、施愚山、梅伯言诸家，又有子书廿八种。此外，又有陆宣公及象山、阳明、黎洲诸家。总集有《文选》、《乐府诗集》、《十八家诗钞》、《古文辞类纂》，词类有《历代名人词选》、《花间集》，理学书有《理学宗传》、《明儒学案》，余尚有杂书十余种。[①]

出洋留学原为习西学而去，梅光迪却携带如此之多的中国书，且“拟于此数年内专攻经书、子书、《史记》、《汉书》、《文选》、《说文》，以立定脚跟”[②]。这或许可看做一个青年学子在去国之初因对西方文化比较陌生而表现出来的对祖国文化的眷恋，但一定程度上也反映了梅光迪志向之所在。到美国后的头几年，在与胡适的书信往来中，他们经常讨论的是中国经学、史学的问题。尽管在美国着西装、吃西餐、读西书、习西学，但在美国留学初期，他仍有一种中国文化优越感（或自大感），认为：“吾人道德文明本不让人，乃以无物质文明，不远三万里而来卑辞厚颜以请教于彼，无聊极矣！吾人在此所习虽亦多关于道德，然系究其文明之原因与吾国

① 罗岗、陈春艳编：《梅光迪文录》，沈阳：辽宁教育出版社，2001 年，第 140～141 页。

② 罗岗、陈春艳编：《梅光迪文录》，沈阳：辽宁教育出版社，2001 年，第 141 页。

较，并非一一取法。……且彼物质文明固尚矣，其道德文明实有不如我之处。”[1]其后，西书读得多了，对西洋的道德文明有了更多了解，他在文化上的自大——这种自大的另一面常常是自卑，因自卑而表现得自大——才逐渐减弱，开始认为能合“国学”与“欧学”为一，“乃吾人之第一快事”[2]。但他对孔子学说的热情则毫未减少，且因“稍读哲学之书”，以孔子与他人——应是指西方思想家——相比较，愈加觉得孔子为古今中外第一人，视“昌明真孔教”为其“今日之责”。正因为怀着这样的抱负，梅光迪在1914～1915年间拜读过白璧德当时所出版的三本著作之后，即为其人文主义学说所吸引，于1915年夏天从西北大学转入哈佛大学，奉白璧德为师。可见，梅光迪倾心于白璧德人文主义学说的基础，不仅由于他对中国“本来之民族地位”有“坚强的信心”，更在于他对孔子学说及中国的“道德文明”有着深厚感情——正是这一点使得梅光迪所认同的西学有别于他的老乡和朋友胡适，后者去国前已深受进化论影响，去国后接受的西学则是杜威的实验主义哲学。

吴宓在1917年赴美留学之前，就读于北京清华学校，其时他对孔子学说及中国的道德文明即表现出深刻的认同，且已初步具备比较文化的意识，如他在清华时期的日记中所记：

> 近日愈看得《论语》《孟子》等经书价值至高，无论其文章、哲理，即所含关于日常事物之规诫，以及政刑理教之设

---

① 罗岗、陈春艳编：《梅光迪文录》，沈阳：辽宁教育出版社，2001年，第124页。

② 罗岗、陈春艳编：《梅光迪文录》，沈阳：辽宁教育出版社，2001年，第120页。

施，虽一二语而用新眼光、新理想咀嚼寻味，可成千百言，且皆系对于今时对症下药。[①]

1914年2月5日

晚近学者，于中国古昔圣贤言论，以及种种事理，多好下新解说，而旧学深邃之士，则诋斥之不遗馀力。新旧对峙，无从判决。窃谓时至今日，学说理解，非适合世界现势，不足促国民之进步；尽弃旧物，又失其国性之凭依。唯一两全调和之法，即于旧学说另下新理解，以期有裨实是。然此等事业，非能洞悉世界趋势，与中国学术思潮之本源者，不可妄为。[②]

1915年2月15日

读History of Ancient Philosophy（W. W. Benn著）一书，完。知希腊哲学，重德而轻利，乐道而忘忧，知命而无鬼。多合我先儒之旨，异近世西方学说，盖不可以道里计矣。[③]

1915年5月18日～19日

国家之盛衰，不在其政体，不在其一二人物，亦不尽由财力兵力之如何。处今之中国，而言兵与财，尤急不能成。所恃以决者，国民全体之智识与道德，故社会教育、精神教育尚焉。苟民智开明，民德淬发，则旋乾转坤，事正易易。不然

---

① 吴宓：《吴宓日记》Ⅰ，北京：三联书店，1998年，第280页。

② 吴宓：《吴宓日记》Ⅰ，北京：三联书店，1998年，第404页。

③ 吴宓：《吴宓日记》Ⅰ，北京：三联书店，1998年，第440页。日记中所提*History of Ancient Philosophy*（W. W. Benn著），即《古代哲学史》（W. W. 本著）。

者，虽有良法美意，更得人而理，亦无救于危亡。①

1915 年 10 月 25 日

这种思想倾向正是吴宓后来在哈佛大学与梅光迪一见如故的基础，也是他认同于白璧德人文主义的内在原因。

白璧德的人文主义学说，不仅呼应了梅光迪和吴宓内在的思想倾向，同时对中国文化与西方文化这一关系作出了最适合梅光迪们心理需求的解答。在接触白璧德之前，梅光迪和吴宓虽然对孔子所代表的中国儒家文化有着浓厚的感情乃至信仰，但中国与西方之间现实存在的巨大不平等，使得他们置身于西方社会，在直面强势的西方文化方方面面的冲击时，往往缺乏足够的底气和心理支撑。白璧德人文主义学说中所包含的古典中国想象，正好为他们在中西文化之间提供了一个温暖的栖息地。在这里，吴宓、梅光迪他们得以摆脱近代以来国家贫弱所造成的自卑心理，从世界文化的视野内坚定了对自身文化的信心，同时也坚定了对白璧德人文主义学说的认同。于是，在白璧德“人文的国际主义”的感召下，梅光迪和吴宓形成了以白璧德的“人文主义者”和中国传统知识分子理想主义的“圣人”为旨归的身份想象，将孔子的学说与白璧德的人文主义学说等同起来。白璧德人文主义学说强调“个体的完善”，认为改良社会、解决社会危机，首先要遵循人文主义原则实现“个体的完善”，个体完善了，社会自然就完善了。在梅光迪们看来，这与孔子所主张的“修身齐家治国平天下”是一致的，梅光迪因此认为：“吾国之文化乃‘人学主义的’（humanistic），故重养成个人。吾国

① 吴宓：《吴宓日记》Ⅰ，北京：三联书店，1998 年，第 514 页。

文化之目的，在养成君子（即西方之 Gentleman and scholar or humanist 也）〔绅士、学者或人文主义者〕。……吾国今后文化之目的尚须在养成君子。君子愈多则社会愈良。故吾国之文化尚须为孔教之文化可断言也。”① 可见，他们对白璧德人文主义学说的认同，归根到底源自他们在中国文化与西方文化这一关系中重新论证孔子学说在现代社会合法性的需要。

梅光迪们接受了白璧德的人文主义学说，同时也就接受了他的古典主义文学观，后者原是前者的起点和重要内容。如梅光迪在师从白璧德后致胡适的信中所言：“因弟对于人生观言‘人学主义’，故对于文学则言 Classicism（姑译之为‘古文派’可乎）。盖二者皆注重学问，皆不相信‘生知’（original genius），皆深知人性非全善，必须用学问教育以补助之。皆深知奇才异能必须得古人之助而后能成完器。”② 但是，梅光迪们对白璧德古典主义文学观的接受，主要表现在关于西洋文学方面。而他们关于中国文学的标准，则与白璧德的影响没有直接关系，梅光迪和吴宓一直（接触白璧德之前已如此）坚持着中国传统的文学观念——以诗歌为文学正统，小说、戏曲可用白话，诗歌则不可用白话。他们对于西洋文学，初无明确标准，但在接受白璧德人文主义之后，即自觉确立了他们关于西洋文学的古典主义标准。未曾接触白璧德的人文主义时，梅光迪

① 罗岗、陈春艳编：《梅光迪文录》，沈阳：辽宁教育出版社，2001 年，第 175 页。引注：“人学主义的”，即“人文主义的”。

② 罗岗、陈春艳编：《梅光迪文录》，沈阳：辽宁教育出版社，2001 年，第 175 页。引注：人学主义，即 Humanism，人文主义。Classicism，即古典主义，“学衡派”将其译为“古文派”。

曾将托尔斯泰视为他最服膺的西方近世三大人物之一[①]，但在他就读哈佛大学，接受白璧德的人文主义学说之后，他对托尔斯泰却有了完全相反的看法，认为托尔斯泰与易卜生、萧伯纳等代表着西方“近世文明最堪太息之一方面”[②]。从古典主义的标准出发，托尔斯泰等现实主义作家自然不足取了。

梅光迪是在1915～1916年间确立他的古典主义文学观的，这段时间，他正与就读于哥伦比亚大学的胡适展开“文学革命”——具体是“诗界革命”——的论争。这两个安徽老乡和朋友，一个成了白璧德的弟子，另一个则成为杜威的弟子，他们所采用的西洋理论武器正好相互对立，两人在文学观点上的分歧也就越来越不可调和了。这场论争的结果，是胡适写出了著名的《文学改良刍议》一文，提出中国文学改良的“八事”，并在1917年先于梅光迪回国后，与陈独秀一起发动了文学革命。这场论争同时也激发了梅光迪捍卫中国文学、“对胡适作一全盘之大战”的雄心壮志。文学革命所取法的对象是西方文学中的浪漫主义、现实主义思潮，这正是白璧德一直不遗余力批判的对象，白璧德的人文主义学说因此与中国的新文学运动直接关联起来。作为白璧德人文主义的中国传人，梅光迪自然要追随乃师的足迹，以人文主义为旗，对中国的“浪漫主义”、“写实主义”起而攻之。梅光迪从对胡适白话诗主张的反对，而扩大为对新文化运动的整体性反对，原因就在于他关于西洋文学的古典主义标准。白璧德奉古典主义文学为西方文学之正统，把古

---

① 罗岗、陈春艳编：《梅光迪文录》，沈阳：辽宁教育出版社，2001年，第125页。

② 罗岗、陈春艳编：《梅光迪文录》，沈阳：辽宁教育出版社，2001年，第177页。

典主义以降的浪漫主义、现实主义、现代主义等近代文学思潮都视为“自然主义”，是文学的错误方向。接受了白璧德古典主义文学观的梅光迪们自然认为他们在西方文学方面比新文化倡导者们更有发言权了，因为他们所掌握的才是西方文学之正统。于是，随着胡适所倡导的文学革命的发生，身处哈佛的梅光迪开始四处搜求人才，联合同志，准备回国后力纠新文化运动的错误方向。1918 年夏天，吴宓到哈佛大学入读暑期学校，梅光迪从其他中国留学生处得闻吴宓的思想倾向与自己接近，即主动造访吴宓，陈述其“对胡适作一全盘之大战”的计划，“慷慨流涕，极言我中国文化之可贵，历代圣贤、儒者思想之高深，中国旧礼俗、旧制度之优点，今彼胡适等所言所行之可痛恨”[1]。吴宓十分感动，深觉两人意气相投，即对梅光迪表示当“勉力追随，愿效驰驱”。同时，梅光迪还向吴宓介绍白璧德之学说及著作，带他谒见白璧德。吴宓遂于是年 9 月转入哈佛大学，与梅光迪一同追随于白璧德左右，一心一意以成为白璧德所谓的“人文主义者”自期了。梅光迪和吴宓在哈佛大学的相聚，标志着“学衡派”核心力量的形成。[2] 白璧德的人文主义学说，为他们在中国现代文化的登台提供了充分的理论支持。作为新文化运动反对派的“学衡派”，很快就要从哈佛大学出发了。

1919 年，梅光迪毕业回国，吴宓仍在哈佛就读。归国后，梅光

---

① 吴宓著，吴学昭整理：《吴宓自编年谱》，北京：三联书店，1998 年，第 177 页。

② 胡先骕也是“学衡派”核心力量之一，他对白璧德的接受稍晚于梅光迪和吴宓。在梅光迪和吴宓到南京高师任教后，胡先骕因与他们接近，而接触到白璧德的人文主义学说。《学衡》译介白璧德学说的第一篇文章，即出自胡先骕之手，他可算是白璧德的间接弟子。

迪即努力筹划办杂志以为宣扬自己的文化主张、反对新文化运动的阵地。1921年，即将回国赴北京高师任教的吴宓接到梅光迪从南京高师寄来的快函，告知吴宓他已就职于南京高师，“今后决以此为聚集同志知友，发展理想事业之地”①。希望吴宓辞去与北京高师之约，转赴南京高师任职。梅光迪在1920年秋，已与中华书局有约，拟编撰杂志《学衡》，由中华书局印刷发行。梅光迪认为该杂志之总编辑非吴宓来担任不可。1920年吴宓决定就北京高师之聘时，仍计划着“归国后，必当符旧约，与梅君等，共办学报一种，以持正论而辟邪说”②。如今，得闻梅光迪在南京筹办杂志，吴宓自是心动不已，尽管南京高师所开给他的月薪（160元）远低于北京高师（300元），他还是立即决定辞去北京高师之聘，转赴南京高师，与梅光迪共办《学衡》杂志。吴宓之所以如此爽快即决定赴梅光迪共办杂志之约，其主要原因当然是为了实现他与梅光迪酝酿已久的“对胡适作一全盘之大战”的计划；另一方面，则与他自清华时期即持有的志向有关。就读清华时，吴宓积极参与当时学校的各种刊物，屡屡计划日后以办杂志为业，如其日记所载：

与锡予（引注：即汤用彤）谈，他日行事，拟以印刷杂志业，为入手之举。而后造成一是学说，发挥国有文明，沟通东西事理，以熔铸风俗、改进道德、引导社会。虽成功不敢期，

① 吴宓著，吴学昭整理：《吴宓自编年谱》，北京：三联书店，1998年，第214页。

② 吴宓：《吴宓日记》Ⅱ，北京：三联书店，1998年，第134页。

窃愿常自勉也。①

1915 年 2 月 24 日

近为慎重之决心：将来至美，专习印刷及杂志事业，期于有成，毋恤馀事。②

1915 年 3 月 9 日

与锡予谈将来行事，素有经营印书，及编译杂志之成约，讨论甚详。③

1915 年 3 月 11 日

余生好文学，不厌深思远虑，而以修养之结果，期于道德之根柢完全。于风潮之来，可立当其冲而不移，遇事有正当之判决。社会之恶习，见之多而感之深，故治杂志业，则有以下之利益：（一）旁征博览，学问必可有成。（二）殚力著述，文字上必可立名。（三）针砭社会。（四）发扬国粹。（五）游学归后，尚可日日修学，日日练习观察，治事之馀，兼有进境。④

1915 年 10 月 14 日

尽管留美期间并未按其原来的计划习印刷及杂志，而是习文学，

---

① 吴宓：《吴宓日记》Ⅰ，北京：三联书店，1998 年，第 410 页。引注：锡予即汤用彤。

② 吴宓：《吴宓日记》Ⅰ，北京：三联书店，1998 年，第 413 页。

③ 吴宓：《吴宓日记》Ⅰ，北京：三联书店，1998 年，第 414 页。

④ 吴宓：《吴宓日记》Ⅰ，北京：三联书店，1998 年，第 509 页。

但通过办杂志来传播学说、影响社会，始终是吴宓的一个执著念头。正是因为这种执著，他才毅然决然响应梅光迪的召唤到南京同办《学衡》。也正是因为这种执著，日后当“学衡派”其他主将梅光迪和胡先骕先后退出《学衡》时，吴宓仍多方设法苦心经营《学衡》。

1921 年 9 月，吴宓到达南京，《学衡》开始进入运作。信奉白璧德人文主义的中国“人文主义者”们，开始在中国传播他们融会贯通中西文化的“人文主义之道”。

第二章　“学衡派”的身份想象——从个体到流派

“学衡派”的出现，以《学衡》杂志（月刊，英文名 *THE CRITICAL REVIEW*）1922 年 1 月在南京高师一东南大学创刊为标志。主要发起人为梅光迪、吴宓和胡先骕（此三人在《学衡》发表的文章见附表一）。其作者主要是当时东南大学的师生。《学衡》杂志简章如下：

（一）宗旨　论究学术。阐求真理。昌明国粹。融化新知。以中正之眼光。行批评之职事。无偏无党。不激不随。

（二）体裁及办法　（甲）本杂志于国学则主以切实之工夫。为精确之研究。然后整理而条析之。明其源流。著其旨要。以见吾国文化。有可与日月争光之价值。而后来学者。得有研究之精梁。探索之正轨。不至望洋兴叹。劳而无功。或盲肆攻击。专图毁弃。而自以为得也。（乙）本杂志于西学则主博极群书。深窥底奥。然后明白辨析。审慎取择。庶使吾国学子。潜心研究。兼收并览。不至道听途说。呼号标榜。陷于一偏而昧于大体也。（丙）本杂志行文则力求明雅畅洁。既不敢堆积饾饤。古字连篇。甘为学究。尤不敢故尚奇诡。妄矜创造。总期以吾国文字。表西来之思想。既达且雅。以见文字之效用。实系于作者之才力。苟能运用得宜。则吾国文字。自可适时达意。固无须更张其一定之文法。摧残其优美之性质也。[①]

就其杂志简章来看,《学衡》的文化个性并不明显,似乎仅是"无偏无党"论究"国学"与"西学"的学术杂志。实际上,自创刊号开始,《学衡》即表现出鲜明的思想倾向性。创刊号的插画为孔子像和苏格拉底像,分别代表着《学衡》在"国学"与"西学"上的皈依,同时也象征着"学衡派"身份想象的旨归:中国的"圣人"和西方的"人文主义者"。《学衡》中确有纯粹"论究学术"的文章,但是,此类文章并非《学衡》发起人梅光迪、吴宓和胡先骕真正意图之所在,他们对于《学衡》是别有寄托。创刊号中梅光迪《评提倡新文化者》和胡先骕《评〈尝试集〉》两篇文章,明确标示出《学衡》反对新文化—新文学运动的方向,这才是《学衡》三位主要发起人理想之所在。此后,《学衡》发表了一系列批评反对新文化—新文学运动的文章,同时,大量译介白璧德及符合白璧德人文主义标准的西洋哲学、文学。"胡梅诸公"作为新文化运动反对派的身份开始在现代文化中确立起来。梅光迪、吴宓和胡先骕,他们之所以在新文化运动风起云涌之时,聚集到一起,共同推出一本具有反对派色彩的杂志,源于他们在留学美国时,即各以一定的方式与新文化运动发生了联系。尤其是梅光迪,如前所述,《学衡》之所以出现,与 1915～1916 年梅光迪与胡适在美国展开的那场"文学革命"论争有莫大关系。认识"学衡派"这样一个具有反对派色彩的群体,除对其做整体观照外,同时,对他们如何从个体凝聚成流派再到流派的消散这个过程进行梳理,无疑是必要的。"学

① 《学衡》第 1 期。

衡派”从聚结到分散，正是“学衡派”的“人文主义者”和“圣人”身份想象由建构到幻灭的过程，这个过程，不仅呈现出“学衡派”在现代文化中的悲剧性命运，同时，也从另一个角度反映了新文化运动在当时对中国知识分子所造成的冲击和影响。

第一节　梅光迪与《学衡》

《学衡》1922年在南京高师一东南大学创刊，梅光迪起了最关键的作用。甚至可以说，是梅光迪一手促成了《学衡》的诞生。胡适在《逼上梁山——文学革命的开始》一文中把他在1916年“决心试验白话诗”的原因归结为：“一半是朋友们一年多讨论的结果，一半也是我受的实验主义哲学的影响。”[①] 这个“朋友们”中最主要的则是梅光迪。套用胡适的说法来说明梅光迪发起创立《学衡》的原因，则为：一半是与胡适进行文学论争的结果，一半是他所受的白璧德人文主义的影响。因而，追溯《学衡》的出现与“学衡派”的形成，梅光迪的1915～1916年便是一个有决定性意义的关节点。

1915～1916年，对于梅光迪和胡适，都是他们人生过程中极为关键的一个阶段。在这个阶段中，他们各自从西方文化中选择了一种对他们的文化命运有着重要影响的学说；在这个阶段中，这两个同在美国留学的安徽人在书信往来中热烈讨论着中国“文学革命”的问题，并初步确立了他们在中国现代文化中的不同身份。这场发生在美国的“文学革命”论争，不仅影响了胡适和梅光迪两人的命

---

① 胡适：《逼上梁山——文学革命的开始》，见《胡适全集》第18卷，合肥：安徽教育出版社，2003年，第126页。

运，也影响了中国文学的发展进程。“学衡派”与新文化倡导者们的论争，很大程度上是美国的这场“文学革命”论争在中国的继续和展开。

梅光迪的1915～1916年，主要与两个人相关，其一是他的老乡与朋友胡适，其二是他的美国导师白璧德。

1909年，梅光迪与胡适在上海相识。1910年夏，两人自上海同舟北上应庚款留美考试。是年，胡适顺利考取，同年8月赴美入绮色佳（Ithaca）康乃尔大学，习农科。胡适去国之后，与梅光迪保持书信往来。一年后，梅光迪也考取官费留美，同年赴美入威斯康辛大学。梅光迪到美国后，与胡适的书信往来愈加频繁。两人去国之前都有一定的旧学基础，去国之初，他们的兴趣仍集中于中国传统文化，探讨的主要是中国经学方面的问题。身处异国，他们都表现出一种对中国文化的自觉担当意识，以再造中国文化为己任。随着留学体验不断开阔他们的眼界，他们逐渐尝试用一种新的眼光来审视中国的文化，并运用他们掌握的西学方法重读中国古籍，初步形成一种比较文化的意识。在1912年3月5日给胡适的信中，梅光迪写道：“吾人生于今日之中国，学问之责独重：于国学则当洗尽二千年来之谬说；于欧学则当探其文化之原与所以致盛之由，能合中西于一，乃吾人之第一快事。”[①] 1915年以前，他们在书信中谈志向、谈学问，互相欣赏互相砥砺，虽时有冲突，但更多的是相互包容、相互理解，气氛比较融洽。此时，梅光迪已表现出他对孔子学说的尊崇，在对西方哲学和宗教有了一定了解之后，更加坚定

① 杜春和、韩荣芳、耿来金编：《胡适论学往来书信选》下册，石家庄：河北人民出版社，1998年，第1191页。

了他对孔子学说的信仰。在他看来，中国的没落并非孔子学说所造成的，相反，是由于孔子之说没有真正行于世，后世腐儒对孔子学说误会穿凿妄加阐释，才造成中国的衰落，因此，“欲得真孔教，非推倒秦汉以来诸儒之腐说不可”①，将来救国，即从此入手。其时，梅光迪尚未得闻白璧德的学说，通过复兴孔子之说而救国用世，在他仅是一种大约的方向，一种文化的可能。这种思想倾向成为他接受白璧德人文主义学说的重要基础。

1915年开始，梅光迪和胡适在书信往来中讨论的问题逐渐从文化转向中国的文学改革。这种转向，就其外在原因而论，与他们对西方文学的了解加深有一定关系，他们都从西方文学中获得很大启发。另一方面，则是他们自身的内在原因。对于他们这一代处于转型时期的中国知识分子而言，关于中国文化问题的讨论，最终落实到文学的讨论，有一定必然性。从个人原因来看，梅光迪和胡适出国之前都受过比较系统的旧式教育。旧式教育中，文学训练是很重要的内容。胡适出国之前即有写旧诗的经验。他们两人都是素有文学之志，梅光迪“以创造新文学自期”②，胡适则有“为大中华，造新文学”③ 的理想。另一方面，从历史背景来看，自清末梁启超、黄遵宪倡导“小说界革命”和“诗界革命”以来，文学的社会作用得到极大强调，中国知识分子普遍相信文学有救世之功用，能够干

---

① 杜春和、韩荣芳、耿来金编：《胡适论学往来书信选》下册，石家庄：河北人民出版社，1998年，第1192页。

② 罗岗、陈春艳编：《梅光迪文录》，沈阳：辽宁教育出版社，2001年，第162页。

③ 胡适：《留学日记》卷十二，见《胡适全集》第28卷，合肥：安徽教育出版社，2003年，第353页。

预社会、影响人心，推动社会革命，在这种背景下，文学现代化的要求已是呼之欲出。但即使是首倡“新文体”的梁启超，以及高呼“我手写我口”的黄遵宪，都是着重于文学内容的改革，强调文学必须反映当下的人与事，尤其要有表达新事物、新思想的能力，他们尚未真正触及到文学形式改革的问题。维新运动前后，中国涌现出大批白话文报刊，但在当时，梁启超等维新人士乃至一般中国知识分子都不会意识到白话与文言冲突，而是认为两者并行不悖，各自承担着不同的功用，白话主要用于报刊，向广大民众宣传新学说、新主张。在他们的意识中，文言的正统地位仍是不容置疑的。黄遵宪的诗歌虽然已有一定白话倾向，但其诗学是“以新材料入旧形式”，并以此作为近代诗歌发展的方向。这种方向也是后来“学衡派”主将吴宓所认同的。胡适和梅光迪对于清末以来中国的文学改革风气，当然不陌生，他们这一代知识分子，年轻时基本上都受过梁启超“新文体”的影响，多少感受到中国文学正处于一个转变时期。胡适在赴美留学之前就读于上海中国公学时，已有办白话报写白话文章的经验，对当时国内的白话文发展趋势比梅光迪有着更深的体会和了解，去国之后，又为当时美国的意象派诗歌所吸引，从中获得极大启发。[①] 本国的、外国的因素共同作用于胡适，“文学革命”的口号，最终从胡适口中喊出来，可谓水到渠成了。

在胡适与梅光迪讨论文学改革的时候，他们更多的是从西方文学中获取理论资源和例证。欧洲各国建立各自民族文学的经验为他们思考中国的文学问题提供了重要的借鉴，胡适尤其喜欢引用欧洲

① 胡适与意象派诗歌的关系，参见罗钢著：《历史汇流中的抉择》，北京：中国社会科学出版社，2000 年，第 178～185 页。

各国文学革命的例子为其理论佐证，如但丁首倡用意大利方言写作而开创了意大利文学的新传统，给胡适提供了极大的支持。与梁启超、黄遵宪不同，胡适与梅光迪这一代具有留学背景的知识分子，自觉地在比较文化的视野下看待问题，中国的问题被置之于中国与西方这一关系中来考察，他们力图把中国与西方想象成平等的两个文化系统，而现代中国文化的发展必须通过综合中西文化之所长而寻找出路。梁启超与黄遵宪虽然也有在国外生活的体验，但在他们的意识中，文化上的“中国中心主义”还比较牢固，中国文学在世界范围内的优越性在他们看来是毋庸置疑的，他们自然未能从西方文学的经验中看到中国文学革命的可能。“西方”对于胡适梅光迪他们这一代留洋的中国知识分子，不再仅仅是一种压迫中国的力量，而且是中国自我发展的一个重要资源，因而，他们能够比梁启超一代的知识分子更深入到西方文化的内部，从中大量吸取养料，获得启发。作为一个群体而言，他们是第一代具有世界眼光的中国知识分子，开始从世界文学的视野来思考中国文学的问题，远远地超越了看似大胆实则小心翼翼的前辈改革家梁启超和黄遵先，并把后者所开创的中国文学改革推向一个质的飞跃。

梅光迪和胡适最初在探讨文学改革的问题时，尚未充分意识到欧洲各国在文艺复兴后纷纷打破拉丁文传统、发展自己民族语言的文学所具有的意识形态意义，它所带来的不仅是欧洲各国文学的独立发展，还有欧洲各民族思维方式的变化，以及通过民族文学的发展而确立起来的国家民族意识。他们从中看到的只是通过文字语言的改革而开创中国文学新局面的可能，因此，他们都认为要讨论文学改革，必须“先精究吾国文字始敢言改革”。最初的讨论便集中于文字改革的问题上，他们所考虑的是如何改革文言以适应社会现实需要。

在如何改革文言的问题上，梅光迪一直表现得相当小心谨慎，他始终坚持文言不当废，至于文言具体要如何改革，他并未提出自己的明确方案。胡适在这个问题上显然比梅光迪做出了更深入的思考。最初胡适也还不曾想到要废除文言，在他看来，文言虽是半死的文字，但在中国还未有另一种通行的媒介物之前，文言作为全国通用的媒介物和教育的工具，仍当保存。[①] 胡适考虑文言改革的出发点是将其作为一种交流和教育的工具，处处见出其在现代社会的局限性和不合理，因而，文言的改革势在必行。当胡适从工具论的层面来看待文言时，他必然着眼于文言的实用问题，相对忽略了文言的审美问题，以及文言作为中国文化的载体所具有的本体论地位；而后者正是梅光迪一直坚持和强调的，梅光迪认为文言在中国文化中具有一种不可替代的本体位置，它与中国人的思维方式和审美方式密不可分。梅光迪与胡适的分歧由此开始，后者从工具的角度考虑文言改革，事实上已触及到文化大众化的问题。如何让文言成为一种更实用更普遍的表达工具，而非仅是少数知识分子的精美工具，这是胡适文言改革的主要目的。出国之前有过办白话报经验的胡适，实际上已隐约感觉到近代以来文化的大众化倾向。梅光迪则对维新运动以来白话作为一种大众传媒的语言工具的适用性和便利性缺乏足够的把握，他始终坚持文化上的精英立场，把文化看成仅是与少数精英相关的事情。他与胡适的分歧自然越来越明显了。这种分歧也是日后的“学衡派”与新文化运动倡导者们的分歧。

---

① 胡适：《留学日记》卷十一，见《胡适全集》第28卷，合肥：安徽教育出版社，2003年，第245页。

随着讨论的继续，胡适的观点越来越激烈，起初他认为文言是半死的文字，通过与梅光迪等几个朋友的反复辩驳，后来他干脆宣布文言是全死的文字了，必须由活的文字——日常使用的白话——来替代它。为了支撑他的论点，胡适不仅从欧洲文学革命中寻找依据，还挖掘出了中国文学中一直存在而又不被充分注意的白话文学传统，并把历来处于边缘地位的白话文学奉为中国文学的正统，以此支撑他的白话文学主张。原来的文字改革争论也就转向文学本体的问题了。梅光迪此时仍根据中国传统的文学观念来反对胡适的观点，但对胡适却已没有多大说服力。直到梅光迪找到了白璧德人文主义这一理论武器，他才不仅从中国传统文学的观念，也从西洋文学的标准两方面来驳斥胡适的观点。梅光迪对白璧德的接受，一方面是源于他本人原有的思想倾向，即对孔子学说的尊崇；另一方面，也是与胡适的文学论争的直接推动。

1914～1915 年间，就读于西北大学的梅光迪在一次偶然的机会接触到了当时美国人文主义大师白璧德的著作《现代法国评论大家》（*The Master of Modern French Criticism*，又译《法国现代批评大师》），一读之下，即对其完全倾倒。当时的梅光迪“正陷于托尔斯泰式的人文主义的框框之中，同时又渴望在现代西方文学当中找寻到更具阳刚之气、更为冷静、理智的因素，能与古老的儒家传统相映成趣”①。如前所述，梅光迪一直对孔子怀有深厚感情，并且一心以振兴“真孔教”为己任。白璧德的人文主义学说，正好呼应了他的这种内在需求。中国的“圣人”就是白璧德所谓的“人文主

① 梅光迪：《评〈白璧德：人和师〉》，见罗岗、陈春艳编：《梅光迪文录》，沈阳：辽宁教育出版社，2001 年，第 229 页。

义者”，而梅光迪一心一意要重现的“圣人之道”，正是白璧德的“人文主义之道”。白璧德的学说，在梅光迪看来，是真正“合中西于一”了，这原是他在文化上的追求，于是，他从对孔子的崇拜走向对白璧德人文主义学说的认同，就是必然的了。正是在白璧德人文主义的指引下，他明确形成了以儒家文化的“圣人”与西方文化的“人文主义者”为旨归的身份想象，并以融会贯通中西文化为己任。1915 年秋天，梅光迪转学到白璧德执教的哈佛大学，成为白璧德忠实的学生和追随者。从此，他在与胡适的论争中开始拥有了明确的理论武器。胡适则“在 1915 年的暑假中，发愤尽读杜威先生的著作，……从此以后，实验主义成了我的生活和思想的一个向导，成了我自己的哲学基础”①。同年 9 月，胡适转入杜威所在的哥伦比亚大学，师从杜威研究哲学。从此以后，杜威的实验主义哲学成了胡适生活和思想的向导。不同导师的选择，开启了这两个中国留学生不同的人生道路，造成他们之间无法弥合的分歧。

从 1916 年开始，他们继续就“文学革命”的问题展开讨论，中国传统文学观念是以诗歌为正统主流文学，当胡适开始从中国传统文学中寻找白话文学的传统时，必然涉及对诗歌正统主流地位的质疑，“文学革命”因而也就具体化为“诗界革命”的问题。胡适提出白话可作为一切文体的工具，即不仅戏曲、小说等用白话，诗歌也可用白话。这一观点遭到梅光迪的坚决抵制。梅光迪虽然也表示赞同“文学革命”，认为“今日文学有不可不改革之处”，但又认为诗界革命的着眼点在于内容的创新，不做古人奴婢，应有新思

---

① 胡适：《留学日记》自序，见《胡适全集》第 27 卷，合肥：安徽教育出版社，2003 年，第 104 页。

想、新内容，而非胡适所说的尽屏古人所用之字，另以俗语白话代之，要之，“只须改革其流弊，而与其事之本体无关”[①]。其主张类似于黄遵宪的“以新材料入旧形式”，唯一的不同在于，梅光迪在新材料方面有着比黄遵宪严格的限制，即不能以未经文学大家锤炼的俗语白话入诗，其倾向似比黄遵宪更保守。胡适此时明确提出诗界革命“要须做诗如作文”的主张，他认为：“中国诗史上的趋势，由唐诗变到宋词，无甚玄妙，只是作诗更近于作文！更近于说话”[②]。梅光迪则认为“诗文截然两途，诗之文字（Poetic diction）与文之文字（Prose diction），自有诗文以来（无论中西）已分道而驰。……吾国求诗界革命，当于诗中求之，与文无涉也。究竟诗界革命当何下手，当先研究英法诗界革命家，比较 Wordsworth or Hugo〔华兹华斯或雨果〕之诗与十八世纪之诗，而后可得诗界革命之真相，为吾人借镜也”[③]。尽管梅光迪提出应向英法诗歌革命借鉴经验（这也是胡适赞同的），但具体如何借鉴，又如何从诗中求得诗歌革命之法，梅光迪则无所建树。白璧德的人文主义仅仅成为梅光迪的批判武器，却未能成为他文学改革的有效工具。如白璧德的本国弟子 T. S. 艾略特所指出的：“人文主义是批评性的，而不是建设性的。”[④] 白璧德人文主义所悬起的古典主义文学标准，原是因

---

① 杜春和、韩荣芳、耿来金编：《胡适论学往来书信选》下册，石家庄：河北人民出版社，1998 年，第 1203 页。

② 胡适：《逼上梁山——文学革命的开始》，见《胡适全集》第 18 卷，合肥：安徽教育出版社，2003 年，第 105 页。

③ 杜春和、韩荣芳、耿来金编：《胡适论学往来书信选》下册，石家庄：河北人民出版社，1998 年，第 1199～1200 页。

④ 〔美〕T. S. 艾略特：《关于人文主义重新考虑后的意见》，见李赋宁译：《艾略特文学论文集》，南昌：百花洲文艺出版社，1994 年，第 204 页。

对西方近代文学思潮的批评而生的，它是文学批评的一种标准，而非针对文学自身发展的内在需求。日后“学衡派”的一大弊病即在此，他们反对新文化—新文学运动，其“批评性”远大于其“建设性”。

胡适所看到的文学史是一部文学工具更替的历史，因而，他坚决主张“文学革命”必须先从工具入手。这种明显带有进化论和实验主义色彩的观点，充分证明胡适已利用杜威的实验主义方法论对自己的思想加以系统化了，杜威的学说为胡适提供了一套“大胆的假设，小心的求证”的解决问题的方法，有了这套方法，加上赫胥黎的进化论，胡适也就把中国的文学史化约为一个工具的问题，或是方法的问题，这就是胡适文学革命的思想基础。去国之前胡适已受赫胥黎进化论影响较深。[①] 19 世纪末，严复翻译的赫胥黎《天演论》对中国思想界产生了广泛影响，当时已名满天下的康有为、梁启超以及尚在求学阶段的年轻鲁迅、胡适等近现代知识分子，莫不受其震动，一般的大中小学堂也将其视为教科书加以传授，关心中国命运的热血青年更是争先读《天演论》，整个社会崇尚进化的气氛非常浓郁。而与胡适从同一时代环境出来的梅光迪显然比较疏离进化论，在接受了白璧德人文主义学说之后，他自然更不能认同进化论了。他认为科学与社会上的实用知识如政治、经济可以讲进化，至于美术、文艺、道德则不能以进化论之。这一观点是梅光迪始终坚持的，也是后来“学衡派”同人反对新文化运动的一个重要

---

① 胡适在 1905 年就读于上海澄衷学堂时已读过严复译的《天演论》和《群己权界论》，深受进化论的影响，胡适之的名字即出自“物竞天择，适者生存”。留学美国时胡适所阅读的书中有达尔文 *Origin of Species*（《物种起源》）。

依据。根据白璧德的古典主义文学观，从浪漫主义到现实主义到现代主义的西方近代文学思潮，不仅不是文学的发展进化，反而是一种退化，它们都背叛了古典主义讲究理性节制、注重伦理道德的原则，一味追求“创造”、“创新”，是主张人性放纵的“自然主义”。依据古典主义的标准，梅光迪认为文学的发展必须是“取法古人之精神而加以个人独有之长”，也即在继承与摹仿的基础上进行个人的创新，“文学大家无有不得古人之助而终能独立者也”。与胡适的“文学革命八条件”（即文学改良的“八事”）对应，梅光迪提出他的“文学革命之法”：

> 一、摈去通用陈言腐语。二、复用古字以增加字数。三、添入新名词，如科学、法政诸新名字，为旧文学中所无者。四、选择白话中之有来源、有意义、有美术之价值者之一部分，以加入文学，然须慎之又慎耳。[①]

其中以第二点为最要最有效用，以第四为最轻、最少效用。与胡适的主张相比，梅光迪偏向复古的“文学革命之法”无疑不具备现实可操作性。经过一年多的反复讨论辩驳，胡适于 1916 年 11 月在“文学革命八条件”的基础上写就《文学改良刍议》一文，将其寄给国内主编《新青年》的陈独秀，1917 年 1 月，该文于《新青年》第 2 卷第 5 号发表，同年 6 月，胡适回国，执教于北京大学，与陈独秀等人一起发动文学革命，将他的白话文学主张付诸实践。

---

① 杜春和、韩荣芳、耿来金编：《胡适论学往来书信选》下册，石家庄：河北人民出版社，1998 年，第 1208～1209 页。

梅光迪与胡适的论争就此告一段落。面对胡适在国内的得势，尚在哈佛读书的梅光迪自然心有不服。

1922年1月，《学衡》在南京创刊，是梅光迪自1915～1916年与胡适文学论争落败之后，多方努力筹划的结果。《学衡》对新文化运动的批评主要集中在胡适身上，梅光迪与胡适的“文学革命”论争，已从美国转移到中国来。作为新文化运动主将的胡适，却已今非昔比，他的白话文学主张在国内已呈登高一呼应者云集之势，成为中国文学发展的新潮流、新趋势，面对昔日的老对手通过《学衡》而发起的进攻，胡适已不再有美国时期与梅光迪书信往来仔细讨论的耐心，《学衡》在他看来只是一本“学骂”，不值得浪费时间去批驳它。胡适的高姿态，一方面反映出新文化运动在当时已是大势所趋，不容逆转；另一方面，则反映了《学衡》与新文化运动的隔膜，“学衡派”对新文化运动的批评，并未对后者造成真正的冲击。梅光迪仍延续着他在美国时期的文学态度：“将于文学中稍得人生哲学（Philosophy of life），以为救世之具耳。”[①]“向来所好只是人生哲学兼及文章，盖欲借文章以发布人生哲学为改造社会之用耳。”[②]从“人生哲学”——即伦理道德的角度来看待文学，将文学仅视为救世和改造社会的工具，却对文学自身的独立性缺乏必要的认识，这样一来，梅光迪也就很难从文学本身来理解新文学发展的必然了。强调文学的救世作用，原是清末以来中国知识分子的一个传统，“五四”一代的作家，即使是宣称“为艺术而艺术”的创造

---

① 罗岗、陈春艳编：《梅光迪文录》，沈阳：辽宁教育出版社，2001年，第161页。

② 杜春和、韩荣芳、耿来金编：《胡适论学往来书信选》下册，石家庄：河北人民出版社，1998年，第1201页。

社，仍是秉着“文以载道”的使命，注重文学的社会功用。然而，文学的发展有自身的规律，并非完全以社会需要为目的，对此，新文化倡导者们显然比梅光迪更清楚。新文学运动的发生，既有以文学为改良社会的工具之意，同时也包含着中国文学自身谋求突破的内在发展需求。梅光迪对新文学的隔膜，很大程度在于他看不到清末以来中国文学寻求突破和超越的趋势。白璧德的人文主义学说为他提供的不是一种理解现实的方法，而是一种跨越现实的文化幻象。《学衡》创刊之后，白璧德的古典主义文学标准成了“学衡派”与新文学倡导者论争的一个尖锐武器，拿这个标准来衡量当时的新文学创作，自然只能走向对新文学的否定。

从 1915～1916 年到 1922 年创办《学衡》杂志，梅光迪一直以胡适为假想敌，把自己的文化理想直接与反对胡适对应起来。这是因为他始终坚信：胡适倡导的白话文运动在中国历史上没有先例可循，因而是一种谬误；而他所坚持的古典主义文学标准则是经过中国古代文学和白璧德人文主义学说认证的，因而是正确的。这种正确与错误二元对立的思维模式，对梅光迪造成了极大的“自蔽”，使得他一直惑于“圣人”与“人文主义者”的身份想象，未能清醒地认识中国现代文化的现实。他在《学衡》上所发表的文章表明他事实上对新文化运动相当陌生，其批评之空泛甚至让人怀疑他对于当时的新文学到底是否有具体的了解。他发表于《学衡》的文章如下：

（1）直接攻击新文化运动：《评提倡新文化者》、《评今人提倡学术之方法》、《论今日吾国学术界之需要》；

（2）介绍西方人文主义：《现今西洋人文主义》、《安诺德之文化论》。

在这些文章中，梅光迪以西洋真理代言人的姿态，应用白璧德的人文主义标准，“高屋建瓴”地对新文化运动的肤浅和失误进行总体性批判，将新文化运动倡导者视为“诡辩家”、“模仿家”、“功名之士”、“政客”，对其进行全面否定，他认为“改造固有文化。与吸取他人文化。皆须先有澈底研究。加以至明确之评判。副以至精当之手续。合千百融贯中西之通儒大师。宣导国人。蔚为风气”①。而新文化运动所取者“不过欧美一部分流行之说。或倡于数十年前。今已视为谬陋。无人过问者”②。且“彼等对于己之学术。则顽固拘泥。偏激执迷。对于他人学术。则侵略攻伐。仇嫉毁蔑”③。梅光迪同样承认“建设新文化之必要”，在这个共同的前提下，他对新文化运动者的批评，实际上是一个谁更有资格规划新文化建设的问题，换言之，即是一个争夺话语权的问题。在其“人文主义者”身份想象的驱使下，这位隐然以中国“学术思想界之领袖”自期的白璧德弟子，自然认为“学衡派”比新文化倡导者在新文化问题上更有发言权，因为他们所信奉的白璧德人文主义对东西文化有着“彻底研究”和“明确之批判”，“其本体有正当之价值”且“适用于吾国”，“与吾国固有文化之精神。不相背驰。取之足收培养扩大之功。”④“学衡派”在新文化建设问题上表现出来的批判性远远大于其建设性，白璧德中正平和囊括中西文化精华的人文主义学说并未能为当时的中国新文化建设指出一条确实可行的路。梅光迪的美国同门 T. S. 艾略特对乃师的学说显然有着更为清醒的判

---

① 梅光迪：《评提倡新文化者》，《学衡》第1期。

② 梅光迪：《评提倡新文化者》，《学衡》第1期。

③ 梅光迪：《评今人提倡学术之方法》，《学衡》第2期。

④ 梅光迪：《现今西洋人文主义》，《学衡》第8期。

断，他认为："人类并没有人文主义的习惯。""人文主义不过是某些时代、某些地方、某些个人的心态罢了。"[①] 不幸的是，白璧德的中国弟子们却并未意识到人文主义的局限性及其在 20 世纪中国文化建设中的空想性。白璧德为他们提供了一种过于美好完善的文化幻象，他们也就沉醉其中而难以自拔了。

《学衡》与现实疏离的批评，不但未能如梅光迪所预期的起到颠覆新文化运动的作用，也未能对新文化运动造成强有力的冲击。《学衡》出版之初，鲁迅、周作人、茅盾等新文化倡导者们曾著文批驳其谬误和难以自圆其说之处，但很快即对《学衡》置之不理了，在他们看来，《学衡》实在不值得一驳。创刊第二年，《学衡》对新文化一新文学运动的批评，已被新文化倡导者们所忽略，无法真正形成论争之势，"学衡派"也就成为现代文化中的"多余人"了。《学衡》的直接肇始者梅光迪，在《学衡》仅发表了区区 5 篇文章，便于 1923 年对《学衡》表示失望而退出《学衡》。他的退出，从一个方面反映出《学衡》的寂寥，由此可见《学衡》当时实际上并未成为一种足以与新文化运动相抗衡的力量，因而无法实现梅光迪"对胡适作一全盘之大战"的理想。

第二节　吴宓与《学衡》

《学衡》的创办，因梅光迪而起；《学衡》的维持，却由吴宓之功。自《学衡》1922 年创刊，到 1933 年终刊，吴宓是"学衡派"

---

① 〔美〕T. S. 艾略特：《欧文·白璧德的人文主义》，见李赋宁译：《艾略特文学论文集》，南昌：百花洲文艺出版社，1994 年，第 185 页。

诸人中唯一与《学衡》相始终的。梅光迪、胡先骕相继退出《学衡》后，吴宓在杂志的经费、稿源、出版都遭遇严重困难的情况下，竭尽一己之力维持《学衡》的出版，从而把自己的命运与《学衡》紧密地结合在一起，如他本人在1927年的夫子自道："《学衡》为我之事业，人之知我以《学衡》。"[①] 吴宓与《学衡》的关系，源自他留学哈佛大学时。吴宓于1918年9月入哈佛大学比较文学系，师从白璧德，1921年8月毕业，获文学硕士学位，归国执教于南京高师－东南大学。吴宓的哈佛大学时期，与梅光迪的1915～1916年一样，是他人生选择的一个关节点，也是他加入《学衡》的起因。

《学衡》终刊多年以后，已步入暮年的吴宓，以复杂的心情追忆当年在美国认识梅光迪并从弗吉尼亚大学转入哈佛大学这一事件对自己命运的影响：

> 然按后来事实之因果论之，则宓若在1918～1919学年，仍留勿吉尼亚大学，而不来到波士顿转入哈佛大学，则与梅光迪君在美国未由相识，无从接受其反对陈独秀、胡适新诗、白话文学、新文化运动之主张，并不获由梅君导谒白璧德先生，受其教，读其书，明其学，传其业，则后来必无《学衡》杂志之编辑与出版。而宓一生之事业、声名，成败、苦乐，亦必大异，而不知如何。总之，一切非人为，皆天命也！[②]

---

① 吴宓：《吴宓日记》Ⅲ，北京：三联书店，1998年，第419页。

② 吴宓著，吴学昭整理：《吴宓自编年谱》，北京：三联书店，1998年，第176页。

吴宓把哈佛大学时期对他人生的影响归结于命运的偶然性，鉴于他维持《学衡》十余年间所承受的各种艰辛和压力，以及“学衡派”在中国现代文化中的独特身份，这种表述的背后，其中或许不无遗憾与怅惘。然而，吴宓与梅光迪在哈佛相识并受后者影响，初步结成反胡适的联盟，这一事件表面上的偶然，背后却蕴含着吴宓如此选择的必然。这种必然才是吴宓之成为吴宓的根本原因。

吴宓对梅光迪的追随，以及对白璧德人文主义学说的接受，主要源于吴宓本人去国前原有的思想倾向。留学美国之前，吴宓就读于北京的留美预备学校——清华学校，从他清华时期的日记可看出，清华学校的西化教育，并未改变吴宓对儒家文化的深切认同。吴宓终其一生都坚持着对孔子所代表的儒家文化的认同和皈依。这与吴宓的“家学渊源”应有一定关系。吴宓出生并度过少年时代的陕西三原地区曾是“关学”[①] 重镇，吴宓的长辈如生父、嗣父及姨父、姑丈等亲戚都曾从学于当时三原的关学大儒刘古愚。[②] 刘古愚为晚清陕西著名教育家，秉承关学强调个人道德修养和学问“致用”的传统，关心国事而思想开通，在关中大兴教育，新学旧学兼授，其教育思想着重救世和致用，对当时关中读书人有极大影响。吴宓自少年时代即闻刘古愚的大名并对其深为仰慕。1905 年至 1911 年入读清华学校之前，吴宓先后就读于三原敬业学塾（家塾）

---

① “关学”，广义“关学”指自北宋张载开始到清末刘古愚的陕西关中理学（儒学）；狭义“关学”指北宋时期陕西关中张载创始的理学或张载关学学派，张载关学以“致用”、“崇德”为最终目标。此处取广义之说。

② 吴宓与刘古愚的关系，参见刘黎红：《论吴宓留学前的文化经历与其文化取向的关系》，《青岛大学师范学院学报》2005 年第 1 期。

和宏道高等学堂（五年制中学），旧学新学兼顾，其授业老师多为刘古愚弟子。[①] 此段时间，吴宓所受的教育很大范围笼罩在刘古愚的影响下。家庭环境、早期教育和地域文化共同作用于少年吴宓，使得吴宓养成浓厚的中国传统知识分子气质。对孔子所代表的儒家文化的认同，使得清华时期的吴宓，将提高“全体国民之智识与道德”视为国家强盛的充要条件。这种“道德救国”的观念一直贯穿到《学衡》时代。本着这种观念，吴宓自然对一切激进的社会行为都持保留态度，就读清华第一年，正赶上辛亥革命爆发，历来有救国之志的吴宓对革命的态度则是“既未参加，且不甚赞成”[②]。总的来说，吴宓去国之前已表现出文化上的道德取向，他对自我身份的期待以儒家文化理想主义的“圣人”为最高旨归。

正是由于吴宓本人亲近传统文化的倾向，他才与梅光迪一相识即意气相投、相互激荡。也正是这种倾向成为吴宓接受白璧德人文主义学说的基础，对吴宓而言，白璧德的学说无疑是孔子学说在西洋文化中所能引发的最大回响。白璧德对孔子的推崇，不仅赋予孔子学说一种前所未有的世界性，同时也使得白璧德的人文主义学说具有一种“国际主义”的姿态，这一姿态对于来自有过光辉历史又有着落后现实的中国留学生，往往具有极大的吸引力。在吴宓看来，白璧德的人文主义学说“其立说宏大精微，本为全世界，而不

---

① 参见吴宓著，吴学昭整理：《吴宓自编年谱》，北京：三联书店，1998 年，第 58 页、第 62～65 页。

② 吴宓著，吴学昭整理：《吴宓自编年谱》，北京：三联书店，1998 年，第 108 页。

为一时一地”[①]。因而，作为孔子信徒的吴宓，很自然地就成为白璧德的信徒了，可以说，吴宓原来对孔子学说的感情有多深，他对白璧德的认同就有多深，甚至是有过之而无不及，而他原来隐约怀有的儒家知识分子的“圣人”身份想象，也就明确为白璧德的“人文主义者”身份想象了。吴宓在清华时期已具有一种初步的比较文化意识，在平时的阅读中，他常将西方的思想学说与孔子所代表的儒家学说互相对照，从西方文化中寻找与孔子为主的儒家学说互相印证之处，由此更坚定他对儒家文化的信仰。白璧德人文主义学说所体现出来的世界文化视野，使得吴宓更自觉地从比较文化的角度来思考中国的文化问题，因而，白璧德的学说也就成为吴宓论证孔子学说在中国现代文化中的合法性的最有力武器，又因为这一武器来自西洋，对于不得不面对中国与西方这一关系而确立自我身份的吴宓来说，白璧德的学说显然正急其所需。

较之梅光迪，吴宓受白璧德的影响更全面，更深远。从哈佛时期开始，他一直自觉地将古希腊的苏格拉底、柏拉图、亚里士多德的思想与中国的孔孟思想互相对照互相阐发，在沟通中西文化方面做出了自己的独特贡献。同时，他也是中国较早从比较文学的角度来研究中国文学与西方文学的，哈佛大学时期，他已应用西方文学理论，从中西小说比较的角度来研究《红楼梦》。从哈佛毕业回国后执教于高校，他经常开的一门课是“文学与人生”，其讲述方式是从中西历史、哲学、文学等方面来“研究人生与文学之精义，及

① 吴宓著，吴学昭整理：《吴宓自编年谱》，北京：三联书店，1998年，第175页。

二者间之关系"[1]。另有一门课是"中西诗之比较"。凡此都证明他在中国实"开中西比较文化和比较文学研究之先河"[2]。因此，有学者称吴宓为"中国比较文学的拓荒者"。在白璧德的中国弟子中，吴宓无疑最全面地贯彻了白璧德的人文主义学说，从人生观、文学观到大学讲坛——充分体现出他作为哈佛大学比较文学系白璧德教授的弟子的特点，他都是白璧德忠实的追随者。

吴宓首先是从人生观或人生哲学的角度来接受白璧德的人文主义学说的。他从白璧德那里沿袭了西方关于人生观的三分法："人生观（即立身行事之原则）约可别为三种。一者以天为本。宗教是也。二者以人为本。道德是也。三者以物为本。所谓物本主义 Naturalism 是也。处今之世。以第二种之人本主义即人文主义为最适。"[3] 吴宓所崇信的第二种人生观，是他在白璧德人文主义的基础上综合了孔子所代表的儒家学说而成的。这两者在他看来是相通的、相互印证的，因而，这种人生观是至为精当的。白璧德的人文主义建立在人性二元论的基础之上，认为人性中善恶二元并存，因而人必须依靠自身的理性和意志来克制人性中恶的一面，即用理性对个人的欲望加以"内在的控制"，唯有如此，才能实现个体的自我完善，成为真正的"人文主义者"。这种观点与吴宓原来所信奉的"修身齐家治国平天下"深有契合之处，也就更能引起吴宓的共

---

① 吴宓著，王珉源译：《文学与人生》，北京：清华大学出版社，1993 年，第 1 页。

② 李赋宁：《学习吴宓先生的〈文学与人生〉课程提纲后的体会》，见吴宓著，王岷源译：《文学与人生》，北京：清华大学出版社，1993 年，第 235 页。

③ 吴宓：《我之人生观》，《学衡》第 16 期。引注：物本主义 Naturalism，今译自然主义。

鸣。在吴宓看来，正因为人性是二元的，所以才有强调道德之必要与可能。他认为道德之根本在于实行，因此提出他的实践道德三法："一曰克己复礼。克己者……以理制欲之工夫也。能以理制欲者。即为能克己 Exercise of Inner Check。故克己又为实践凡百道德之第一步也。……复礼者就一己此时之身分地位。而为其所当为者是也。……二曰行忠恕。尽心之谓忠。有容之谓恕。忠以律己。恕以待人。……三曰守中庸。中庸者。中道也。常道也。有节制之谓也。求适当之谓也。不趋极不务奇诡之谓也。"[①] 吴宓的实践道德三法，是他以儒家学说来阐释白璧德人文主义的人生观而提出的。这一人生观对吴宓的一生有着重要影响，尤其从他与《学衡》关系的始终来看，吴宓确实是尽力实践其人文主义人生观，尽管他也时有怨言，慨叹"中道"之难行；但正是这种极富儒家理想主义色彩的人生观，使得吴宓在 1925 年前后"学衡派"其他主将相继退出的情况下，竭力克服一切和障碍，独力支撑着《学衡》杂志。

吴宓对人生观的表述方式，表现出一种非中非西、又中又西的文化杂糅的特点，这种特点在梅光迪、胡先骕的文章中同样可见，但以吴宓最为明显。这体现了"学衡派"对待中国文化和西方文化关系的问题上一个相当值得我们注意的思路：一方面，他们通过白璧德提供的西方视角来重新理解和阐释自己的母体文化，在留学生中这种做法是相当自然的，这也是中国现代知识分子的典型做法；另一方面，他们往往又以中国文化来阐释白璧德学说以及西方文化，从而给他们所介绍和推崇的西方文化涂上一层浓厚的中国色彩。"五四"这一代的知识分子在接受和吸取西方文化方面，都有

① 吴宓：《我之人生观》，《学衡》第 16 期。

一个对具体所接受的西方文化加以适当调整的本土化过程，这个本土化，主要表现为按自己的需要对西方各种具体学说加以取舍，只求其适用，而不着重其完整面目或是真实面目，此即鲁迅所倡导的“拿来主义”。“学衡派”对西方文化的介绍也有本土化的做法，但这种以中国文化与西方文化相互印证，并反过来自觉以中国文化来阐释西方文化的做法，则是“学衡派”的鲜明特点了。在吴宓看来：“西洋真正之文化。与吾国之国粹。实多互相发明互相裨益之处。甚可兼蓄并收。相得益彰。诚能保存国粹。而又昌明欧化。”①通过这种互相阐发的做法，“学衡派”顺利解决了近代以来中国知识分子在“国粹”与“欧化”之间的矛盾。从中可看出“学衡派”在面对西方文化时自由出入的坦然心态，这仍然得归功于白璧德的“国际主义”姿态为他们所提供的文化心理支撑。无论如何，“学衡派”这种心态反映出中国知识分子一定程度上已确立起自己在文化上的主体性，不但用西洋学说来印证中国学说，也用中国学说去印证和检视西洋学说。就此而言，“学衡派”多少是实践了他们所标榜的融贯中西文化。对于吴宓而言，这种融贯中西的思路，使得他在接受了白璧德的学说之后，又能够把自己的根牢牢扎在中国文化中，建立起对中国文化不可动摇的归属感，并把得到西洋文化印证的儒家学说奉为个人信仰，因此，对白璧德的追随也就与对孔子的信仰并行不悖。然而，在一个新旧交替急需变革的时代，“学衡派”所接受的西学是一种脱离现代中国社会现实需求的学说，这种中学西学互相阐发的结果增强了他们对中国文化的信心，同时也造成了他们在文化上的自我封闭，具有很大的消极作用，它使得“学衡

① 吴宓：《论新文化运动》，《学衡》第 4 期。

派”陶醉于中西文化大同的想象中，而未能对中国文化进行批判性的反思，这妨碍了他们在文化上做出更有创造性的贡献。

当吴宓把他的人生观贯彻于他的文学观时，他对文学的看法具有鲜明的道德伦理特点。白璧德的文学批评主要是从伦理道德的角度切入，着重强调文学教化人心的社会功能，对文学的审美价值和艺术价值则不甚注意。这种倾向对他的中国弟子有一定影响。吴宓与梅光迪对待文学的共同点是：不是从审美的艺术的角度看文学，而是从人生哲学的角度看文学。在他看来，“文学是人生的表现”，“好的文学作品表现出作家对人生与宇宙的整体观念，而不是他对具体的某些人和事的判断”①。纯粹的“文学研究”是没有意义的，研究文学只能是研究人生的手段。这是白璧德在文学上的一个重要观点，文学必须“有益于世道人心”，也就是柏拉图所强调的道德教诲作用和亚里士多德所谓的“净化”作用。按照这个标准，西方浪漫主义及其后的文学都不足取，他们所表现的是人性中恶的一面，是一种放纵的自然主义，足以对世人造成恶劣的影响，促使人们堕落。持这种标准来衡量当时的中国新文学创作，吴宓自然不会对新文学有多少乐观的看法了。

吴宓的文学观，总是对应着他的人生观，因而，他甚至在其文学观中涉及国民性与文学的关系，他认为，“一国之文学，实表现其国民性”，“中国古代文章，表现国民性，各国称之。今日之表现，实堪羞愤”。今日之表现之所以实堪羞愤，在于“中国人今不自知其国民性”，但知“自暴其丑”、“破灭文字”、“随人附和”、

① 吴宓著，王岷源译：《文学与人生》，北京：清华大学出版社，1993年，第16～19页。

“无自尊自爱之信仰心”。改进之办法，在于“促进根本之德行；不是去写问题戏剧与问题小说”。[①] 梅光迪和吴宓的文章中都曾明确使用“国民性”这个名词，并都认为中国的“国民性”需要改良。但他们所提出的改良办法，与鲁迅通过揭露“国民性”的病根“以引起疗救之注意”不同，也不同于“五四”时着重暴露和反映社会问题的“问题戏剧”和“问题小说”。吴宓认为，文学应表现“国民性”优秀的方面，而不能自曝家丑，现实主义、自然主义文学要不得，要言之，只有温柔敦厚、强调理性与节制的古典主义文学才是好的文学，那样的文学才能塑造一个美好的中国形象，令“各国称之”。这种文学，显然更接近于鲁迅所批判的“瞒”与“骗”的文学。吴宓的观点，实际上潜藏着一个他者——西方的视角，具体地说，是白璧德这个美国人的视角，中国应该是孔子学说所建构起来的中国，中国的文学自然要符合温柔敦厚的宗旨；因而，为了向世界（西方）提供一个他们愿意看到的中国形象，中国要有好的文学，必须先从“人之改良”做起，“其改良之法，即务仿效中国古人及西洋之优点，而革除今世之谬误心理及恶劣习惯”，“针对中国人之病根，则在中国旧说，宜取孔孟之教，而参以墨家之精神。在西洋，宜取柏拉图，亚里士多德之说，而参以耶教之精神”。[②] 也就是说，中国人必须先成为白璧德所谓的人文主义者，以及孔孟一样的“君子”或“圣人”，然后，才能创造优秀的文学，才能有足以向西方人展现的“国民性”，中国才能“救亡御侮”。吴宓的“圣

① 以上均见吴宓著，王岷源译：《文学与人生》，北京：清华大学出版社，1993 年，第 62～66 页。

② 吴宓：《人生问题大纲》，见徐葆耕编：《会通派如是说——吴宓集》，上海：上海文艺出版社，1998 年，第 126 页。

人”身份想象真可谓“吾道一以贯之”了，无论文学还是救国，一切都必须从修身开始。

从古典主义的标准和人生哲学的角度来看待文学，不仅新文学的内容是有问题的，胡适等人的进化论文学观，更是“学衡派”所不遗余力批驳的。这种批驳从1915～1916年梅光迪与胡适在美国讨论“文学革命”问题时就已开始了，《学衡》创刊之后，梅光迪对新文学运动的攻击也集中于此。胡适以进化论来论证白话文运动的合理性，强调文学的突破和创新，这是梅光迪和吴宓绝对不能接受的。在他们看来，经济、政治、科学，言进化则可，而文学、艺术等人文科学，则不能以进化言之，不能以新出者为优胜。吴宓认为，“文学之根本道理。以及法术规律。中西均同。细究详考。当知其然。文章成于摹仿Imitation。古今之大作者。……未有不由摹仿而出者。……文学之变迁。多由作者不摹此人而转摹彼人。舍本国之作者而取异国为模范。或舍近代而返求之于古。于是异采新出。然其不脱摹仿。一也”[①]。并指出“中国之新体白话诗。实暗效美国之Free Verse。而美国此种诗体。则系学法国三四十年前之Symbolism”[②]。摹仿在文学发展中确实是一种不可避免的现象，毕竟，任何文学创造都是在前人基础上的突破，摹仿实际是对前人的一种继承。吴宓所指出的胡适白话诗对美国自由诗的摹仿，也是事实。胡适在《文学改良刍议》所提出的“八事”与庞德诗歌主张的趋同性，早经论者指出。中国现代文学与西方文学之间，确实存在

---

① 吴宓：《论新文化运动》，《学衡》第4期。

② 吴宓：《论新文化运动》，《学衡》第4期。引注：Free Verse，意为自由诗；Symbolism，意为象征主义。

一定的摹仿关系。现代文学的发生，在中国文学史上是一次前无古人的革命性变化，从中国自己的文学史中找不到可供借鉴的先例，于是，“舍本国之作者而取异国为模范”也就是自然而然的了。胡适在论证他的白话文运动合法性的时候，直接借用的论据也是西方的理论和欧洲文学革命的例子。吴宓并非反对胡适摹仿外国诗歌，他所反对的是摹仿时不该“专取外国吐弃之余屑”，不能从进化论的角度专取西洋最近之文学趋势，以其新出者为优，要之，仍是关于新文学合法性的问题。按照白璧德的古典主义标准，新文学倡导者以进化论来论证白话文学的合法性，自然是站不住脚的。对新文学的批评，归根到底还是谁更有资格代表西方文化和西方文学、谁更有资格规划中国新文化发展的问题。

白璧德所倡导的人文主义，在吴宓看来，正是“西洋文明全部之代表”，中国发展新文化，自当以此为指导方针，中国新文化的发展路线是否正确，也当以人文主义作为检验的标准。换言之，中国真正的新文化只能在人文主义视野内发生。在“学衡派”的表述中，他们总是强调他们非但不反对新文化，而且也是以建设新文化为己任，他们所反对的只是“专图破坏”、“粗浅谬误”的新文化，即胡适等人所倡导的新文化。因为“彼新文化运动之所主张。实专取一家之邪说。于西洋之文化。未示其涯略。未取其精髓。万不足代表西洋文化全体之真相”[①]。在“学衡派”看来，“西洋文化全体之真相”尽包含于白璧德的人文主义学说中，新文化运动所提倡的浪漫主义、写实主义、自然主义都是“一家之邪说”。对新文化的“歧视”以及对其“欧化”的合法性的否定，是吴宓和其他“学衡

① 吴宓：《论新文化运动》，《学衡》第4期。

派”主将的一致论调。他们与新文化倡导者一样赞成“欧化”，但他们坚持“欧化”首先必须以对西洋文化“选择之得当”为前提，其次，“欧化”必当不与“国粹”相冲突，符合这两个要求，才是真正的“欧化”。按照这个推理，在当时的中国，无疑唯有“学衡派”的主张才具有合法性，他们的“欧化”才是正确的“欧化”。然而，“学衡派”所谓的“欧化”，实际上是一种文化上的“出口转内销”，他们对西洋文化“选择之得当”，自然是对白璧德人文主义学说的选择，因为它与中国“国粹”不相冲突，而白璧德的学说之所以与中国“国粹”不相冲突，则因为它把孔子学说含括其中。从这个环环相扣的逆推过程，最后抵达的是作为“国粹”的孔子学说，产地中国的孔子学说在“学衡派”的理论中就成为“欧化”了。这种荒谬的推理得以成立的前提，是孔子学说已在白璧德人文主义这盆洋墨水中浸泡过了。因此，“学衡派”既是“复古”的，又是“西化”的，这两者在他们身上是一致的，因为有白璧德在。白璧德对“学衡派”所造成的遮蔽就在于此，他使得吴宓们陷入一个自我循环自我证明自我封闭的文化怪圈。

“学衡派”诸人中，吴宓最忠实于白璧德，受白璧德影响最深，“学衡派”的另一重要人物柳诒徵称他为“华之白璧德”[①]。因而，他的身份想象始终坚定地指向白璧德所谓的“人文主义者”。这种身份想象赋予他一种强烈的文化使命感，具体表现为他对《学衡》的苦心维持。这种身份想象也使得他一直看不清《学衡》所面对的现实境遇。杂志出版一年多后，已显出根基不稳的趋势。梅光迪退出、胡先骕对《学衡》的疏离，虽然对吴宓造成一定的打击，但并

① 柳诒徵：《送吴雨僧之奉天序》，《学衡》第32期。

未导致他因此放弃《学衡》，反而让他更自觉更全面地承担起维持《学衡》的重任，成为名副其实的《学衡》“总编辑”。然而，在新文化运动已成为主流话语的形势下，维持一份没有固定经费、缺乏稳定稿源、带有反对派色彩的杂志，其中的艰辛可想而知。同人的分化，对手的漠然，无异于消解了《学衡》存在的现实意义。继续支撑着《学衡》的吴宓，不仅任重，而且寂寞了。这种寂寞，正如鲁迅所说：“凡有一人的主张，得了赞和，是促其前进的，得了反对，是促其奋斗的，独有叫喊于生人中，而生人并无反应，既非赞同，也无反对，如置身毫无边际的荒原，无可措手的了，这是怎样的悲哀呵。”[①] 1924 年后的《学衡》，既无反对，也少赞同。吴宓身边的朋友如张歆海（也是白璧德的学生）、陈寅恪都认为《学衡》对社会无影响，理当停办，吴宓办《学衡》吃力不讨好，不如不办。《学衡》的另一重要人物柳诒徵也有退出《学衡》之意，且不愿在《学衡》上连载其《中国文化史》。另一方面，负责《学衡》出版发行的上海中华书局于 1926 年提出自第 60 期后即不再续办《学衡》。吴宓不甘心就此结束《学衡》，多方设法，与中华书局反复交涉，以求继续出版《学衡》。

1925 年前后，《学衡》实际上已全面陷入困境。在这种情况下，吴宓很难再坚持杂志成立之初他与梅光迪等设定的目标，对新文化运动的批评既没有造成一定的社会影响，此类文章又难求，为了继续维持《学衡》的出版，吴宓唯有调整《学衡》的方向。1925 年 2 月，吴宓到清华学校执教，任清华国学研究院主任。在《学衡》稿

① 鲁迅：《鲁迅全集》第一卷，北京：人民文学出版社，1981 年版，第 417 页。

件缺乏的情况下，清华同事王国维、梁启超等都成为吴宓拉稿的对象，是年，王国维关于古史研究的文章开始出现于《学衡》。《学衡》逐渐放弃其反对新文化运动的理想，吴宓本人也不再发表批评性文章，除了一篇《论事的标准》（第56期）稍涉批评外，其他文章都是译述西方学说、文学作品。《学衡》是“学衡派”的阵地，但1925年后的《学衡》，已很难说是“学衡派”的《学衡》。1927年11月，胡先骕与吴宓在北京相见，胡先骕认为“《学衡》缺点太多，且成为抱残守缺，为新式讲国学者所不喜。业已玷污，无可补救。今可改在南京出版，由柳、汤、王易三人主编。但须先将现有之《学衡》停办，完全另行改组。丝毫不用《学衡》旧名义，前后渺不相涉，以期焕然一新”[1]。作为“学衡派”的主将之一，胡先骕对《学衡》竟采取如此决绝的态度，这对以维持《学衡》于不坠为己任的吴宓，打击极大。至此，吴宓终于意识到《学衡》之局已成强弩之末。外界的种种阻力和编辑《学衡》的艰难，都未能消除他对《学衡》的信念，《学衡》内部成员的离心却严重动摇了他对《学衡》的信心。

在《学衡》风雨飘摇的情况下，吴宓主动向《大公报》总编辑张季鸾提出，由他负责办一份《大公报·文学副刊》。《学衡》刚面世不久，张季鸾即在当时他所主编的《中华新报》著文表示支持和鼓励，他的文化倾向一直与吴宓较接近，因而，接受了吴宓办《文学副刊》的建议。1928年1月1日，吴宓主编的《大公报·文学副刊》第1期出版，此后，每周一出版，一直延续到1934年1月1日，共出313期。该刊用文言编辑。《文学副刊》的出版，为吴宓

① 吴宓：《吴宓日记》Ⅲ，北京：三联书店，1998年，第437页。引注：柳即柳诒徵，汤即汤用彤。

贯彻自己的文学观念提供了另一个重要的阵地。借助报纸这一更快捷更大众化的媒体，吴宓得以继续宣传介绍白璧德等人的学说以及西洋文学。① 同时，《文学副刊》对新文学作家作品多有介绍，吴宓本人也撰文评介了不少新文学作家作品。② 通过《文学副刊》的编辑，可看出吴宓对新文学运动的态度已有所改变。这跟他在《学衡》上已逐渐放弃“反对派”角色是相对应的。

1933 年，在出版了 79 期后，《学衡》停刊。同年，“学衡派”的精神导师白璧德在美国逝世。白璧德的中国弟子吴宓，就此退出现代文化的舞台。

第三节　胡先骕与《学衡》

“学衡派”三大主将中，胡先骕的“诗人”身份和“文学批评家”身份最为突出。③ 他也是留美出身，但与以文学为业的梅光迪、吴宓不同，胡先骕的专业是森林植物学。1913 年 11 月，胡先骕赴美（公费留学），入加州柏克莱大学农学院森林系。1914 年夏，胡明复、任鸿隽、赵元任、秉志、杨铨（杏佛）等留美学生在美国康乃尔大学发起成立科学社，商议筹办《科学》（Science）月刊，以

---

① 关于《大公报·文学副刊》对于《学衡》的辅助作用，参见沈卫威：《〈大公报·文学副刊〉对新人文主义的张扬》，见《社会科学辑刊》2004 年第 3 期。

② 参见刘淑玲：《大公报与中国现代文学》，石家庄：河北教育出版社，2004 年。该书“第一章 吴宓与《文学副刊》：与新文学的对话（1928～1934）”，考察了吴宓与《文学副刊》的关系，尤其注意到《文学副刊》所反映出来的吴宓对新文学态度的变化。

③ 胡先骕在中国植物学界的影响和地位不在本文讨论范围之内。

“提倡科学，鼓吹实业，审定名词，传播知识为宗旨”[①]。1915 年，《科学》创刊，随后在科学社的基础上正式成立“中国科学社”，胡先骕、胡适、梅光迪同为该社社员。胡先骕和胡适留美期间均在《科学》月刊上发表过文章。[②] 出国之前，胡先骕受过系统的旧学教育，幼时有“神童”之誉，对诗文创作有浓厚兴趣，曾得到当时南昌知府、“同光体”诗人沈曾植赏识和关照。赴美之后，胡先骕保持着写作旧体诗词的习惯，且对西方文学也有很大兴趣，虽然所学专业并非文学，但也“寝馈于英国文学。略知世界文学之源流”。[③] 他归国后发表于 1920 年 9 月《东方杂志》第 17 卷 18 期的《欧美新文学最近之新趋势》一文，证明他确实“略知世界文学之源流”。

胡先骕在文学方面颇为自负，他在 1916 年从美国学成归国后所写的《壮游用少陵韵》诗中有言：“束发毕经史。薄誉腾文场。下笔摹古健。颇欲追班扬。一时冠盖俦。交口称麟凰。庞眉比长吉。锦句充奚囊。冥契接虞夏。廓我刚柔肠。轩轩寡俗韵。逸兴凌穹苍。遗世每独立。人海空茫茫。”[④] 虽然拿的是植物学硕士学位，但胡先骕在文学上踌躇满志，自视甚高。这是比较典型的中国传统知识分子的心态，不管从事什么职业，总期望在诗歌上有所作为。胡先骕后来以植物学家名扬海内外，然而，终其一生都保持着对旧诗的信仰，沉迷于“诗人”身份，以此作为自己在文化上的归属。

---

① 胡适：《留学日记》卷四，见《胡适全集》第 27 卷，合肥：安徽教育出版社，2003 年，第 343 页。

② 参见樊洪业：《〈科学〉杂志与中国科学社史事汇要（1914～1918）》，《科学》2005 年第 1 期。

③ 胡先骕：《中国文学改良论》，见张大为等编：《胡先骕文存》上卷，南昌：江西高校出版社，1995 年，第 1 页。

④ 胡先骕：《胡先骕先生诗集》，台湾中正大学校友会编印，1992 年，第 13 页。

不幸的是，这个从美国留学归来的文学青年，刚一回国，便遭遇了一件非常不愉快的文学事件。他的朋友胡适在1917年1月发表于《新青年》的那篇著名文章《文学改良刍议》中，毫不留情地举出“吾友胡先骕先生”在美国所作的一首词作为其所批判的“烂调套语”的代表，对该词逐字逐句进行严厉批评。1915～1916年间胡适与梅光迪、任叔永等其他留美朋友进行“文学革命”论争时，胡先骕并未介入其中。胡适的点名批评，以及《文学改良刍议》一文的广泛影响，对“素怀改良文学之志”的胡先骕造成一定刺激，使得他在植物学研究之外，开始涉足当时的新旧文学论争。胡先骕之参加《学衡》，一定程度上也可以说是被胡适“逼上梁山”。

1918年夏，胡先骕赴南京高等师范学校任教。是年，写下他批评胡适、陈独秀倡导的文学革命的第一篇（目前可见的第一篇）文章《中国文学改良论》，最先刊发于《南京高等师范日刊》，1919年3月转发于《东方杂志》。在该文中，胡先骕认为，陈独秀胡适之所创中国文学革命之说，“固不无独到之处。然过于偏激，遂不免因噎废食之讥”[①]。针对陈独秀、胡适之“以白话推倒文言”的偏激，胡先骕提出文学与文字迥然有别，文字的功能仅在于达意；文学则在达意之外，“而必有文采焉。而必能表情、写景焉。再上则以能造境为归宿”[②]。而文言无论用于文或诗，其表情达意的功能都极为完善典雅，无须以白话代之，因为白话无法完全代替文言。针对文学革命效仿欧洲文学倡导言文合一，胡先骕认为，若以白话全代文

① 胡先骕：《中国文学改良论》，见张大为等编：《胡先骕文存》上卷，南昌：江西高校出版社，1995年，第1页。

② 胡先骕：《中国文学改良论》，见张大为等编：《胡先骕文存》上卷，南昌：江西高校出版社，1995年，第3页。

言，则语言变而文字亦随之而变，中国文学就难以流传后世，或是到后世变得难读；中国文学之所以能流传不朽，正因为言文分离。文学革命提倡“创造”，但文学创造不能尽弃前人遗产，“创造与脱胎相因而成者也”，“去陈出新。是谓脱胎”，“故欲创造新文学。必浸淫于古籍。尽得其精华。而遗其糟粕。乃能应时势之所趋。而创造一时之新文学。如斯始可望其成功”①。

当时的北京大学学生罗家伦随即撰写《驳胡先骕君的〈中国文学改良论〉》一文，发表于《新潮》1919 年 5 月 1 卷 5 号。据罗家伦文中所言，胡先骕此篇文章问世后，有一班“烧料国粹家”拍手称快，认为“学贯中西”的胡先骕把文学革命的黑幕一律揭穿。自文学革命发动以来，尚未有来自“学贯中西”之人的反对，罗家伦等文学革命青年自然对这篇文章极感兴趣了。罗家伦从“我们一班倡文学革命的人”的立场，以五倍于胡先骕原文篇幅的文字对胡文逐字逐句进行批驳，最后认为“胡君此文的全体，名为《中国文学改良论》，实是自己毫无改良的主张和办法，只是与白话文学吵嘴。而且意义文词，都太笼统，不着边际”②。其口吻和气势，与他的老师胡适两年后评《学衡》为“学骂”何其相似。胡先骕的文章，确实有意义文词笼统的毛病，未能明确指向文学革命的要害，流于泛泛的反对。罗家伦之所以对这样一篇小文章下如此大工夫批驳，既是为了辨明“学贯中西”的胡先骕“对于文学革命和中西文学的误

① 胡先骕：《中国文学改良论》，见张大为等编：《胡先骕文存》上卷，南昌：江西高校出版社，1995 年，第 5 页。

② 罗家伦：《驳胡先骕君的〈中国文学改良论〉》，见赵家璧主编：《中国新文学大系・文学论争集》，上海：良友书局 1935 年版，上海：上海文艺出版社 1981 年影印本，第 126 页。

解”，也是为了借机宣扬文学革命的主张。由此可见，文学革命在当时确有“不容反对者有讨论之余地”的气势。作为革命倡导者的陈独秀和胡适，自然清楚其做法有偏激之处。但在有着几千年文学传统、“破坏难于建设”的中国，“老革命党”陈独秀比白面书生胡适之更懂得要推行一种革命性的主张，不采取武断强硬的措施则不能行之。文学革命之大力推行，与陈独秀坚定的革命党作风有着莫大关系。同样是白面书生的胡先骕只知纸上谈兵，未能真正体察到文学革命的话语霸权背后所承担的历史压力和现实压力。自己的文章招来如此猛烈的回击，大约是在胡先骕意料之外的。而罗家伦的这篇文章，继胡适的《文学改良刍议》之后，更加激发起胡先骕与文学革命论争的意气，应该是自然而然的。

1920年9月，胡先骕在《东方杂志》第17卷18期发表长文《欧美新文学最近之趋势》，该文认为自文学革命以来“写实主义遂受青年社会偶像之崇拜。此好现象也。中国文学。向重理想。除经史子集并以‘文以载道’为标帜外。其他文学。如戏曲小说等。要以娱乐为职志。而方法则多限于所谓‘浪漫’主义者。……中国小说戏曲之写实主义。实不发达。故社会之提倡欧洲写实主义与自然主义之新文学。于中国新文学之将来。为益必非浅鲜。盖中国社会间之材料。实足供大队之写实主义或自然主义之新文学家之用”①。从中国文学自身的特点来肯定新文学提倡写实主义自然主义的意义，可见胡先骕确实对中国文学的发展有着深入思考。而在如此高调的肯定之后，他的话锋立刻转到“近日之趋势。亦有一可虑之危

① 胡先骕：《欧美新文学最近之趋势》，见张大为等编：《胡先骕文存》上卷，南昌：江西高校出版社，1995年，第7页。

险。则社会青年。但知新文学之一麟一爪。而未能有一系统之研究。……若无首尾全体之眼光。仅持一家之说。而不知抉择。则所谓盲从。所谓诐言也”①。随后，他即对“近代欧洲文学之历史。及新文学最近之趋势”加以分析，洋洋洒洒列举了古典主义以来欧美各家各派之文学，对其加以简要评论，指出其成就与缺陷，充分展示了他在欧美文学方面的广博知识。最后他所得出的判断却是“惟须知写实主义自然主义。终非文学界之极则。他日事过境迁。今日所痛心疾首大声疾呼之社会罪恶。已成陈迹。则此种种地狱变相。必为明哲之社会所不欲睹。而此类之著作。亦终有弃之废簏中耳”②。在这篇文章中，胡先骕的讨论范围仅限于小说和戏剧，不包括诗歌和散文，持论尚比较客观。把这篇文章与《中国文学改良论》结合起来看，胡先骕的文学倾向就比较清楚了：诗歌不能用白话取代文言，而小说、戏剧则但用白话无妨，新文学的小说、戏剧创作借鉴和学习西方文学是“好现象”，但仍需有所选择，不能限于一偏。这种有别于新文学运动的文学倾向，是他后来与梅光迪、吴宓结盟共办《学衡》的一个重要原因。

在《学衡》成立之前，胡先骕已一步步卷入文学革命的论争中。1920年3月，胡适《尝试集》出版，将他试验白话诗三年的成果贡献于世；9月，《尝试集》再版。同年，胡先骕撰写长达2万余字的《评〈尝试集〉》一文，对《尝试集》以及胡适所倡导的文学改良“八事”进行否定性批评，其批评之气势，与前面所述罗家伦

① 胡先骕：《中国文学改良论》，见张大为等编：《胡先骕文存》上卷，南昌：江西高校出版社，1995年，第8页。

② 胡先骕：《中国文学改良论》，见张大为等编：《胡先骕文存》上卷，南昌：江西高校出版社，1995年，第23页。

的文章正成对应。然而，《评〈尝试集〉》一文撰成后，“历投南北各日报及各文学杂志，无一愿为刊登，或无一敢为刊登者”①。可见白话文运动在当时声势之盛，以及胡适影响力之广。此时的胡先骕应该感到缺乏自己言论阵地的郁闷了。然而，这种郁闷没有持续很久。1920 年夏天，胡适在美国讨论“文学革命”的对手梅光迪来到南京高师任教，与胡先骕成为同事，胡适的两个“朋友”就此相聚于同一所学校。至今尚无资料表明梅光迪和胡先骕两人在美国是否相识和往来，但是，胡适在《尝试集》初版自序中对他与梅光迪讨论“文学革命”这段公案有着详细交代，胡先骕自然也就清楚梅光迪与胡适的渊源以及梅光迪的文学倾向了。两人都与胡适有过文学上的交锋，又都任教于同一个学校，真可谓共同的命运使他们走到一起了。当时任南京高师文理科主任兼校长办公室副主任的刘伯明，是梅光迪留美时的朋友，对梅光迪的文学倾向有一定认同；现在加上胡先骕这个蓄势待发的同道，立志“对胡适作一全盘之大战”的梅光迪，遂决定以南京高师作为聚集同人反对新文学运动的阵地，酝酿发起创立自己的话语阵地——《学衡》杂志。梅光迪和胡先骕在文学倾向上接近于中国传统知识分子，但他们也清楚，清末以来的中国社会，报纸杂志已成为通行的传播媒介，他们要发出自己的声音，宣扬自己的主张，实现自己的文化理想，首先必须有一个自己的刊物。梅光迪很快致信其时尚在哈佛就读的吴宓，邀请他毕业后到南京高师任教，同办杂志，一起致力于他们共同的理想事业。素来有办杂志愿望的吴宓在 1921 年如约前来，于是，胡先

① 吴宓著，吴学昭整理：《吴宓自编年谱》，北京：三联书店，1998 年，第 229 页。

骕、梅光迪和吴宓聚集到一起，“磨刀霍霍”，在南京树起反对新文化运动的大旗。

1922年1月，《学衡》在南京面世，胡先骕搁置已久的《评〈尝试集〉》自然成为祭旗之作，连载于第1、2期。梅光迪在《学衡》创刊号推出《评提倡新文化者》一文，对新文化倡导者展开严厉批评乃至谩骂。胡适的两个“朋友”成为了新文化运动的反对派。在《中国文学改良论》一文中，胡先骕主要从英国文学中借助论据，而《评〈尝试集〉》一文，他已开始引用白璧德的观点作为批驳胡适的武器。之前所发表的《中国文学改良论》和《欧美新文学最近之趋势》两篇文章，尚未有片言只字涉及白璧德及其人文主义学说。与梅光迪、吴宓不同，胡先骕与白璧德没有直接师承关系，他对白璧德的接受应是来自梅光迪、吴宓的影响。在当时新文化运动已倾倒众生的语境中，他们要与从西方获得理论资源的胡适进化论文学观做斗争，不能不同样从西方那里获取自己所需的理论武器。胡先骕对白璧德学说的自觉借鉴，无疑与这种理论需要有关。《学衡》上第一篇译介白璧德的文章《白璧德中西人文教育谈》即出自胡先骕之手。据《吴宓自编年谱》1922年所载：“一月初，得白璧德师自美国寄来其所撰之‘Humanistic Education in China and in the West’一文。……胡先骕君见之，立即译出，题曰《白璧德中西人文教育谈》，登入《学衡》第三期。”① 胡先骕对翻译白璧德文章的积极热情，正反映出他对白璧德人文主义学说的认同。与梅光迪、吴宓相同，胡先骕也是通过白璧德的学说而明确了他关

① 吴宓著，吴学昭整理：《吴宓自编年谱》，北京：三联书店，1998年，第233页。

于西洋文学的古典主义标准，因此在批评新文化运动中表现出更鲜明的理论自觉性。

在胡适的《尝试集》出版之前，鲁迅已在《新青年》先后发表了《狂人日记》、《孔乙己》、《药》等短篇小说。胡先骕对此并没有做出反应。与梅光迪、吴宓对新文化运动的整体关注不同，胡先骕主要聚焦于诗歌，他对新文化运动的批判基本上只针对胡适倡导的白话诗。他所持的仍是中国传统的文学观念，即以诗歌为正统的雅文学，小说、戏剧则是次一等的俗文学。在他看来："文学之宗旨有二。一为供娱乐之用。一为表现高超卓越之理想想象与情感。前者之格虽较卑。而自有其功用。其标准亦较宽。……后者则格高而标准亦严。必求有修养精神增进人格之能力。而能为人类上进之助者也。"① 即文学有俗文学与雅文学之分，他所追求的自然是"表现高超卓越之理想想象与情感"之高格文学，因而，他随后在《学衡》上集中用力于诗——主持《学衡》"文苑"，大量刊登自己的诗作，以及与他同宗的江西派诗人的作品；撰写一系列评论古代及近代诗人的文章：《评赵尧生香宋词》、《读阮大铖咏怀堂诗集》、《读郑子尹巢经巢诗集》、《评金亚匏秋蟪馆诗》、《评朱古微彊邨乐府》、《评俞恪士觚庵诗存》、《读张文襄广雅堂诗》、《评陈仁先苍虬阁诗存》、《评文芸阁云起轩词钞王幼遐半塘定稿賸稿》、《评刘裴村介堂诗集》、《评亡友王然父思斋遗稿》。近代诗人中较有影响的几乎都涉及了，这些文章足以证明胡先骕在旧诗上用力之深、用心之苦。通过大力标举古代诗人，宣扬古代诗歌各体皆善的伟大成就，尤其侧重对近代诗人文学成就的介绍和推崇，胡先骕意图以此驳斥胡适

---

① 胡先骕：《文学之标准》，《学衡》第31期。

文言已成死文字的说法。他是“学衡派”同人中最自觉、最积极从事中国旧诗批评的。这一切都源自他对中国诗歌的信仰和热爱，他是以接续中国两千多年诗歌传统自期的“诗人”，因而绝不能容忍胡适破裂中国文学传统的白话诗主张。

《评〈尝试集〉》一文，其意不仅是批评“大名鼎鼎之文学革命家”胡适的《尝试集》及其“论诗之学说”，还兼论“现时一般新诗之短长。古今中外名家之论诗之学说”。并希望在批倒胡适的白话诗主张之后，提出“真正改良中国诗之方法”。[①] 该文分别从“尝试集诗之性质”、“声调格律音韵与诗之关系”、“文言白话用典与诗之关系”、“诗之模仿与创造”、“古学派浪漫派之艺术观与其优劣”、“中国诗进化之程序及其精神”、“尝试集之价值及其效用”七个方面，针对胡适在《文学改良刍议》中所倡导的“八事”一一进行批驳，大量引证中外古今名家之诗作及诗论，加以比较说明，以此论述胡适白话诗主张的不合理、违反诗歌规律与原理。该文虽名为《评〈尝试集〉》，但仅在文章开头蜻蜓点水般掠过《尝试集》的作品，将其全部否定，随即直奔对胡适白话诗观的批评和纠正了。在胡先骕看来，胡适“于作中国诗之造就。本未升堂。不知名家精粹之所在。……实则对于中外诗人之精髓。从未有深刻之研究。徒为肤浅之改革谈而已”。胡适“但能作白话不能作诗……如尝试集中‘周岁’‘上山’‘我的儿子’‘自题藏晖室札记’‘威权’‘一颗星儿’‘应该’‘你莫忘记’‘看花’‘示威’‘纪梦’‘许怡荪’‘外交’诸诗。皆仅为白话而非白话诗。其中虽不无稍有情意之处。然亦平常日用语言

---

① 以上均见胡先骕:《评〈尝试集〉》,《学衡》第1期。

之情意。而非诗之情意也”。[1] 正是由于认为胡适“不知”和“肤浅”，胡先骕对胡适的批评具有一种居高临下的教导者姿态，从其行文来看，无异于在给“开风气之先”的胡适上一堂关于诗歌理论和中国诗歌史的课，一副“气盛言宜”的样子。胡适白话诗主张的革命性，自是胡先骕所看不到的，当他以中国古代诗歌的作品和标准来衡量《尝试集》时，自然只觉得《尝试集》极其不堪了。

胡适在《文学改良刍议》中说道：“以今世历史进化的眼光观之。则白话文学为中国文学之正宗，又为将来文学必用之利器，可断言也。以此之故，吾主张今日作文作诗，宜采用俗语俗字。”[2] 这一观点对于中国几千年的文学观念是一个彻底的颠覆，文言是中国知识分子唯一视为正统的语言工具，诗更是中国文学的至尊。胡适从中国文学的发展史推出“一时代有一时代之文学”，着重强调文学随时代变迁的发展变化，有意忽略中国文学在变化中的传承，而更突出每一时代每一个体的创造性，并因此推导出白话文是文学进化的必然趋势和方向。这种石破天惊的说法，对于一心以旧诗为皈依的胡先骕来说，自然是不可容忍的。梅光迪与胡适在1915～1916年间的“文学革命”论争，基本上还是一种理论之争。毕竟，梅光迪不是一个积极的旧诗写作者，他对旧诗的维护主要是学理层面的。胡适虽也有写旧诗的经历，但早已感到格律的困难和束缚，写作旧诗的热情也不高。对于胡先骕来说，情况就不太一样了，他对白话诗的反对，不仅是作为一个文学批评家从学术立场进行理论的

---

① 均见胡先骕：《评〈尝试集〉》，《学衡》第1期。

② 胡适：《文学改良刍议》，见《胡适全集》第1卷，合肥：安徽教育出版社，2003年，第15页。

批评，更是作为一个以诗歌为个人安身立命之所的诗人在为旧诗辩护，其中包含着浓烈的感情因素。胡适对中国文学传统的颠覆，就是对胡先骕人生观、价值观的颠覆。因而，在“学衡派”诸人中，他对胡适白话文学主张的反抗最坚决。

在《中国文学改良论》中，胡先骕对胡适的批评还有所保留，那时胡适的《尝试集》尚未问世。如今，作为胡适白话诗主张的成果——《尝试集》出来了，胡先骕当然就不客气了。与梅光迪在美国和胡适论争时强调诗文殊途一样，胡先骕在《评〈尝试集〉》中，也对诗与文的区别进行辨析，他从发生学的角度论述了诗与文的不同起源以及诗发展的自然趋势。针对胡适所提出的中国古代诗歌句法太整齐、不合语言的自然，白话诗正符合语言的自然，胡先骕认为：“诗之所以异于文者。亦以声调格律音韵论。……诗之有格律。实诗之本能。……按之古今中外。莫不先有诗而后有散文。盖诗者歌之遗。未有文字以前。已有诗歌。……诗出于歌谣。文出于语言。而歌谣与语言。一发原于情感。一发原于智慧。皆为初民同时所共具之才能。非歌谣出于语言也。……今取语言以况诗歌。是持不同类之物以相比较。无怪其无往而不误也。此不知生物学与人种学之故也。”[①] 胡先骕作为一个植物学家，自然有资格批评胡适不懂生物学与人种学，然而，“诗出于歌谣”之说，原只是关于艺术起源的一种理论，未经生物学或人种学之科学实证，这一层胡先骕应当是知道的；但是，对手是爱讲科学方法且信奉进化论的胡适，出于论辩的需要，胡先骕就不得不强以生物学与人种学来增加声势了。这是胡先骕立论的基础，诗与文各自的渊源有别，诗自有其不

① 胡先骕：《评〈尝试集〉》，《学衡》第1期。

同于文的声调格律音韵，诗具有其独特的审美价值和艺术价值，更不能以诗对应于一般的口头语言。胡适把诗与文都视为人类表情达意的工具，既然是工具，自然要以便利为目的，据此推论，则不但作诗要如作文，且作文要如说话，方合语言的自然。在胡适的论述中，文学的审美价值和艺术价值，以及文学与人们情感、精神的关系，是被有意舍掉，忽略不计的。胡适的剑走偏锋，并非如胡先骕以为的那样不懂诗，不懂中国文学传统；相反，胡适非常清醒地要为自己的主张重新创造一个新的文学传统，因而，他必须先把白话"这个工具抬高起来，使他成为公认的中国文学工具，使他完全替代那半死的或全死的老工具"①。不如此，则不能以进化论来解释中国文学史，也就不能证明自己白话文革命的合法性。胡适所回避的，正是胡先骕所着重的。胡先骕并未充分认识到胡适提出白话文主张所采取的话语策略，他因此把胡适视为不懂诗的人，而苦口婆心对其进行诗教，力求向胡适阐明诗的原理、诗的本体。

在结合中外古今的例子，对胡适的"八事"进行逐一分析矫正之后，胡先骕更以一个深谙作诗之道的"诗人"口吻向胡适阐明作诗之法："故学为诗者。必先知四声之异同。平仄相间之原理。古诗律诗之性质。起首结尾阴阳开合之宜忌。题目之性质与各种诗体之关系。进而博读诸家之名著。审别其异同。籀绎其命意遣词造句炼字行气取势之法。再择其一二家与己之嗜好近者。细意模仿之。久久始可语于创造也。"② 这种中国传统诗教的老生常谈，正与胡适

① 胡适：《逼上梁山——文学革命的开始》，见《胡适全集》第18卷，合肥：安徽教育出版社，2003年，第121页。

② 胡先骕：《评〈尝试集〉》(续)，《学衡》第2期。

所张扬的“不摹仿古人”相对立，与胡适的革命精神可谓相去甚远了。胡先骕的文学观念还停留在古典主义的阶段，但是，作为一个自谓“略知世界文学之源流”的留学生，胡先骕也像胡适一样“学贯中西”，不仅以中国文学的例子佐证自己的观点，也从欧洲文学中寻找外援，并且引进“学衡派”的理论武器——白璧德的文学观点，用其古典主义、浪漫主义文学二分法来定位胡适的革命主张：“胡君之诗所代表与胡君论诗之学说所主张者。……以世界文学潮流观之。则浪漫主义。卢骚主义之流亚。而所反对者古学主义（Classicism）也。”[①] 并借用白璧德痛斥卢梭的那一套言论来指责胡适的“谬误”，极言浪漫主义之非。

胡先骕与“学衡派”其他主将都坚守古典主义的文学立场，并以古典主义作为唯一正确的文学原则和标准，以之衡量一切的文学现象。因此，他们未能清醒认识到清末以来中国社会所发生的巨大变化，已对中国传统的文学观念造成了极大冲击。从黄遵宪倡导“诗界革命”、梁启超倡导“小说界革命”以来，文学的社会功用越来越得到重视，而报刊等大众传媒的兴起，更为文学的大众化倾向提供了充足的条件，时代正在呼唤着新的文学、新的文化。留学之前已有过办白话报写白话文的胡适，对此趋势早已有所感应；出国后得到杜威实验主义方法论的理论支持，也就因势利导，把清末以来国内已出现的白话文趋势更进一步强化，致力于使白话文成为一种合法的文学工具。胡先骕和梅光迪他们虽然也意识到近世以来中国文学自身已酝酿着一股要求改革的力量，但在他们看来，这种改革主要是思想内容方面的，因为近代以来中国社会在思想文化方面

① 胡先骕：《评〈尝试集〉》（续），《学衡》第2期。

已发生了重大的变化，而有着崇高地位的诗与文，在表现这些重大变化方面显得滞后，因此，需要对文学进行改良，使它能够更有力地表达新思想、新内容。尽管胡先骕认为“尝试集之价值与效用。为负性的”，但他也承认“现世代之文学尚未产出。旧式之名作。亦有时不能尽餍吾人之望。虽今日新诗人创作之方法错误。然社会终有求产出新诗之心”。① 而在对“产出新诗”的设想中，他认为问题不在于诗的形式的局限，而在于现时诗的内容——“实质”的贫弱，以及诗人个人的能力，因而，他也像林纾一样，期待着出现一两个文学上的“伟丈夫”之类的大诗人：“他日中国哲学科学政治经济社会历史艺术学术。逐渐发达。一方面新文化既已输入。一方面旧文化复加发扬。则实质日充。苟有一二大诗人出。以美好之工具修饰之。自不难为中国诗开一新纪元。”②

“学衡派”同人的“圣人”与“人文主义者”身份想象，在胡先骕身上具体化为“诗人”的身份想象，他把中国文学的振兴寄托在“一二大诗人”身上，并以植物学家的现实身份，义无反顾介入文学革命的论争中。吴宓把人生的事业分为“职业”与“志业”两种，前者是为稻粱谋，后者则是个人理想之所在，是人生价值的最高寄托。对于“平生耽苦吟”的胡先骕而言，他的人生也如此，尽管他在中国植物学方面成就辉煌，但从他传统色彩浓厚的文化价值观来看，植物学当是“职业”而已，诗才是他的“志业”之所在。在晚年所写的《沈乙庵师》一文中，回忆早年在诗词上提携过他的沈曾植，他并未为自己在科学上的突出成就而觉得无愧于沈乙庵

---

① 胡先骕：《评〈尝试集〉》（续），《学衡》第2期。

② 胡先骕：《评〈尝试集〉》（续），《学衡》第2期。

师，反而为自己在诗词上未能有更大作为而感到“愧悔”。由此可见，胡先骕的“诗人”身份想象贯穿他一生始终，未能“为中国诗开一新纪元”，无疑是他终生的遗憾。胡先骕的命运，很能反映清末民初那一代知识分子在价值观上的矛盾，一方面，自近代中国的命运陷于中国与西方这一关系以来，他们已认识到科学在国家发展中的迫切性和重要性；另一方面，传统的“道”“器”观念仍残存在他们的意识中，即使如胡先骕这样从事科学事业并以植物学家而名扬天下的知识分子，在其价值观中，仍排除不掉从“器”的层面来定位科学的价值。对胡先骕来说，科学是不能与文学平等的，前者是实用的，是物质层面的，后者才是精神层面的，是个人真正的安身立命之所在，具有“不朽之价值”。这种传统的价值观念不仅干扰了胡先骕对自己的定位和评价，而且妨碍了他对近代以来的文学趋势做出清醒的判断，因而也就不能充分理解白话文运动的发生及其意义。胡先骕与“学衡派”同人都对白话文运动采取一种抵制的态度，以他们脱离现实的古典主义标准来否定新文学运动，却未能从白话文运动的发生中看出中国文学的转型是时势所趋，陈独秀和胡适则是进一步引导和推动了这一时势的发展。正因为不理解，他才殚精竭虑要让“不懂诗”的胡适们明白诗为何物、诗该怎样写。在当时白话文运动势不可当的语境中，胡先骕“为诗辩护”的所有话语，并未如他所希望的驳倒胡适的谬论，而更像是一种自说自话的“精英独白”。

除了上面所列的批评近代诗人的系列文章，胡先骕在《学衡》上所发表的批评性文章包括：《评〈尝试集〉》、《论批判家之责任》、《说今日教育之危机》、《评胡适〈五十年来中国之文学〉》、《文学之标准》。较之梅光迪和吴宓，他在《学衡》上自觉充当着诗歌“批评家"的角色，这一角色是他"诗人"身份的延伸。他从事批评归根到底是为了捍卫自己的文学观，为了论证旧诗存在的合理性，而非真正从学术的立场出发，对"五四"前后的整个文学现状做出判断和把握。受白璧德人文主义学说的影响，胡先骕在文学上坚持以古典主义作为批判一切作家作品的标准，因此，他的文学感觉是根据他的标准事先规定好的，是一种先验的存在，这是"批评家"胡先骕的致命弱点。尽管他自己反复申明批评家的立场应该客观，对批评家有别于作家的角色也有着自觉的认识："批评之业。异于创造。创造赖天才。故虽学问不深。亦能创造甚高之艺术。至批评。则须于古今政治历史社会风俗。以及多数作者之著作。咸加以博大精深之研究。再以锐利之眼光。为综合分析之观察。夫然后言必有据。而不至徒逞臆说。或摭拾浮词也。"[①] 但在他看来，批评的主旨是为了指导社会。既是要指导社会，自然要确立起高尚的标准，自然也就采取了一种自上而下的教诲姿态，而非一种理解的同情的姿态，他的批评因此与文学现实有着极深的隔膜。正如鲁迅所言："批评家若不就事论事，而说些应当去如此如彼，是溢出于事权以外的事，因为这类言语，是商量教训而不是批评。"[②] 尤其在文学已经发生天翻地覆变化的语境中，仍然以一种"天经地义之类的"固定标准来进行文学批评，则是"滥用批评的权威"了。胡先骕的"批评家"身份，不过是其"诗人"身份的一种掩饰，他对胡适白话诗的持续批评，证明他更是以一个"诗人"的身份在说话。由于他是一个写

① 胡先骕：《批评家之责任》，《学衡》第3期。

② 鲁迅：《对于批评家之希望》，见《鲁迅全集》第1卷，北京：人民文学出版社，1981年版，第402页。

旧诗且只信奉旧诗的诗人，他必然要对白话诗采取完全否定的态度，不否定胡适的诗歌革命主张，就得否定自己的诗歌观念了，对一个怀着真诚信念的“诗人”来说，自然也就难以采取一种客观的学术的批评立场了。这是“学衡派”共有的特点，与其说他们是客观的批评家，不如说他们是一群捍卫自己文学信念的斗士。

《学衡》创刊第二年，“学衡派”对新文化运动所发起的批评，很少再能引起新文化倡导者的回应。当时的现实语境确实如胡适1923年3月在《五十年来中国之文学》一文中所宣告的：“文学革命已过了讨论的时期，反对党已经破产了。”① 新文化倡导者的胜利者姿态和自信，使得他们认为不再有与“学衡派”论争的必要。来自对手的冷漠，使得“学衡派”通过《学衡》所发出的声音，渐渐变成一种“独白”。原为批评新文学运动而来的“文学批评家”胡先骕，自然也就难以产生多大影响了。这一年，“学衡派”内部开始呈分裂之势，首先是梅光迪对《学衡》不满，退出《学衡》。随后，胡先骕于是年秋再度赴美留学，入哈佛大学攻读植物分类学博士学位。去国后，胡先骕虽然还继续为《学衡》供稿，但以诗作为主，批评性文章极少。1925年，获博士学位归国后，胡先骕对《学衡》不再有积极投入，自第51期（封面所标出版时间是1926年3月，具体出版时间不明）的《评亡友王然父思斋遗稿》一文之后，胡先骕不再有批评文章见于《学衡》，只是偶尔还在“文苑”一栏发表诗作，作为“批评家”的胡先骕实际上已经失语了。

---

① 胡适：《五十年来中国之文学》，见《胡适全集》第2卷，合肥：安徽教育出版社，2003年，第342页。

第三章 《学衡》与“学衡派”身份想象的现实境遇

第一节 “学衡派”之“学术”与《学衡》之“学术”

自创刊始，《学衡》即在杂志简章中表明其宗旨：“论究学术。阐求真理。昌明国粹。融化新知。以中正之眼光。行批评之职事。无偏无党。不激不随。”作为《学衡》主要发起人的梅光迪、吴宓、胡先骕，他们对于《学衡》所要论究的学术从一开始就有自己明确的倾向性，其目的在于以《学衡》为阵地，批评、反对新文化运动，宣扬介绍他们心目中真正的新文化，实现他们“人文主义者”的身份想象。“学衡派”主将们所关心的是人生中实际的道德问题和社会问题，他们对与当下无关的纯粹学术研究以及抽象哲学不感兴趣，因此，他们更注重《学衡》的社会影响和现实文化功用，并非仅仅为论学而论学。但是，《学衡》从创刊号到终刊号共 79 期，实际所论究的“学术”却并不全是“学衡派”所谓的“学术”。以下我们作具体考察。

《学衡》体例包括如下栏目：

（1）插画——主要是中西名人图像，或西洋名画等。创刊号插画为孔子像和苏格拉底像，象征着《学衡》在“国学”和“西学”上的精神皈依。

(2) 通论——主要发表争论性的文章，或关乎“国事与时局”的文章。批评新文化－新文学运动的文章基本都列在“通论”。译介白璧德及人文主义学说的文章也发在这一栏。该栏是《学衡》标志性的栏目，“学衡派”的由来，以及它后来被贴上的各种标签，跟“通论”一栏的内容特征有密不可分的关系。这一栏也是梅光迪、吴宓最为倚重的。

(3) 述学——主要负责“昌明国粹”、“诵述中西先哲之精言”。柳诒徵的著作《中国文化史》即在该栏连载；王国维在《学衡》上发表的一系列“考古述学”的文章也都在这一栏。此外，还有译介和研究中外历史、哲学、佛学的文章。这一栏的文章基本上体现了《学衡》宗旨所标榜的“无偏无党。不激不随”。

(4) 文苑——主要登载旧体诗词文赋，以及用文言翻译的外国诗作、文章。因胡先骕之故，“文苑”多刊发江西诗人的作品，还有大量“南社”社员的诗作。主要代表人物有陈三立、黄节、胡先骕、沈曾植、朱祖谋、姚华、邵祖平、王易、林损、庞钧、张尔田等；吴宓和柳诒徵也在“文苑”上发表过不少诗词。该栏也刊登小说，如吴宓用章回体小说形式翻译的英国文学家沙克雷（萨克雷）名作《纽康氏家传》（*The Newcomes*）和《名利场》（*Vanity Fair*）（仅译出一回）、陈钧用白话文翻译的福禄特尔（伏尔泰）哲理小说《查德熙传》和《坦白少年》等，以及白话小说：胡徵《慧华小传》、吴宓（署名王志雄）《新旧因缘》。“文苑”从不刊登白话诗，这是《学衡》在文学观上最标志性的特点。

(5) 杂缀——主要连载胡先骕的《浙江采集植物游记》和邵祖平的《无尽藏斋诗话》，及少量译作。28 期后即不再有这一栏。后来偶尔出现“杂评”一栏，性质类似。

（6）书评——胡先骕的《评〈尝试集〉》、《评胡适〈五十年来中国之文学〉》及一系列评论近代旧体诗人的文章，均发在这一栏。

《学衡》最初成立时分工如下：通论——梅光迪，述学——马承堃，文苑——胡先骕，杂缀——邵祖平。吴宓是“集稿员”，所有稿件汇交他编排，然后由他发付中华书局。杂志创立之后，负责“述学”一栏的马承堃，在杂志上发表了自己所撰的《国学摭谭》系列文章，谈些“三皇寥廓而无极”的学问。杂志的“集稿员”吴宓对此类文章并不满意，认为马承堃“作文只能述旧闻”[①]。《学衡》第5期，“述学”一栏刊登了柳诒徵弟子张其昀的文章《论刘知几与章实斋之史学》，吴宓又“嫌其为考古述学之专著，无关国事与时局”，且感叹“后来此类之稿多矣！”[②] 可见，作为总编辑的吴宓对《学衡》所要论究的“学术”实际上有着自己的明确取向。“学衡派”心目中所谓的“学术”，无论是“昌明国粹”还是“融化新知”，都必须关乎“国事与时局”，也就是说要与当下的文化现实发生关系，换言之，要符合“学衡派”特定的身份想象。1916年，梅光迪在美国与胡适展开“文学革命”论争时，即表示：“向来所好只是人生哲学兼及文章，盖欲藉文章以发布人生哲学为改造社会之用耳。故近益趋重宗教、伦理、历史等方面，而不以纯粹文学家自期矣。”[③] 以“文章”或“学术”为改造社会之用和救世之具，这是

① 吴宓著，吴学昭整理：《吴宓自编年谱》，北京：三联书店，1998年，第228页。

② 吴宓著，吴学昭整理：《吴宓自编年谱》，北京：三联书店，1998年，第234页。

③ 罗岗、陈春艳编：《梅光迪文录》，沈阳：辽宁教育出版社，2001年，第163页。

“学衡派”诸人的共识，在他们看来，“今日救时之道。指全世界。不仅中国。端在不用宗教。而用人文主义救科学与自然主义之流弊也”①。他们所提倡的“学术”是“圣人之道”，也即“人文主义之道”。“学衡派”的“学术”在《学衡》中表现为以下两方面：

一、文学观念，“学衡派”所坚持的是中国传统的文学观念——以诗歌为正统的主流文学，因此，小说戏曲可以用白话，但诗歌一门绝对不能用白话。这与胡适倡导白话诗正相背反。《学衡》“文苑”一栏的内容，是“学衡派”文学观念在创作上的具体表现。“学衡派”对新文化－新文学运动的批评反对，实际上是由“学衡派”与胡适等新文学倡导者在文学观念上的差异而引申出来的。新文学运动所倡导的“写实主义”、“自然主义”，与白璧德人文主义学说中的“古典主义”文学观正相冲突，因此，“学衡派”从对新文学运动白话诗的反抗，进而推衍为对新文化运动的反对。

二、人文主义学说，这是《学衡》论究“国学”与“西学”的一个基本标准。源自白璧德的人文主义学说，为“学衡派”坚持自己的文学观念提供了理论支持，并成为“学衡派”反对新文化－新文学运动的有力的理论武器，因此，《学衡》按照白璧德的人文主义标准大量译述西洋哲学、文学的相关著作、理论，这是《学衡》的重要内容之一。关于译述“西学”的标准，《学衡》编者对此有着明确表述：“本杂志于翻译之业。异常慎重。力求精美。其特定之方法。约有五端。一曰选材。所译者。或文或诗。或哲理。或小说。要必为泰西古今之名著。久已为世所推重者。甄取从严。决不滥收无足重轻之作。……五曰择体。文必译为文。诗必译为诗。小

① 吴宓：《论事之标准》，《学衡》第56期。

说戏曲等类推。必求吾国文中与原文相当之文体而用之。又译文或用文言。或用白话。或文理有浅深。词句有精粗。凡此均视原文之雅俗浅深如何而定。译文必与相当而力摹之。并非任意自择。”[①] 其甄取“泰西古今名著”的标准自然是人文主义，如翻译柏拉图《对话录》、亚里士多德《伦理学》等，这都是白璧德极为推崇的名著，也是“学衡派”所谓的“欧美之真文化”。翻译文体的选择，也对应于“学衡派”的中国传统文学观念。

除“文苑”一栏所显示出来的文学取向外，《学衡》所发表的文章，比较充分地体现“学衡派”文化理想的，主要有以下两类：(一）批评新文化—新文学运动的文章，参见表1；（二）译介白璧德及西方人文主义的文章，参见表2。这两类文章正代表着“学衡派”心目中真正关乎“国事与时局”的“学术”。

表1　《学衡》批评、反对新文化—新文学运动的文章统计

文章	作者	栏目	期目
评提倡新文化者	梅光迪	通论	1
评《尝试集》	胡先骕	书评	1
评今人提倡学术之方法	梅光迪	通论	2
评《尝试集》（续）	胡先骕	书评	2
论批评家之责任	胡先骕	通论	3
论今日吾国学术界之需要	梅光迪	通论	4

① 陈钧译：《梦中儿女》“编者识”（《学衡》所发文章的编者识或校者识基本出自吴宓之手），《学衡》第9期。

（续表）

文章	作者	栏目	期目
说今日教育之危机①	胡先骕	通论	4
论新文化运动	吴宓	通论	4
论新旧道德与文艺	邵祖平	通论	7
评近人之文化研究②	汤用彤	通论	12
论今日文学创造之正法	吴宓	通论	15
评胡适《五十年来中国之文学》	胡先骕	书评	18
再论吾人眼中之新旧文学观	吴芳吉	通论	21
论文化③	李思纯	通论	22
敬告我国学术界	胡稷咸	通论	23
说习④	柳诒徵	通论	24
明伦⑤	柳诒徵	通论	26
迂阔之言	刘永济	通论	28

① 该文将中国教育危机的原因与责任，与欧美留学生关联起来。同时，对新文化运动提出尖锐批评。“近日之新文化运动者。虽自命提倡艺术哲学文学。骤视之。似为今日功利主义之针砭。实则同为鄙弃节制的道德之运动。且以其冒有精神文明之名。故其为害。较纯粹之功利主义为尤烈焉。”

② 该文录自《中华新报》，文中主要分析了“时学之弊”，对提倡新文化者提出一定批评，指出“诽薄国学者不但为学术之破坏。……其输入欧化。亦卑之无甚高论。于哲理则膜拜杜威尼采之流。于戏剧则拥戴易卜生萧伯纳诸家。以山额与达尔文同称。以柏拉图与马克斯并论”。

③ 该文对进化论提出质疑，认为文化的发展不能以进化论论之。

④ 该文从“习”的角度对新文化运动所倡导的欧化提出一定质疑，认为“无论中外之习。皆有良否。皆有可以弃取者存。然选择者两方之习之良否。殊非易易”。

⑤ 该文针对“醉心新文化之人”对“人伦”、“伦理”、“礼教”“妄肆其批评”，通过中国与欧美的比较，强调五伦在中国的合理性和重要性，对新文化运动批儒批孝提出反驳和批评。

（续表）

文章	作者	栏目	期目
文学之标准	胡先骕	通论	31
三论吾人眼中之新旧文学观	吴芳吉	通论	31
辟文学分贵族平民之讹	刘朴	通论	32
论文学无新旧之异	曹慕管	通论	32
评进化论	景昌极	通论	38
四论吾人眼中之新旧文学观	吴芳吉	通论	42
罪言录①	邢琮	通论	43
与学衡编者书	庞俊	文录	46
文诣篇②	刘永济	通论	49
新文学之痼疾	郭斌龢	通论	55
批评态度的精神改造运动	胡稷咸	通论	75
评文学革命与文学专制③	易峻	通论	79

① 该文从中国现在与古代比较出发，对现在社会种种提出批评，其中有言："佛老耶回平等自由之说。士大夫既倡之于前。而非圣无父恋爱小说诸足以堕丧青年道德者。又盛行于下。立言者乃美其名曰新文化运动。纷立主义。惟呈其说以取快一时。攫取版权。类于垄断。孰知祸害之至于此极也。"

② 该文以中国古代为学为例证说明"文家之造诣"，并间以对胡适白话诗主张的批评。

③ 该文是针对胡适1929年在《新月》上发表的《新文化运动与国民党》而作。据该文编者识："易君此文作于数年前。……此文投交本志亦阅数年。"搁置数年的稿子如今忽然又翻出刊登，文中所论的问题已有些时过境迁。可见，后期《学衡》在编辑上确实存在很大问题。此文成为《学衡》杂志批评新文化运动的一个绝唱。至此，《学衡》终刊。最后一期发了这一篇已不合时宜的批评文章，也可算是《学衡》命运的一个象征了。

表2 《学衡》译介白璧德及西方人文主义的文章统计

文章	作者/译者	栏目	期目
白璧德中西人文教育谈	白璧德/胡先骕	通论	3
(柏拉图语录[①]之一）苏格拉底自辨篇	柏拉图/景昌极	述学	3
(柏拉图语录之二）克利陀篇	柏拉图/景昌极	述学	5
葛兰坚论新[②]	葛兰坚/吴宓、陈训慈	通论	6
现今西洋人文主义第一章 绪言	梅光迪	述学	8
希腊之精神	缪凤林	述学	8
(柏拉图语录之三）斐都篇	柏拉图/景昌极	述学	10、20
亚里士多德伦理学 卷一	亚里士多德/向达	述学	13
安诺德之文化论	梅光迪	通论	14
亚里士多德伦理学 卷二	亚里士多德/夏崇璞	述学	14
亚里士多德伦理学 卷三	亚里士多德/向达	述学	16
亚里士多德哲学大纲	Edwin Wallace/汤用彤	述学	17、19

---

① “柏拉图语录”，即《柏拉图对话录》。

② 据该文“译者识”：“葛兰坚先生 Charles Hall Grandgent 为美国哈佛大学南欧各国文 Romance Languages 教授。而美国当代研究但丁 Dante 专集之学者中。所共推为第一人者也。……葛兰坚先生亦奉行人文主义者也。其言博通明达。平和中正。本经验。重事实。进道义而黜功利。辟诡辩而节感情。与白璧德先生等所主张者相合。皆可为淑世之先导者也。”

（续表）

文章	作者/译者	栏目	期目
圣伯甫释正宗①	圣伯甫/徐震堮	述学	18
圣伯甫评卢梭忏悔录	圣伯甫/徐震堮	述学	18
白璧德之人文主义	马西尔 Mercier/吴宓	通论	19
亚里士多德伦理学 卷四	亚里士多德/夏崇璞	述学	20
亚里士多德伦理学 卷五	亚里士多德/向达	述学	20
柯克斯论古学之精神②（The Classic Spirit）	柯克斯/徐震堮	通论	21
沃姆中国教育谈③	吴宓述	通论	22
柯克斯论美术家及公众	柯克斯/徐震堮	通论	23
（希腊之留传第一篇）希腊对于世界将来之价值	穆莱 Murray/吴宓	述学	23
（希腊之留传第二篇）希腊之宗教	尹吉 Inge/汤用彤	述学	24
（希腊之留传第三篇）希腊之哲学	庞乃德 Burnet/胡稷咸	述学	24

① 据该文“编者识”：圣伯甫“虽其始偏于自然派。而终则进于人文派。力言规矩格律及道德修养之要”。

② 据该文“编者识”：“柯克斯先生为古学派奉行人文主义之画家。与白璧德、葛兰坚诸先生。所谓志同道合。或于文学。或于哲理。或于教育。或于美术。各言其是。而殊途同归。声气相应者。”

③ 据该文“述者识”：“先生对于西方文明之见解。及教育之主张。与本志历述白璧德、葛兰坚诸先生所持论。在在符合。先生以为物质功利。绝非彼土文明之真谛。西洋文明之精华。惟在希腊之文章哲理艺术。”

（续表）

文章	作者/译者	栏目	期目
柯克斯论进步之幻梦	柯克斯/徐震堮	通论	27
（希腊之留传第九篇）希腊之历史	童璧 Toynbee/郭斌龢	述学	27
（希腊之留传第十一篇）希腊美术之特色	嘉德纳 Gardner/朱复	述学	27
亚里士多德伦理学 卷六	亚里士多德/夏崇璞	述学	30
白璧德论民治与领袖	白璧德/吴宓	通论	32
白璧德释人文主义	白璧德/徐震堮	通论	34
白璧德论欧亚两洲文化	白璧德/吴宓	通论	38
论循规蹈矩之益与纵性任情之害①	吉罗德夫人/吴宓	通论	38
但丁神曲通论	葛兰坚/吴宓	述学	41
葛兰坚论学校与教育	葛兰坚/张荫麟	通论	42
（柏拉图语录之四）筵话篇	柏拉图/郭斌龢	述学	43、48
葛兰坚黑暗时代说	葛兰坚/张荫麟	述学	44
亚里士多德伦理学 卷八	亚里士多德/向达	述学	50
薛尔曼现代文学论序②	薛尔曼/浦江清	通论	57
亚里士多德伦理学 卷九 卷十	亚里士多德/向达	述学	59

① 据该文“编者识”：吉罗德夫人“其所作多关于风俗礼教各端。见解主张。大致与本志所屡译述之葛兰坚。柯克斯诸人相合。实皆今世之良药”。

② 据该文“编者识”：“足以继两先生（按：即白璧德与穆尔）之志而传其学者。则惟有薛尔曼君一人。”“故若以提倡人文主义譬之行车。白璧德穆尔两先生为其主帅。而薛尔曼君则最良之先锋也。”

（续表）

文章	作者/译者	栏目	期目
韦拉里论理智之危机①	韦拉里 Valéry/吴宓	通论	62
韦拉里说诗中韵律之功用	韦拉里 Valéry/吴宓	通论	63
穆尔论现今美国之新文学	穆尔 More/吴宓	通论	63
（柏拉图语录之五）斐德罗篇	柏拉图/郭斌龢	述学	69、76
白璧德论今后诗之趋势	白璧德/吴宓	通论	72
穆尔论自然主义与人文主义之文学	穆尔/吴宓	通论	72
薛尔曼评传	吴宓 译	通论	73
布朗乃尔与美国之新野蛮主义②	马西尔 Mercier/乔友忠	通论	74
班达论智识阶级之罪恶	吴宓 译	通论	74
白璧德论班达与法国思想	白璧德/张荫麟	通论	74
拉塞尔论柏格森之哲学③	拉塞尔 Lasserre/吴宓	通论	74
柏拉图之埃提论（Plato's Doctrine of Ideas）	郭斌龢	述学	77
柏拉图五大语录导言	郭斌龢	述学	79

① 据该文“译者识”：“韦拉里以为理智乃欧洲文明之原动力。亦为一切文明之要素。而在今有汩没堕废之忧。故理智至应保存。而澄明之心性急须拥护。”

② 马西尔，法国人，哈佛大学教授。在其著作《美国人文主义之运动》中，马西尔将布朗乃尔（Brownell）、白璧德、穆尔三人列为美国人文主义之大师及此运动之领袖。

③ 拉塞尔 Pierre Lasserre，法国著名文人，以《法国浪漫主义》等书为最重要，极言浪漫主义之流弊，诋斥卢梭甚力。

从以上两表可看出，“学衡派”在反对新文化一新文学运动的同时，还大力译介白璧德及西方人文主义思想，这两者在“学衡派”的“学术”中是相辅相成、不可分割的。在批评新文化一新文学的系列文章中，除了胡先骕的《评〈尝试集〉》和《评胡适〈五十年来中国之文学〉》两篇文章有具体针对性外，其他文章多是泛泛指摘和攻讦的“迂阔之言”，基本没有直接针对新文学的具体作家、作品，只停留于文学观念之争。《学衡》宗旨明确表示“以中正之眼光。行批评之职事”，但“学衡派”对新文学的具体发展情况持一种不屑一顾自高自大的态度，对新文学运动所提倡的写实主义多有误解之处。身为西洋文学教授的吴宓，在发表于1922年10月12日《中华新报》的《写实小说之流弊》一文中，将（1）翻译俄国之短篇小说，（2）上海风行之各种黑幕大观及《广陵潮》、《留东外史》之类，（3）少年人最喜爱之各种小说杂志如《礼拜六》、《快活》、《星期》、《半月》、《紫罗兰》、《红》之类，视为“吾国今日最盛行”之写实小说三派，痛斥其为“劣下之作，惟以抄袭实境为能事”。将果戈理、屠格涅夫、托尔斯泰等俄国作家与“黑幕小说”、“礼拜六派”相提并论，其文学标准之偏激程度几近荒谬了。1922年11月1日《时事新报·文学旬刊》第54期刊出茅盾（署名冰）的《“写实小说之流弊”？——请教吴宓君，黑幕派与礼拜六派是什么东西！》，对吴宓的错误看法进行严厉批驳。[①] 这是“学衡派”

---

① 以上参见茅盾：《“写实小说之流弊”？》，《茅盾全集》第18卷，北京：人民文学出版社，1989年，第302～306页。另：郑振铎在1922年11月11日发表于《文学旬刊》第55期的《杂谈》中也提及吴宓的这篇文章，强调研究文学必须注重输入文学原理与文学常识。参见郑振铎：《郑振铎全集》第3卷，石家庄：花山文艺出版社，1998年，第509～510页。

文学批评的通病，他们对自己所反对的对象往往缺乏真实了解，其批评从既定的、先验的道德伦理观念出发，并非基于对作家、文本的具体把握，因而流于笼统、空疏、混乱甚至盲目，并未体现出真正的批评家所应有的“中正”。新文学倡导者鲁迅、周作人、茅盾等人抓住其理论漏洞及常识性错误，进行具体批驳，直指其要害，“学衡派”的言论几乎是即攻即破。相比较之下，在译介西方哲学、文学方面，“学衡派”倒是做出了切实可靠的成绩，他们在国内较早翻译柏拉图和亚里士多德的著作，介绍古希腊哲学、文学。除了表2所统计的翻译外，“文苑”一栏还翻译介绍了不少外国诗人的作品。尽管“学衡派”介绍西方文学、文化有着自己的特定取舍，但从其客观效果来看，他们自觉从比较文化的角度来介绍和阐释西方文学、文化，有利于将中国文化引入世界文化的背景，促进中国现代知识分子从世界文化的整体来思考中国文化问题。

上面所言为“学衡派”在《学衡》上所论究的“学术”。刘伯明、汤用彤、柳诒徵及其门下弟子缪凤林、景昌极等虽然认同于“学衡派”的身份想象及其文化主张，他们在《学衡》上所发表的个别文章对“国事与时局”也有所涉及，但他们远不如梅光迪、吴宓、胡先骕那样锋芒毕露，而是以纯粹学术研究为主。刘伯明、柳诒徵等在《学衡》上所发表文章参见本书附录二。

以上诸人之外，王国维和陈寅恪是《学衡》比较引人注意的两位作者。王国维在《学衡》上所发表的文章除《最近二三十年中中国新发见之学问》一文稍稍有点关乎“国事与时局”外，其他的都为“考古述学之专著”，其专业程度远高于一般读者的接受水平。这样的文章，自然不合杂志主编吴宓的初衷，但当时《学衡》主要人员分散于南北，杂志主要由吴宓在清华编辑，稿源紧缺的问题尤其严峻，吴宓自然竭力向身边的人拉稿，他在清华的同事因此难免“落水”了。王国维、梁启超两先生在当时名满天下，吴宓试图通过同事关系借助他们的名声来扩大《学衡》的影响力也是情理之中。但是，王国维、梁启超，以及吴宓的好友陈寅恪，这几位清华国学研究院导师，虽然都因吴宓的关系而在《学衡》上发表文章，但他们并没有表示认同“学衡派”的文化主张，更未著文为其推波助澜。陈寅恪、王国维、梁启超在《学衡》上发表的文章参见本书附录三。

作为一本综合性杂志，《学衡》实际上包含着极宽广的“学术”范围。从创刊到终刊，《学衡》共发行79期，它所发表的文章除批评、反对新文化运动及译介白璧德和人文主义两大类外，尚有大量“考古述学之专著”——除王国维的文章外，尚有柳诒徵的《中国文化史》连载，瞿方梅的遗著《史记三家注补正》连载，郑鹤声的《汉隋间之史学》连载，孙德谦的古代历史研究系列文章，王恩洋、景昌极的佛学研究系列文章，等等，以及其他教育、经济、哲学等领域的研究文章，这些文章并不完全合乎“学衡派”的学术意向，其中有些甚至是被拉来凑数填充版面的，并不为“学衡派”主编吴宓所重视，但这些文章客观上呈现了《学衡》杂志简章中所标榜的“不激不随”“论究学术”的宗旨。《学衡》整体上所呈现出来的“学术”，较之“学衡派”心目中特定的“学术”，更接近于现代观念的“学术”。《学衡》作者队伍人数众多、身份复杂、来路各异，他们看待《学衡》的角度不尽相同，对“学术”的理解自然不可能都与“学衡派”一致，实际上，并非所有在《学衡》发表文章的作者，都了解或认可吴宓等人的文化取向，他们介入“学衡派”文化理想的深浅程度存在极大区别。在《学衡》上发文，不能代表其人即为“学衡派”成员，与“学衡派”的文化倾向一致。在《学衡》实际运作中，许多人在上面发表文章往往由于一些偶然因素，并非完全出于个人真正意愿。朱自清执教清华时，已是新文学知名作家，他当然清楚“学衡派”的倾向性及其在新文学倡导者中的名声，但他也在《学衡》上发表过一首旧体诗，这并不能证明他也认同“学衡派”的文学观念和支持《学衡》，充其量只能说明他与同事吴宓的私人关系不错。

1924年前后，因东南大学局势变动，“学衡派”三大主将先后离开《学衡》的根据地东南大学，作为一个流派的“学衡派”实际上已开始分裂。此后，《学衡》稿件来源难以保障，梅光迪不再撰稿，胡先骕远在美国，虽然仍为《学衡》供稿，但基本上不再有批评性文章，吴宓本人忙于译述西方学说、文学，少有批评性文章，《学衡》另一重要人物柳诒徵历来较少涉及批评，外来的批评性稿件难求。客观形势迫使《学衡》内容上有所变化：自第40期（封面出版时间为1925年4月，具体出版时间不明）开始，王国维研究古代历史文化的文章大量出现，瞿方梅的遗著《史记三家注补正》开始在“述学”一栏连载（共载8期）；第46期开始，柳诒徵的名作《中国文化史》在“述学”一栏开始连载（共载16期）；等等。《学衡》的反对派色彩减弱，“不激不随”“论究学术”的倾向增强。这种倾向持续到1933年《学衡》终刊，“学衡派”在《学衡》创立之初所持的“学术”观念越来越难以贯彻于《学衡》中，苦心维持《学衡》的吴宓深感无奈，“学衡派”其他人对此自然也不满意。1925年，柳诒徵已有意退出《学衡》，且向吴宓要求追回其《中国文化史》稿件，不愿在《学衡》上连载。[①] 1927 年，胡先骕与吴宓在清华会面，他对 1925 年以来趋向纯粹学术研究的《学衡》表示不满，认为《学衡》缺点太多，且成为抱残守缺，为新式讲国学者所不喜，业已玷污，无可补救；并认为应将现有《学衡》停办，完全另行改组，改在南京出版，《学衡》之名也不可再用。[②] 胡先骕的不满，表明他始终坚持《学衡》"论究学术"的特定倾向性，另一方面也反映出 1925 年后《学衡》已逐渐背离"学衡派"最初的文化理想，难以承载他们"人文主义者"的身份想象。从 1925 年开始，吴宓为了维持《学衡》的继续出版而一再调整编辑方针，就"学衡派"最初寄托于《学衡》的理想来说，《学衡》的转变意味着"学衡派"对现实的妥协和认输，这种妥协，自然是胡先骕所不能忍受的，他退出《学衡》是必然的。"学衡派"诸人围绕《学衡》的聚散，正是他们身份想象由展开到幻灭的历程。

第一节　想象与现实之间——"学衡派"身份想象的境遇

"学衡派"身份想象的形成是在白璧德人文主义学说指引下确立的。白璧德在 20 世纪初力倡人文主义，是为了解决西方近代以来由于受"物的法则"主宰、过分追求物质进步所造成的社会危机。他所关注的西方社会形态是已经实现现代化的工业社会，而 20 世纪初的中国社会则处于农业社会向工业社会转型的前现代阶段。"学衡派"恰恰忽略了他们和白璧德在现实语境上的历时性差异。

---

① 吴宓：《吴宓日记》Ⅲ，北京：三联书店，1998 年，第 81 页。

② 吴宓：《吴宓日记》Ⅲ，北京：三联书店，1998 年，第 437 页。

白璧德的学说尽管摆出一种着眼于整个人类文化的姿态，但实际上仍然只是一个西方知识分子面对西方现代社会危机而做出的一种自我反思。鉴于当时中国与西方社会形态上存在的差异，中国与西方各自所面临的社会问题有着本质性区别，白璧德的学说其实并不能直接成为解决中国社会问题的指导方针。

对中国知识分子而言，自我与西方的关系不仅仅是一种纯粹文化上的关系，而是始终关联着中国改变自己在世界上弱势地位的迫切现实需求，对中国传统文化与西方文化这一关系的任何解答，都不能脱离中国的现实需求。“学衡派”从白璧德的人文主义学说中找到中国传统文化与西方文化——实际上只是古典时代的西方文化——的共通性，借助它消除了自我与西方所存在的现实鸿沟，并将其奉为中国发展新文化的圭臬，以此发动他们反对新文化运动的运动——如梅光迪所言，发动了一场中国的人文主义运动。[①] 他们的意图很美好，向国人介绍西方文化真正之精华所在，为中国新文化的发展指出正确的方向，然而，当他们醉心于天下一家的“人文主义”幻象时，却不知不觉中已经把自我从中国的社会现实中抽离出来。白璧德对西方现代化的批判，变成了“学衡派”维护中国传统文化的有力武器，由此更坚定他们对中国传统文化的信心，也更强化了他们的自我封闭性，以致他们未能对中国传统文化进行批判性的反思，反而满足于借用白璧德人文主义学说来论证中国传统文化在现代社会的合理性。这种论证使得他们把注意力更多地集中于中国传统文化本身的延续性，而非文化与社会现实的关系，他们的身

① 参见梅光迪：《人文主义与现代中国》，见罗岗、陈春艳编：《梅光迪文录》，沈阳：辽宁教育出版社，2001年。

份想象与现实的错位也就无可避免了。

白璧德的人文主义学说从世界文化的视野指出孔子所代表的中国儒家文化与古典时代的西方文化具有同等重要的地位和价值，并对西方解决当下的社会危机具有指导性意义。这极大增强了梅光迪们对中国文化的自信心，为他们提供了一条解决中国文化与西方文化冲突的可能途径。不幸的是，白璧德这个西方人温情的怀旧的中国想象，为他虔诚的中国弟子在想象与现实之间设下了厚厚的屏障，使得他们一心一意相信只要实现少数精英分子的自我道德完善——成为白璧德所谓的“真正的人文主义者”——就能救国救世，将中国文化发扬光大。在吴宓看来：

> 夫欲杜绝帝国主义之侵略。而免瓜分共管灭亡。只有提倡国家主义。改良百度。御侮图强。而其本尤在培植道德。树立品格。使国人皆精勤奋发。聪明强毅。不为利欲所驱。不为瞽说狂潮所中。爱护先圣先贤所创立之精神教化。有与共生死之决心。如是则不惟保国。且可进而谋救世。①

当中国处于帝国主义势力控制之下，尚不能独立于世界之时，倡导此种道德救国论，真乃迂阔之言也！而这正是吴宓综合孔子思想和白璧德人文主义之说而提出的救国想象。孔子强调个人的自我修养以及对道德的追求，并以此为一切人生作为的起点，这种原则所解决的是人本身自我完善的问题，而非治国策略问题。孔子周游列国而不见用，这已预示了孔子学说在此后的命运——孔子学说在

① 吴宓译：《白璧德论欧亚两洲文化》（译者按），《学衡》第38期。

任何时代都只能是一种文化理想或者教化手段，而不能成为治国或救国的根本。吴宓、梅光迪等人作为孔子的信徒，却对孔子学说在中国历史上的命运缺乏清醒认识，可见白璧德古典化的中国想象对他们蛊惑之深。由于坚持着“人文主义者”的身份想象，“学衡派”虽然也怀着改造社会、救国、救世、发展新文化的宏愿，却始终未能对现代中国社会的现实需求作出自己的独立判断。作为新文化运动的反对派，“学衡派”甚至对自己的反对对象以及当时中国的文化形势也缺乏清醒的具体了解，这不能不说是他们这些“人文主义者”的遗憾和悲哀了。

当“学衡派”在1920年代初兴起时，新文化运动在全国已成为一种普遍趋势。白话文学经由鲁迅的小说、郭沫若的诗歌等创作，已显示出初步的实绩，尤其在广大青年学生中影响甚大。“五四”运动之后，全国各地白话报刊以雨后春笋之势蓬勃发展，新文化运动在全国范围内的阵地不断扩大。1920年，教育部颁令规定全国国民学校低年级国文教材改用语体文（白话文），这标志着白话文在教育中的合法地位已确立，同时也反映出新文化运动影响之大。刚刚告别白璧德从美国回来的梅光迪和吴宓，虽然也承认“夫建设新文化之必要。孰不知之”①，但他们对新文化运动燎原之势背后各种历史的、现实的原因，显然缺乏深入的了解和把握。他们也赞成欧化之必要，但认为“提倡新文化者”的所谓“欧化”仅学得“欧西文化”的“糟粕”，是“乘中国思想学术之标准未立。受高等教育者无多之时。挟其伪欧化。以鼓起学力浅薄血气未定之少年。

① 梅光迪：《评提倡新文化者》，《学衡》第1期。

故提倡方始。衰象毕露”，“为有识者所诟病”①。新文化运动正当生机勃发之时，白璧德的中国弟子却认为它“衰象毕露”，其必然之势则是“飘风不终朝。骤雨不终日”。这种判断未免含有太多一厢情愿的想象成分，适足反映出他们自身与中国文化现实的隔膜。从他们确立了“人文主义者”的身份想象开始，这种隔膜其实就随之形成了。白璧德虽然对人文主义重新作出自己的界定，以区别于西方各种所谓人文主义学说，但人文主义传统的一个基本特征，白璧德的人文主义同样具有：人文主义所面对的对象是受过教育的少数文化精英分子，而非芸芸众生的普罗大众。梅光迪们在接受白璧德人文主义学说的同时，自然也接受了他学说中鲜明的精英意识，这不仅影响了他们对中国现代社会文化现实的认识和判断，也影响了他们在现代文化中的自我身份定位。他们对新文化运动的批评、反对，实际上是现代知识分子争夺话语权的一种方式，新文化运动倡导者走的是大众化启蒙路线，梅光迪们则选择了白璧德的精英路线。选择人文主义精英路线的梅光迪力斥新文化运动倡导者之非，认为他们“非思想家乃诡辩家”、“非创造家乃模仿家”、“非学问家乃功名之士”、“非教育家乃政客”，“彼等所恃者又在幼稚之中小学生”，“其所知既浅。所取尤谬”②。要言之，彼等实为“伪学者”。因此，梅光迪认为“今日第一需要在真正学者”。“真正学者。为一国学术思想之领袖。文化之前驱。属于少数优分子。非多数凡民所能为也”③。“学衡派”的人文主义身份想象，正是以“少数优分子”

① 梅光迪：《评提倡新文化者》，《学衡》第1期。

② 梅光迪：《评提倡新文化者》，《学衡》第1期。

③ 梅光迪：《论今日吾国学术界之需要》，《学衡》第4期。

自居的，凭着这种想象中的自我定位，自信从白璧德取得西方文化真经的梅光迪们自然要起而倡导中西“通儒大师”之学以救时弊，向国人指明真正新文化之方向所在。

《学衡》创刊第一年（1922年），梅光迪、吴宓、胡先骕等人发动对新文化运动的猛烈批评攻势，纷纷撰文对新文化运动进行批驳，以其人文主义标准来“衡”新文化运动之弊。新文化运动倡导者胡适、鲁迅、周作人、茅盾等人立即作出有力的回应，从学理上驳斥其言论之谬误，澄清《学衡》对新文化运动的错误评论。第二年，“学衡派”仍持续对新文化运动批评攻击，但他们始终未能提出切实可行、足以与新文化运动相抗衡的文化方案，自然也就未能对新文化运动构成真正的威胁和打击。新文化运动倡导者认为他们已“不值一驳”，较少回应。1923年3月，胡适在为纪念《申报》创刊五十年所写的《五十年来中国之文学》一文中以胜利者的姿态宣告：“文学革命已过了讨论的时期，反对党已经破产了。”[①] 这不仅显示了新文化倡导者的自信，也反映出新文化运动在话语上无庸置疑的强势地位。自新文化运动开始至胡适发表该文这一阶段，新文化运动在理论建设方面和文学创作方面，都已做出重大成绩。理论建设方面，胡适、陈独秀、周作人等人在《新青年》上发表系列文章，论证文学革命的合理性和必然性，探讨新文学的思想内容建设与具体创作方法等问题。文学创作方面，有鲁迅的《狂人日记》、《孔乙己》、《药》、《风波》、《故乡》、《阿Q正传》，郁达夫的《沉沦》，郭沫若的《女神》，冯雪峰、应修人、潘漠华、汪静之等的合

① 胡适：《五十年来中国之文学》，见《胡适全集》第2卷，合肥：安徽教育出版社，2003年，第342页。

集《湖畔》，汪静之的《蕙的风》，冰心的《繁星》，等等。正所谓事实胜于雄辩，新文学这些丰硕的成果，充分证明新文化运动并非“学衡派”一厢情愿所想象的“衰象毕露”。“学衡派”这些“批评家”高悬其白璧德式“古典主义”文学批评标准的同时，似乎总忽略了应对其批评对象的具体文本有所了解。

对胡适以胜利者姿态发出的“反对党已经破产了”的宣告，身为“反对党”的“学衡派”自然有所回应。《学衡》随后刊出胡先骕《评胡适〈五十年来中国之文学〉》一文，针对胡适该文所阐述的主旨——桐城文之衰落与语体文之成功，胡先骕不仅具体列举近代以来旧文学的成就及各名家的长处，为桐城文辩解，力图证明旧文学之价值及其不绝如缕的传承，并继续对胡适的白话文学观展开批判。对于胡适所谓的语体文之成功，胡先骕自然也不赞成，视其为“内台叫好”，在他看来，“一种运动之成败。除作宣传文字外。尚须有出类拔萃之著作以代表之。斯能号召青年。使立于其旗帜之下。故虽写实主义自然主义之末流。不惬于人心。然易卜生毛柏桑士敦堡格陀斯妥夫斯基诸人。尚为大艺术家也。至吾国文学革命运动。虽为时甚暂。然从未产生一种出类拔萃之作品”。[①] 胡先骕认定文学革命“从未产生一种出类拔萃之作品”，很可能是缘于他对新文学具体创作情况的陌生或无知，而非缘于其“古典主义”文学标准。因为，尽管他视西方文学的写实主义、自然主义为“末流”，但还是认易卜生等作家为“大艺术家”，可见，他的文学判断力并不绝对受制于“古典主义”标准；在文中他丝毫没涉及胡适之外的任何新文学作家、作品，而这时鲁迅这位中国“写实主义”作家已

① 胡先骕：《评胡适〈五十年来中国之文学〉》，《学衡》第18期。

发表了《狂人日记》、《阿Q正传》等“出类拔萃之作品”。无论是出于对新文学的无知还是有意对新文学的成就视而不见，胡先骕在这篇文章中最多只是竭力证明桐城文并没有衰落，而关于语体文之成功，由于新文学对他来说还是一片陌生的领地，他要进行反驳就显得力有所不逮了。“学衡派”诸人中，胡先骕的“批评家”身份最为突出，是“学衡派”在文学批评方面的代表，他尚且对新文学的创作发展情况如此陌生，由此可见，“学衡派”在“行批评之职事”时，实际上一直未能真正进入其“批评家”角色。作为批评家，他们与当时中国的文学现实之间，显然存在严重的错位。

“学衡派”在批评新文化一新文学运动时，共同所表现出来的对新文化运动的隔膜，以及对新文学具体发展情况的陌生，是由于他们特定的身份想象所造成的一叶障目，但也反映出“学衡派”特殊的文化心态：他们实际上拒绝面对和承认新文学运动在短短几年内所创造出的成果。他们在文章中避免涉及新文学的具体成就，而始终坚持对新文化一新文学运动进行观念上、思想上的清算，以求从意识形态上打倒对方。在清算的过程中，他们自己却始终未能拿出足以与新文学成就相抗衡的文学成果。《学衡》“文苑”一栏是“学衡派”文学观念在创作上的贯彻，发表了大量旧体诗作，多是一些遗老遗少的酬唱之作，其文学影响和社会影响极小，其性质更近于内部交流。诗词之外的其他文体，则可以说是颗粒皆无。创作上的荒芜，很大程度上削弱了“学衡派”文学观念的说服力，使其难以形成一种与新文学抗衡的独立的文学力量。1930年代，李何林先生在《近二十年中国文艺思潮论 1917—1937》中即指出“学衡派”的文学观念与文学创作所存在的反差：

总观“学衡派”无论对于中国文学或西洋文学的主张，大有“古典主义”者的口吻，其站在守旧的立场，反对此次资产者的新文化运动和新文学运动，也很有点“古典主义”的气息；可惜因为只是代表旧势力的最后挣扎，未能像西洋似的形成一种“古典主义”的文艺思潮，而且也没有什么作品。否则“近二十年中国文艺思潮论”的内容，将是“古典主义”的“学衡派”，“浪漫主义”的创造社，“自然主义写实主义”的文学研究会……的排列下去①

文学史上任何文艺思潮的交锋或更替兴起，固然有从有意识的理论提倡开始的，但归根到底都得靠创作来证明和显示其力量。“学衡派”与新文化运动的分歧，肇始于梅光迪、胡先骕、吴宓等人对白话诗运动的反对，对白话诗的批评一直是“学衡派”文学批评的核心，从这种批评出发，延伸出对新文学运动所倡导的各种文学主张和主义的批评，最终形成对新文化运动的全面批评。梅光迪和吴宓在美国学西洋文学，回国后当西洋文学教授，在《学衡》上翻译介绍西洋文学作品，但他们的文学观念始终是中国传统的文学观念——以诗歌为文学正统，因而，诗歌语言绝对不能用下里巴人的白话，小说、戏曲等在传统文学中本来就用白话的文体自然仍可用白话。吴宓一直有创作一部白话小说的计划，他翻译西洋小说用的也是白话。他们反对白话文学运动，实际上并非全面反对，除对白话诗是完全抗拒外，他们对新文学其他文体的批评主要是在文学

---

① 李何林：《近二十年中国文艺思潮论 1917—1937》，西安：陕西人民出版社，1981年，第62页。该书初版，武汉：生活书店，1938年9月。

内容和创作方法方面，要之，是“古典主义”与“写实主义”、“浪漫主义”的文学标准之争。他们在文学标准上所悬的鹄的是“古典主义”，但因拿不出相应的“古典主义”作品，与新文学的具体成就相比，“学衡派”心目中最理想的“古典主义”文学终究只是一种“空想古典主义”。文学创作上的软弱无力，与其批评言论的咄咄逼人，恰恰构成强烈的反差，这种反差使得“学衡派”要在新文化运动主宰下的文化环境中论证自己文学观念的合法性变得极其艰难。

当“学衡派”出现于现代文化的舞台时，新文化倡导者已初步树立起他们在现代文化中的权威，他们所提出的各种理论主张和口号都深入人心。这就决定了“学衡派”只能以反对派的身份出场，他们证明自己文化身份的合法性，不得不首先建立于反对新文化—新文学运动的基础之上。而这注定了他们在话语权争夺中只能处于被动地位。与新文化运动倡导者一样，他们所要提倡的也是“新文化”，但在如何规划界定“新文化”的问题上，他们与新文化倡导者们则取不同标准、不同路线。新文化运动者的得势，在他们看来，“本系极少数人。惟以政客之手段。到处鼓吹宣布。又握教育之权柄。值今日中国诸凡变动之秋。群情激扰。少年学子。热心西学。而苦不得研究之地。传授之人。遂误以此一派之宗师。为惟一之泰山北斗。不暇审辨。无从决择。尽成盲从。实大可哀矣。惟若吾国上下。果能认真研究西洋学问。则西学大成之日。此一派人之谬误偏浅。不攻而自破。不析而自明”[①]。白璧德的中国弟子们自恃对“西洋学问”有着精深研究，他们所掌握的才是西洋文化精粹之

① 吴宓：《论新文化运动》，《学衡》第4期。

所在，而新文化倡导者所介绍给国人的则是“西洋晚近一家之思想。一派之文章。在西洋已视为糟粕。为毒鸩者”，“万不足代表西洋文化全体之真相”。[①] 因此，介绍西洋文化“贵在审查之能精。与选择之得当”，若选择得当，“则知西洋真正之文化。与吾国之国粹。实多互相发明互相裨益之处。甚可兼蓄并收。相得益彰”。新文化运动倡导者正是因为选择不得当，才“谓须先灭绝国粹而后始可输入欧化”。[②] “学衡派”坚信他们按照白璧德的人文主义标准所选择的西洋文化才是“西洋真正之文化”，为了纠正新文化运动倡导者的错误选择，他们这些隐隐以“学术思想之领袖”自期的“真正学者”，责任所在就是为发展中国新文化重新做一次正确的选择。他们相信，在关于如何发展新文化的问题上，他们比新文化运动倡导者更具有发言权。而新文化运动倡导者们作为新文化的先行实践者，始终坚信他们在新文化问题上的话语权不可让渡，面对“学衡派”发起的“夺权”行动，他们自然要予以回击，进一步捍卫自己的合法地位。

从知识社会学的角度来看，新文化倡导者和“学衡派”在新文化建设的初期阶段，尽管彼此对立，但他们所充当的社会角色和思维方式有很大趋同性，共同反映出“五四”那一代知识分子的特点。认识“学衡派”，不仅要分析他们与新文化倡导者的“异”，还要明其“同”，同异相互对照，有助于对“五四”一代的知识分子进行总体观照，从而更客观地理解他们各自在现代文化中的命运。波兰裔美国知识社会学家弗·兹纳涅茨基在《知识人的社会角色》

① 吴宓：《论新文化运动》，《学衡》第4期。

② 以上均见吴宓：《论新文化运动》，《学衡》第4期。

一书中，对知识人（the man of knowledge，指致力于知识耕耘的个体，比西方通行的“知识分子”一词范围更大）在社会生活中所扮演的各种社会角色进行分类，并研究了支配知识人行为的相关规范模式。同一知识人可以同时或相继充当若干不同的社会角色，所充当的社会角色与其所属的“社会圈子”对知识人的要求相关，并且随其“社会圈子”的要求变化而变化。知识人所扮演的各种社会角色中，其中一种是“圣哲”（sages），他们是现实冲突中所产生的社会问题或文化问题的思想指导者。[①] 弗·兹纳涅茨基指出：

> 圣哲最初的地位属于他们的团体，他的最初功能在于，在智力上使自己的团体的集体趋向理性化、合法化。他的职责是用“科学”论证的方法“证明”他的团体是正确的，而其对手则是错误的。比如说，如果他是一位革新者，他就要证明，传统的宗教系统、或政治结构、法律与习惯、家庭生活、阶级等级、经济过程的组织、过去的艺术与文学，或是所有这些东西，都是部分或完全“不好的”，如果不被抛弃的话，也应加以改革；只有作出这种证明，这些系统所发生的变化或者革新者想引入的新体系才是好的，应该加以接受。……如果某一圣哲代表了一个保守群体，他的职责刚好相反。他必须以“科学的”论证向人们表明，现有的文化系统及已确立的传统模式具有积极的价值，维持它们必定有好的结果，而按照革新者的计

---

① 兹纳涅茨基对“圣哲”（sages）一词的使用，并无褒贬之意，而是作为一个中性词语，指某些知识人在社会中的文化功能而言。该词虽然与中国文化中的“圣人”一词接近，但不包含后者所带有的道德色彩和理想色彩。

划，推翻或改革它们必然带来罪恶和灾难。[①]

作为“革新者”的新文化运动倡导者们确立他们的新文化主张时，首先表现为对中国传统文化的批判和反对，通过论证传统文化的不合理性，来证明自己文化变革的合法性。作为“保守群体”的“学衡派”则通过批判反对新文化运动来论证自己文化选择的合法性。就知识人在社会中所充当的角色而言，他们都扮演过相同的社会角色——“圣哲”，同样致力于论证自己文化主张的合法性。在论证过程中，新文化倡导者和“学衡派”都按照自己的标准和需要，不断从西方文化中借取权威和论据。尽管他们各自要捍卫的东西不同，但他们在证明自己文化主张的合法性时，所采取的方法却是共同的。“在圣哲的方法中，他必须让所有真理与谬误问题纳入正确与错误问题。他的思考受两个基本假设引导：正确的东西以真理为基础；错误的东西以谬误为基础。对于一个隶属于某一正处于斗争之中的群体的圣哲来说，‘正确的’东西就是他的群体所希望的东西；‘错误的’东西就是反对他的其他群体所希望的东西。他的方法在于表明，他自己的‘正确’标准包含了什么样的一般真理，他对手的‘错误’标准包含了什么样的一般谬误，并引证事实，证明他的判断的有效性。当然，这些事实肯定会证实他们的主张：因为那肯定是先验的。所有要做的事就是恰当地选择事实，并按照大前提对这些事实加以说明。”[②]“学衡派”和新文化运动倡导

① 〔波兰〕弗·兹纳涅茨基著，郑斌祥译，郑也夫校：《知识人的社会角色》，南京：译林出版社，2002 年，第 50～51 页。

② 〔波兰〕弗·兹纳涅茨基著，郑斌祥译，郑也夫校：《知识人的社会角色》，南京：译林出版社，2002 年，第 52 页。

者们论证各自文化主张合法性时所采取的都是“圣哲的方法”，他们的论争各是其是，谁也不可能凭借自己所掌握的西学或知识去说服对方，这种论争本身的结果无所谓胜败。关键在于，论争的双方谁在当时代表着普遍的趋势、拥有话语权，谁就是真理的代言人，谁就掌握着中国文化的发展方向。在“五四”那个特定的历史阶段，新文化的发展与救亡图存的现实社会需求密不可分，这是新文化倡导者们和“学衡派”提出各自新文化方案的共同基础，但是，受其身份想象限制，后者对社会现实需求的把握存在一定错位，这种错位使得他们不可能与新文化倡导者们在论争中达成任何共识。新文化运动倡导者们很快意识到与“学衡派”论争之无益。《学衡》创办一年后，新文化运动倡导者们即不再与“学衡派”哓哓不休，而将其搁置到一边去了。就论争的社会影响而言，新文化运动倡导者们通过回击“学衡派”的挑战，更进一步证明了新文化运动的合法性。“学衡派”的反对言论对新文化运动既起不了建设作用，也起不到真正的破坏作用。随着新文化运动成为中国现代文化的主流，新文化运动倡导者所扮演的主要社会角色已发生变化，“学衡派”则不得不依然扮演着“圣哲”的角色——为论证自己文化主张的合法性而努力，继续攻击新文化运动，但他们的攻击已近于无的放矢。“学衡派”的身份因此陷于一种尴尬的境地，他们实际上已被其“假想敌”——新文化倡导者们所遗弃。

《学衡》的发起人和主要筹办者梅光迪，可能是“学衡派”诸人中最早意识到他们已被新文化倡导者们遗弃这一事实的。作为胡适当年在美国讨论文学革命的老对手，梅光迪归国前踌躇满志，

“到处搜求人才，联合同志，拟回国对胡适作一全盘之大战”[①]，归国后竭力创造条件，集结同道，促使《学衡》诞生。但在《学衡》创刊一年多后，他即不再为《学衡》供稿，不再过问《学衡》事务，是“学衡派”主将中最先退出《学衡》的。其退出的直接原因不可考。据《吴宓自编年谱》所记：“自第二年初之第十三期起，梅君则不再投登一字之稿，反而对人漫说：‘《学衡》内容愈来愈坏。我与此杂志早无关系矣！’”[②] 梅光迪在《学衡》总共只发表过5篇文章，这个数字跟他在《学衡》创办之初的雄心壮志比较起来，委实有些微不足道。《学衡》创刊第二年，梅光迪之外，起初所约定的“撰述员”也有人开始退出，原来内部成员提供的文章减少，外来稿件又很少，《学衡》稿件来源难以稳定保障，作为杂志集稿员的吴宓常为稿件缺乏而发愁；另一方面，《学衡》对新文化运动的批评也不再能激起新文化倡导者们的回应，由此可想见《学衡》在当时境遇的寂寥。梅光迪在发于《学衡》第1期的《评提倡新文化者》一文中认为新文化者所倡导的新文化运动“提倡方始。衰象毕露”，这个说法并未符合新文化运动的实际情况，相反，倒是很快应验为《学衡》的实际情况。仅仅一年，《学衡》看起来似乎已难以承载“学衡派”志存高远的身份想象，更别说实现他们力挽狂澜重铸新文化的理想。梅光迪大概正是有感于此而决定早早引退，他与“胡适作一全盘之大战”的计划就此永久搁浅了，因为“大

① 吴宓著，吴学昭整理：《吴宓自编年谱》，北京：三联书店，1998年，第177页。

② 吴宓著，吴学昭整理：《吴宓自编年谱》，北京：三联书店，1998年，第235页。引注：梅光迪在《学衡》上发表的最后一篇文章在第14期，而非吴宓所记的第13期。

战”尚未拉开序幕，胜负早已分明。1930 年代，梅光迪执教美国哈佛大学时，对他曾寄予厚望的《学衡》有如下评价：

> 在《学衡》中人们看不到任何坚持不懈的尝试，编者们并没有像他们承诺的那样全面、深入地讨论这些难题。要研究、精选并阐明中国文化传统中所有具有重要意义的方面和问题需要大量的文献并付诸多年的努力；做到这一点，既有利于现代中国，也有利于整个现代世界。从事此项工作的学者和作家们也就必须比《学衡》的编者们拥有更广泛的知识层面和更具深度的思想。①

作为曾经身与其事的《学衡》发起人，梅光迪在退出《学衡》之后，显然对《学衡》有着更为清醒的认识，《学衡》高远的宗旨与其现实水平的差距，正是“学衡派”的身份想象与现实可能之间难以弥合的鸿沟。梅光迪应是“学衡派”同人中最早认识到他们这一群体的必然命运的。在远离《学衡》多年之后，回忆起 1920 年代他和吴宓等人在中国发起的这场所谓“人文主义运动”，梅光迪认为：

> 这样的一次运动没有引起广泛的注意，得到公平的待遇，在现今的状况下倒也不足为奇；因为它与中国思想界花了一代人的时间与努力想要建立和接受的东西完全背道而驰。……有

① 梅光迪：《人文主义与现代中国》，见罗岗、陈春艳编：《梅光迪文录》，沈阳：辽宁教育出版社，2001 年，第 225 页。

关于变革和革命的信仰已经成为了一种新的传统；这种传统比以往任何旧传统都更具自我意识和良好的组织性；不过它也就更无法容忍异己的存在。①

跟《学衡》时代的激越相比，他多少是以一种冷静的局外人身份来客观地反思这场运动了。较之一直苦心维持《学衡》到1933年终刊的吴宓，梅光迪显然更清楚他们所发起的“人文主义运动”是如何的不合时宜。当他在1923年决定退出《学衡》时，或许他对此已了然于心，只是不能对依然执迷于“人文主义者”身份想象的其他《学衡》同人泼冷水而已。

梅光迪退出《学衡》，对《学衡》的运作不会造成致命影响，因为杂志的编辑事务主要由“总编辑”吴宓负责；但是，他的退出，不仅预告着“学衡派”的流散，实际上也成为“学衡派”文化命运的一个真实象征。在梅光迪退出《学衡》的1923年，“学衡派”的流散已初现端倪。是年秋，胡先骕赴美国哈佛大学攻读植物分类学博士学位，去国后虽然还继续为《学衡》供稿，但以诗作为主，批评性文章极少。同年11月，《学衡》的得力支持者，东南大学文理科主任兼副校长刘伯明病逝，东南大学随即发生一系列人事变动，首当其冲的即是刘伯明直接支持的、梅光迪和吴宓所在的西洋文学系。次年，东南大学校方宣布裁并西洋文学系，梅光迪和吴宓各自另觅新去处，先后离开南京。“学衡派”主要人物只有柳诒徵继续留在东南大学。东南大学从此不再是《学衡》的根据地。从

① 梅光迪：《人文主义与现代中国》，见罗岗、陈春艳编：《梅光迪文录》，沈阳：辽宁教育出版社，2001年，第225页。

物理层面来说，失去根据地，主将们各奔东西，“学衡派”也就解体了；然而，尽管随着主将们各奔东西，《学衡》的具体运作发生变化，吴宓、胡先骕等人尚未完全放弃其“人文主义者”的身份想象，他们仍将通过《学衡》这个阵地，继续宣扬自己的文化理想。只是这种坚持越来越显得心有余而力不足，1925 年，吴宓执教清华学校后，他本人已较少在《学衡》上撰文批评新文化运动，除发表于第 56 期的《论事之标准》对新文化运动尚有所批评外，其余所发文章基本是译述西方学说、文学。胡先骕在美国获博士学位归国后，主要专心于其植物学研究，无心再投入《学衡》。尽管《学衡》仍有批评、反对新文化运动的文章零星出现，“学衡派”几个核心人物却越来越沉默，几近无声了。实际上从 1925 年开始，“学衡派”已开始逐渐疏离其“反对党”的角色。《学衡》在稿源、经费、销售方面的问题愈趋严峻，竭力维持《学衡》的吴宓有诗写道：“登高未见众山应，螳臂当车只自矜。成事艰于蚁转石，向人终类炭投冰。”[①] 这正是 1925 年后“学衡派”现实境遇的真实写照。1926 年，早就有意停办《学衡》的中华书局，认为《学衡》几年来销量不大，赔累不堪，决定第 60 期后停办。[②] 吴宓多方设法，与中华书局往复交涉无效，《学衡》在 1927 年停刊。此后，在吴宓的继续努力下，《学衡》终于在 1928 年复刊，改为双月刊出版。复刊后，《学衡》断断续续又出版了 19 期，终于在 1933 年永远终刊，信奉“圣人之道”的“学衡派”诸人就此退出现代文化的视野。

“学衡派”志存高远的“人文主义者”与“圣人”的身份想象，

---

① 吴宓：《吴宓日记》Ⅲ，北京：三联书店，1998 年，第 42 页。

② 吴宓：《吴宓日记》Ⅲ，北京：三联书店，1998 年，第 251、258 页。

并未如他们所希望的那样推动他们成为现代文化发展的中流砥柱和“学术思想界之领袖”及“文化之前驱”，反而促使他们在现代文化的语境中迅速走向边缘化。他们虽然与新文化倡导者一样都主张“欧化”和发展新文化，但是，后者从“欧化”中所获得的是一种批判性眼光，他们发展新文化是以对传统文化进行批判性反思为前提，力求打破传统文化几千年来对国民精神所造成的禁锢，因而着重开发民智，充分利用现代社会的大众传媒方式进行文化普及和教育，力图通过唤醒大多数民众而实现救国自强的理想。“学衡派”从“欧化”中贩来的白璧德人文主义学说却认为：“夫彼君子之造福于世界也。不在如今人所云之为社会服务。而在其以身作则。为全世之模范。”[①] 因而，他们一心以维持中西大哲的“圣人之道”为己任，并视其为发展中国新文化的首要任务。与新文化倡导者根据中国现代社会的现实需求对西方文化采取“大胆拿来”的态度相反，一心要“为全世之模范”的“学衡派”则认为：“介绍一种思想。当先审其本体之价值。而其本体之价值。当取决于少数贤哲。不当以众人之好尚为归。亚里士多德尝言。一事真相之定断。当从贤哲。否则徒知‘顺应世界潮流’。而不知其本体之价值。亦将为世界贤哲所窃笑矣。”[②] 以“少数贤哲”的见解为标准，而非以中国社会现实的需求为标准介绍西方文化、发展中国新文化，“学衡派”自然不可能对中国社会现实的需求做出正确的判断。他们思考问题的出发点不是“众人”之需要，不是新文化倡导者所强调的“要与一般人发生关系”，而是如何发扬中西圣贤大哲的“圣人之道”，这

① 胡先骕译：《白璧德中西人文教育谈》，《学衡》第3期。

② 梅光迪：《现今西洋人文主义》，《学衡》第8期。

种“人文主义者”与“圣人”身份想象，必然导致他们与中国社会现实的隔膜和错位。王富仁先生指出，从鸦片战争到“五四”新文化运动的中国思想史“实际上是一部‘圣人’在中国知识分子的意识中死亡的历史。‘圣人’并不等同于孔子、孟子这样一些具体的历史人物，而是被一个民族、一个民族的知识分子制造出来的文化幻象。它同西方的‘上帝’一样，在人们的意识中是一个文化的制高点，是一个无所不包的‘圆’，是一个全知全能的‘一’，是一副包治百病的万应灵丹。别人都是‘相对’的，只有他是‘绝对’的。他给你思考了一切你应当思考的，一个民族的其他人不必再用自己的思想思考，只要按照‘圣人’的原则，遵循他早已垂示的教训，一切都会得到圆满的解决。至少对于一个民族的整体是如此”①。鸦片战争之后，中国所遭遇的一切问题不是凭借既定的“圣人”“垂示的教训”就能解决的，相反，中国知识分子不得不面对这“千古未有之变局”做出独立的思考，面对一个强大的西方，寻求解决中国一切问题的方法。身处于自我与西方这一无可回避的现实关系，“学衡派”尽管不承认在中国“圣人”已死的事实，但也不得不为论证“圣人”未死而向西方文化寻求理论支持，白璧德人文主义正好满足了他们的这种心理需求。白璧德的学说是复活“圣人”的一种尝试，他所要复活的不仅是西方的“圣人”，还包括东方的“圣人”，只是他赋予了“圣人”一个更有世俗色彩的称谓——“人文主义者”。中国的“圣人”也是白璧德所谓的“人文主义者”，吴宓们也就欣喜于他们从西方所找到的“真理”，决定在中

① 王富仁：《中国新古典主义文学论》（上），《天津社会科学》1998年第3期，第86页。

国社会躬行之。白璧德的理论，遮蔽了“圣人”在中国已死的事实，“学衡派”诸人自然就孜孜以求，志在为中国现代社会复制综合中西文化古代圣贤大哲的“圣人之道”。就像有着“骑士”身份想象的堂·吉诃德一样，在一个“圣人”已死的时代，“学衡派”的“圣人”身份想象注定了只能幻灭，这是他们必然的悲剧性文化命运。

附录一　梅光迪、吴宓、胡先骕在《学衡》所发表文章统计表①

作者	文章	栏目	期目
梅光迪	评提倡新文化者	通论	1
	评今人提倡学术之方法	通论	2
	论今日吾国学术界之需要	通论	4
	现今西洋人文主义	述学	8
	安诺德之文化论	通论	14
吴宓	（译沙克雷）纽康氏家传	文苑	1、2、3、4、7、8
	文学研究法	通论	2
	论新文化运动②	通论	4
	西洋文学精要书目	述学	6、7、11
	诗学总论	通论	9
	英诗浅释	述学	9、12、14
	希腊文学史第一章 荷马之史诗	述学	13
	希腊文学史第二章 希霄德之训诗	述学	14

① 该表所作统计仅限于诸人在《学衡》所发表的文章及译作，不包括他们在“文苑”所发表的个人诗文。吴宓、胡先骕、柳诒徵均有若干诗文发表于“文苑”一栏，其中多为描写交游、互相唱和之作，暂不作统计。

② 该文在吴宓回国前曾发表于《留美学生季报》。

（续表）

作者	文章	栏目	期目
吴宓	论今日文学创造之正法	通论	15
	我之人生观	通论	16
	（译马西尔原作）白璧德之人文主义	通论	19
	（述）沃姆中国教育谈	通论	22
	西洋文学入门必读书目	述学	22
	（译 Murray）希腊对于世界将来之价值	述学	23
	（译）世界文学史	述学	28
	（补译）世界文学史	述学	29
	（补译）世界文学史	述学	30
	（译）白璧德论民治与领袖	通论	32
	（理想小说）新旧因缘①（署名王志雄）	文苑	36
	（译 Hugh Last）罗马之家族及社会生活	述学	37
	（译）白璧德论欧亚两洲文化	通论	38
	（译吉罗德夫人）论循规蹈矩之益与纵性任情之害	通论	38
	评杨振声玉君	书评	39
	（译葛兰坚）但丁神曲通论	述学	41
	（译）一七三四年班禅喇嘛告谕译释	述学	43
	（译 R. F. A. Hoernlé）物质生命心神论	述学	53

① 吴宓自年轻时代一直有写一部白话小说《新旧因缘》的心愿（参见吴宓日记IV，第39页），该文算是这部酝酿中的小说的楔子，表明他要开始写小说了。但吴宓最终并未写出这部小说，在《学衡》上开了这个头后，便没有下文了。

（续表）

作者	文章	栏目	期目
吴宓	（译）孔子老子学说对于德国青年之影响	通论	54
	（撮译）中国欧洲文化交通史略	述学	55
	（译沙克雷）名利场	文苑	55
	论事之标准	通论	56
	（译）韦拉里论理智之危机	通论	62
	（译）韦拉里说诗中韵律之功用	通论	63
	穆尔论现今美国之新文学	通论	63
	（译）古拉塞作事格言	杂缀	70
	（译）佛斯特小说杂论	杂缀	70
	（译）白璧德论今后诗之趋势	通论	72
	（译）穆尔论自然主义与人文主义之文学	通论	72
	（译）薛尔曼评传	通论	73
	（译）班达论智识阶级之罪恶	通论	74
	（译）拉塞尔论柏格森之哲学	通论	74
	（译）路易斯论治术	通论	74
	（译）路易斯论西人与时间之观念	通论	74
胡先骕	评《尝试集》	书评	1、2
	浙江采集植物游记	杂缀	1、2、3、4、7、10、12、
	论批评家之责任	通论	3
	（译）白璧德中西人文教育谈	通论	3
	说今日教育之危机	通论	4

（续表）

作者	文章	栏目	期目
胡先骕	评赵尧生香宋词	书评	4
	读阮大铖咏怀堂诗集	书评	6
	读郑子尹巢经巢诗集	书评	7
	评金亚匏秋蟪吟馆诗	书评	8
	评朱古微彊邨乐府	书评	10
	评俞恪士觚庵诗存	书评	11
	评张文襄公广雅堂诗	书评	14
	评胡适《五十年来中国之文学》	书评	18
	评陈仁先苍虬阁诗存	书评	25
	评文芸阁云起轩词钞王幼遐半塘定稿賸稿	书评	27
	旅程杂述	杂缀	28
	文学之标准	通论	31
	评刘裴村介堂诗集	书评	34
	评亡友王然父思斋遗稿	书评	51

附录二　刘伯明、汤用彤、柳诒徵等在《学衡》所发表文章统计表[①]

作者	文章	栏目	期目
刘伯明	学者之精神	通论	1
	再论学者之精神	通论	2
	评梁漱溟著《东西文化及其哲学》	书评	3
	杜威论中国思想	通论	5
	非宗教运动平议	通论	6
	共和国民之精神	通论	10
	论学风	通论	16
柳诒徵	汉官议史	述学	1
	梁氏佛教史评	书评	2
	论中国近世之病源	通论	3
	选举阐徽	述学	4
	顾氏学述	述学	5
	论大学生之责任	通论	6
	华化渐被史	述学	7、8、10、11、16

① 该表只统计文章，不包括他们在“文苑”上发表的诗文。

（续表）

作者	文章	栏目	期目
柳诒徵	论今之办学者	通论	9
	读墨微言	通论	12
	五百年前南京之国立大学	述学	13、14
	中国乡治之尚德主义	述学	17、21、36
	说习	通论	24
	明伦	通论	26
	中国文化西被之商榷	通论	27
	教育之最高权	通论	28
	评陆懋德《周秦哲学史》	书评	29
	励耻	通论	30
	学者之术	通论	33
	王玄策事辑	述学	39
	罪言	通论	40
	学潮徵故	述学	42
	自立与他立	通论	43
	正政	通论	44
	说酒	通论	45
	唐初兵数考	述学	45
	反本	通论	46
	中国文化史	述学	46、48、49、50、51、52、53、54、56、58、61、63、64、67、70、72

（续表）

作者	文章	栏目	期目
柳诒徵	致知	通论	47
	解蔽	通论	49
	墨化	通论	51
	述社	述学	54
	论今人讲诸子之学者之失（录《史地学报》）	通论	73
	自由教学法	通论	75
缪凤林	四书所启示之人生观	述学	2
	文德篇	通论	3
	评胡氏诸子不出于王官论	书评	4
	文情篇	通论	7
	希腊之精神	述学	8
	评杜威《平民与教育》	书评	10
	文义篇	通论	11
	中国人之佛教耶教观	述学	14、15、16、21、23
	唯识今释	述学	19
	历史之意义与研究	述学	23
	哲学之意义及起源	述学	24
	哲学之研究	述学	25
	阐性从孟荀之唯识	述学	26
	哲学通论	述学	28

（续表）

作者	文章	栏目	期目
缪凤林	评快乐论上	述学	32
	评快乐论下	述学	35
	中国民族西来辨	述学	37
	人道论发凡	述学	46
	评王桐龄新著东洋史	书评	60
	悼梁卓如先生	通论	67
景昌极	（译）苏格拉底自辨篇	述学	3
	（译）克利陀篇 Crito	述学	5
	论学生拥护宗教之必要	通论	6
	中国心理学大纲	述学	8
	（译）斐都篇 Phaedo	述学	10、20
	广乐利主义	通论	13
	见相别种辨	述学	18
	唯识今释补义	述学	25
	佛法浅释导言	述学	29
	消遣问题（礼乐教育之真谛）	通论	31
	见相别种未释之疑	述学	33
	评郭任远人类的行为	书评	35
	评进化论（生命及道德之真谛）	通论	38
	信与疑（真伪善恶美丑之关系）	通论	47
	苦与乐	通论	54

（续表）

作者	文章	栏目	期目
景昌极	实践与玄谈	通论	57
	因与果（神学玄学科学之异趣）	通论	58
	论心与论事	通论	62
	文学与玄学 序论	通论	63
	性与命（自然与自由）	通论	67
	人生哲学序论	通论	69
	知识哲学	述学	75
	悼亡杂忆	文苑	78
汤用彤	评近人之文化研究（录《中华新报》）	通论	12
	（译）亚里士多德哲学大纲	述学	17、19
	（译）希腊之宗教	述学	24
	佛教上座部九心轮略识	述学	26
	印度哲学之起原	述学	30
	释迦时代之外道（录《内学》第一辑）	述学	39
	唐太宗与佛教	述学	75

附录三　陈寅恪、王国维、梁启超在《学衡》所发表文章统计表

作者	文章	栏目	期目
陈寅恪	与妹书	文苑/文录	20
	挽王静庵先生	文苑/诗录	60
	王观堂先生挽词并序	文苑/诗录	64
	题文学士读书端己集诗	文苑/诗录	71
	《敦煌劫余录》序	文苑/文录	74
	冯著《中国哲学史》审查报告	文苑/文录	74
	与刘文典教授论国文试题书	通论	79
王国维	高宗肜日说	述学	40
	陈宝说	述学	40
	《书·顾命》同瑁说	述学	40
	梦得东轩老人书醒而有作	文苑/诗录	40
	肃霜涤场说	述学	41
	释天	述学	41
	莽京考	述学	41
	题贡王朵颜卫景卷	文苑/诗录	41
	题陈子砺学使内直时画卷	文苑/诗录	41

（续表）

作者	文章	栏目	期目
王国维	遹敦跋	述学	43
	书辜汤生英译《中庸》后	书评	43
	庚嬴卣跋	述学	44
	邾公釛钟跋	述学	44
	最近二三十年中中国新发见之学问	述学	45
	齐国差𦉜跋	述学	46
	王子婴次卢跋	述学	46
	攻吴王大差鉴跋	述学	47
	汉王保卿买地券跋	述学	47
	蒙文元朝秘史跋	述学	49
	辽金时代蒙古考	述学	53
	中国历代之尺度	述学	57
	莽量考	述学	58
	黑车子室韦考	述学	60
	咏史二十首（未刊遗稿）	文苑/诗录	66
梁启超	寿姚茫父五十	文苑/诗录	42
	祭康南海先生文	文苑/文录	59
	曾刚父诗集序	文苑/文录	59

附录四 《学衡》年表

编写说明：

该年表主要梳理《学衡》杂志从酝酿、创立到最后终刊的整个生命历程。以《学衡》杂志的存在时间为经，以参与《学衡》的主要人物各自与《学衡》的关系为纬，对《学衡》的内容倾向及种种变化加以把握，兼及《学衡》在当时的生存境况，力求尽量客观地呈现《学衡》杂志真实的历史面貌，以及它从1922年诞生至1933年终结这一过程中所遭遇的各种问题。

《学衡》的三大主将梅光迪、吴宓、胡先骕都曾于1910年代赴美留学，留学体验对他们个人思想的确立及他们后来的人生道路选择有着极大影响。《学衡》的创立，须上溯到梅光迪与胡适留学美国时在1915～1916年间所进行的“文学革命”论争；因此，为了更清楚地了解《学衡》之出现，必须从考察《学衡》主要人物的留学经历开始。

1911年（清宣统三年）

梅光迪（1890～1945），字迪生，又字觐庄，安徽宣城人。12

岁应童子试，18 岁肄业于安徽高等师范学堂。[①] 1909 年，与胡适在上海相识，其时，梅光迪就读于上海复旦公学[②]。1910 年夏，梅光迪与胡适自上海同舟北上应庚款留美考试；胡适顺利考取，同年 8 月赴美入康乃尔大学，梅光迪则未考取。胡适去国后，与梅光迪保持通信，自此交往益密。

是年，梅光迪再度北上应庚款留美考试，考取，同年赴美，入威斯康辛大学，习哲学与政治[③]。赴美后，梅光迪与胡适的联系更为密切，两人经常在书信中相互交流关于学术文化的观点和思考，并且互相勉励。

吴宓（1894～1978），字雨僧，又字雨生，陕西泾阳人。是年考取"留美第二格学生"（即留美预备生，赴美之前先就读于作为留美预备学校的清华学校，经考核合格后再遣赴美国留学）。3 月，入留美预备学校清华学堂（即后来的清华学校，清华大学的前身）。与清华同学吴芳吉（碧柳）相识，渐成知交，两人在旧诗写作上多互相唱和、交流，曾议合刊诗集《两吴生集》。吴芳吉日后成为《学衡》作者之一，对新文学运动虽多有批评，但并不反对新文

---

① 郭斌龢：《梅迪生先生传略》，见罗岗、陈春艳编：《梅光迪文录》，沈阳：辽宁教育出版社，2001 年，第 242 页。

② 梅光迪去国之前曾就读于上海复旦公学，根据（1）《吴宓自编年谱》第 189 页："陈寅恪君，本与梅光迪为旧友。辛亥前，在上海复旦同学。"（2）梅光迪 1910 年 11 月致胡适的信中有言："迪已离复旦。"见罗岗、陈春艳编：《梅光迪文录》，沈阳：辽宁教育出版社，2001 年，第 111 页。

③ 按：梅光迪赴美先入威斯康辛大学，后才转入西北大学，又转入哈佛大学。参见梅光迪：《九年后之回忆》，罗岗、陈春艳编：《梅光迪文录》，沈阳：辽宁教育出版社，2001 年，第 43 页。

学。[1] 另外，吴宓与另一清华同学汤用彤（锡予）也颇相契，后成知友。汤用彤日后也是《学衡》作者之一。

辛亥革命爆发后，清华学堂暂行解散。吴宓离京赴上海亲属处。[2]

胡先骕（1894～1968），字步曾，号忏庵。江西新建县人。幼时有"神童"之誉，应过童子试，曾得到当时南昌知府、"同光体"诗人沈曾植赏识和关照，对诗文创作有浓厚兴趣，且自期甚高。科举考试废除后，于1908年考入京师大学堂预科。[3] 是年仍就读于京师大学堂。

1912年（中华民国元年）

胡先骕考取江西省官费留美，11月，赴美，入加州柏克莱大学农学院。读书期间，仍坚持旧体诗词的写作。[4]

梅光迪与就读于康乃尔大学的胡适频繁交流，彼此欣赏、互相鼓励。在3月5日给胡适的信中，梅光迪写道："吾人生于今日之中国，学问之责独重：于国学则当洗尽二千年来之谬说；于欧学则当探其文化之原与所以致盛之由，能合中西于一，乃吾人之第一快

---

① 参见吴宓：《吴宓日记》Ⅱ，第114页："甚至碧柳，亦趋附'新文学'，而以宓等之不赞成'新文学'为怪事。"北京：三联书店，1998年。

② 吴宓著，吴学昭整理：《吴宓自编年谱》，北京：三联书店，1998年，第105～107页。

③ 参见胡宗刚：《胡先骕先生年谱长编》，南昌：江西教育出版社，2008年，第17页、第22页。

④ 参见胡宗刚：《胡先骕先生年谱长编》，南昌：江西教育出版社，2008年，第33～38页。

事。”[①] 留学体验逐渐赋予梅光迪和胡适以新的眼光来审视中国文化，以及中国文化（国学）与西方文化（欧学）的关系。

2月，吴宓在上海考入圣约翰大学，3月，入读。4月，清华学堂决定开课。5月，吴宓回北京，仍就学于清华学堂。[②]

1913 年（民国二年）

是年夏天，梅光迪转入西北大学，与在该校攻读哲学博士学位的刘伯明相识相知，过从甚密，经常一起论学。[③] 刘伯明于1915年夏从西北大学获博士学位回国，先后任教于金陵大学、南京高等师范学校－东南大学，是《学衡》发起创办的重要支持者，也是《学衡》作者之一。

吴宓在清华参加学生组织达德会，该会刊印《益智杂志》“The Useful Knowledge”，每册皆有中文、英文两部分，吴宓任英文部分的编辑。[④] 后又参加《清华周刊》的编辑事务，并为其撰文。

1914 年（民国三年）

就读于西北大学的梅光迪偶然得知哈佛大学教授白璧德的《法国现代批评大师》一书，当时，梅光迪“正陷于托尔斯泰式的人文

---

① 杜春和、韩荣芳、耿来金编：《胡适论学往来书信选》下册，石家庄：河北人民出版社，1998年，第1191页。

② 吴宓：《吴宓日记》Ⅰ，北京：三联书店，1998年，第190～191页、201页、224页、248页。

③ 参见梅光迪：《九年后之回忆》，见罗岗、陈春艳编：《梅光迪文录》，沈阳：辽宁教育出版社，2001年。

④ 参见吴宓著，吴学昭整理：《吴宓自编年谱》，北京：三联书店，1998年，第123～124页。

主义的框框之中，同时又渴望在现代西方文学中寻找到更具阳刚之气、更为冷静、理智的因素，能与古老的儒家传统辉映成趣”[①]。在狂热地阅读了白璧德当时已出版的三本著作《法国现代批评大师》、《文学与美国的大学》、《新拉奥孔》之后，梅光迪确信这位哈佛大学教授才是他所要寻找的真正导师。

是年夏，胡明复、任鸿隽、赵元任、秉志、杨铨（杏佛）等留美学生在美国康乃尔大学发起成立科学社，商议筹办《科学》（Science）月刊，以“提倡科学，鼓吹实业，审定名词，传播知识为宗旨”。[②]

是年，胡先骕与梅光迪一同加入南社，经人介绍，胡先骕开始与胡适通函。[③]

1915 年（民国四年）

1 月，《科学》月刊创刊号在上海发行。该刊率先改汉字竖排为横排，率先引进西式标点符号，是中国出版文化史上的创举。

9 月，梅光迪入哈佛大学比较文学系，师从倡导人文主义学说的白璧德。胡适在《送梅觐庄往哈佛大学诗》中对这个顽固的辩论对手和朋友表达了热烈的期待和共勉：“梅生梅生毋自鄙。神州文学久枯馁，百年未有健者起。新潮之来不可止，文学革命其时矣。

---

① 梅光迪：《评〈白璧德：人和师〉》，见罗岗、陈春艳编：《梅光迪文录》，沈阳：辽宁教育出版社，2001 年，第 229 页。

② 胡适：《留学日记》卷四，见《胡适全集》第 27 卷，合肥：安徽教育出版社，2003 年，第 343 页。

③ 参见胡宗刚：《胡先骕先生年谱长编》，南昌：江西教育出版社，2008 年，第 39 页。

吾辈势不容坐视，且复号召二三子，革命军前仗马箠，鞭笞驱除一车鬼，再拜迎入新世纪。以此报国未云菲，缩地戡天差可儗。梅生梅生毋自鄙。”①

同月，胡适赴纽约入哥伦比亚大学，师从实验主义哲学家杜威。胡适此时提出“诗国革命何自始？要须作诗如作文。”② 这一观点随后引发了他与梅光迪之间关于文学革命的进一步争论。

是年，吴宓屡次与其清华同学汤用彤谈及将来办杂志的决心和计划：“他日行事，拟以印刷杂志业，为入手之举。而后造成一是学说，发挥国有文明，沟通东西事理，以熔铸风俗、改进道德、引导社会。”③ 清华时期，吴宓一直对办杂志有极大的兴趣和热情，是年决定向清华校长提出将来赴美留学要“专习印刷及杂志事业”。尽管后来赴美并未习印刷及杂志，而是习文学，但通过办杂志来传播学说、影响社会，始终是吴宓的一个执著念头。正是因为这种执著，才使得他后来毅然决然响应梅光迪的召唤到南京同办《学衡》，并且在《学衡》其他主将退出后，仍苦心经营《学衡》。

10 月，在科学社基础上正式成立“中国科学社”，胡先骕、胡适、梅光迪同为该社社员。胡先骕和胡适留美期间均在《科学》月刊上发表过文章。④

---

① 胡适：《留学日记》卷十一，见《胡适全集》第 28 卷，合肥：安徽教育出版社，2003 年，第 268 页。

② 胡适：《留学日记》卷十一，见《胡适全集》第 28 卷，合肥：安徽教育出版社，2003 年，第 272 页。

③ 吴宓：《吴宓日记》Ⅰ，北京：三联书店，1998 年，第 410 页。

④ 参见樊洪业：《〈科学〉杂志与中国科学社史事汇要（1914～1918）》，《科学》2005 年第 1 期。

对西方文学有了更多的了解之后，梅光迪与胡适这两个素有文学之志的朋友渐渐把话题集中到中国文学的改革和发展上，他们都认为要讨论文学改革，必须“先精究吾国文字始敢言改革”。此时，梅光迪与胡适都意识到中国传统的文言已不能完全适应现在的需要，必须加以一定的改革。但在如何改革的问题上，梅光迪表现得更加小心谨慎，他始终坚持文言不当废，而文言具体要如何改革，他并未提出自己的明确方案；胡适比梅光迪做了更深入的思考，最初他也还不曾想到要废除文言，而是探索如何改良中国的语言文字，使之更适合现实需要。本年，胡适写了两篇关于中国语言文字改良的文章：《论句读及文字符号》、《论如何使吾国文言易于传授》。

据胡适 1936 年在《留学日记》“自序”中的交代：“我在 1915 年的暑假中，发愤尽读杜威先生的著作，做有详细的英文摘要，……此次以后，实验主义成了我的生活和思想的一个响导，成了我自己的哲学基础。……我的文学革命主张也是实验主义的一种表现。”[①] 去国之前，胡适已深受进化论思想影响，如今，进化论与杜威“实验的方法”结合在一起，再加上朋友间的辩论所带来的刺激，胡适逐步确立了他的文学进化观。加上留学期间大量接触西方文学，对欧洲各国文学的独立兴起较为熟悉，从中获得很大启发，胡适便从文言改革大胆想到文学革命，并把文学革命具体落实为“诗国革命”。

此前，梅光迪已尽读白璧德当时已出版的三部著作，并对其思

① 胡适：《留学日记》自序，见《胡适全集》第 27 卷，合肥：安徽教育出版社，2003 年，第 104 页。

想深为认同。至此，这两个安徽老乡和朋友各自选择了不同的美国导师，拥有了不同的思想武器，彼此间的分歧越来越难以调和。

是年夏，梅光迪从西北大学毕业，到绮色佳（伊萨卡）康乃尔大学与胡适、任鸿隽等朋友相聚，彼此间就文字改革的问题进行反复辩论，并进一步把问题落在文学改革上。反复辩驳之后，梅光迪"越驳越守旧"，胡适则"变得更激烈了"。

1916 年（民国五年）

各自在新学校安顿下来后，梅光迪与胡适的文学论争继续进行。这一年的争辩"最激烈，也最有效果"。争辩的起点，是胡适"要须作诗如作文"的说法。梅光迪也认为"吾国近时诗界"须革命，但对胡适"作诗如作文"的观点颇不以为然，坚持"诗之文字"与"文之文字"截然两途，诗界革命当于诗中求之，不能仅移"文之文字"于诗。诗界革命到底该如何入手，梅光迪只是泛泛提出："当先研究英法诗界革命家，比较 Wordsworth and Hugo（华兹华斯和雨果——引注）之诗与十八世纪之诗，而后可得诗界革命之真相，为吾人借镜也。"①

胡适在思考文言改革的问题时，即是从工具的层面着手的。在其文学进化观的作用下，他把历史上的文学革命都看成是文学工具的革命。结合欧洲各国文学革命的例子，胡适抓住了中国文学中的俗话文学传统，将一直以来在中国文学中处于非主流的俗话文学视为中国文学的正统，是代表中国文学革命自然发展的趋势，中国今

---

① 杜春和、韩荣芳、耿来金编：《胡适论学往来书信选》下册，石家庄：河北人民出版社，1998 年，第 1200 页。

日需要的文学革命正是用白话替代古文的革命，是用活的工具替代死的工具的革命。[①] 梅光迪对胡适的进化论文学观深致不满，在他看来，“科学与实用智识（如 Politics、Economics）可以进化。至于美术、文艺、道德则否，若以为 Imagist Poetry 及各种美术上‘新潮流’以其新出必能胜过古人或与之敌，则稍治美术文学者闻之必哑然失笑也”[②]。因白璧德的影响，梅光迪此时已明确表示自己在人生观上持“人学主义（Humanism，即人文主义）”，在文学观上则认同“古文派（Classicism，即古典主义）”，而文学创造则是“取法古人之精神而加以个人独有之长”。梅光迪也认为中国文学革命应该取法西方文学，但他认为取法的对象应限于 18 世纪卢梭之前的文学，而非胡适所强调的近世堕落一派的文学——即自卢梭开始的西方文学。[③]

争论的结果，胡适开始实地试验用白话写诗，以此向梅光迪及其他朋友证明他的主张：白话可以完全取代文言在中国文学中的地位。当胡适已考虑到文学革命的具体操作时，梅光迪仍未提出足以与胡适的主张相抗衡的具体方案，在与胡适的文学争论中，他越来越被动，仅仅停留在对胡适主张的反对上。

是年底，胡适写就《文学改良刍议》一文，并将该文寄给国内主编《新青年》杂志的陈独秀。梅光迪与胡适的论争，至此告一段

---

① 参见胡适：《逼上梁山——文学革命的开始》，《胡适全集》第 18 卷，合肥：安徽教育出版社，2003 年。

② 杜春和、韩荣芳、耿来金编：《胡适论学往来书信选》下册，石家庄：河北人民出版社，1998 年，第 1210～1211 页。

③ 参见罗岗、陈春艳编：《梅光迪文录》，沈阳：辽宁教育出版社，2001 年，第 174～177 页。

落。若干年后，胡适在其《四十自述》中说起在美国的这场文学论争，认为正是它将他“逼上梁山”。这场论争是中国文学革命的开始，也是《学衡》杂志得以创立的最初起因。

6月，吴宓从清华学校毕业。因体育不及格以及患有眼角膜炎，清华校长批示吴宓应留校一年，练习体育，医治目疾，未能如期赴美留学。①

7月，胡先骕在加州柏克莱大学毕业，获农学士学位，归国。次年2月后被聘为江西省庐山森林局副局长。② 植物学是胡先骕的职业，终其一生，他对中国植物学这一学科的发展做出了重大贡献，是我国乃至世界上知名的植物学家；文学则始终是胡先骕不能舍弃的志业，他对旧体诗词的写作一直持续到晚年，可见其对文学的沉迷。

1917年（民国六年）

1月1日，《新青年》第2卷第5号刊发胡适的《文学改良刍议》，该文是胡适与梅光迪1915～1916年间进行关于“文学革命”论争的结果，提出文学改良的“八事”，“八事”之五为“务去烂调套语”，且“举吾友胡先骕先生一词以证之：荧荧夜灯如豆，映幢幢孤影，凌乱无据。翡翠衾寒，鸳鸯瓦冷，紧得秋宵几度？么弦漫

---

① 吴宓著，吴学昭整理：《吴宓自编年谱》，北京：三联书店，1998年，第149～150页。

② 参见胡宗刚：《胡先骕先生年谱长编》，南昌：江西教育出版社，2008年，第48～51页。

语，早丁字帘前，繁霜飞舞。袅袅余音，片时犹绕柱。”[①] 胡适认为该词“其实仅一大堆陈套语耳”，对其逐句批驳。胡先骕自早年即在文学上自视颇高，如1916年从美国学成归国后所写的《壮游用少陵韵》诗中有言：“束发毕经史。薄誉腾文场。下笔摹古健。颇欲追班扬。一时冠盖俦。交口称麟凰。庞眉比长吉。锦句充奚囊。冥契接虞夏。廓我刚柔肠。轩轩寡俗韵。逸兴凌穹苍。”[②] 胡适的批评，对其打击可想而知，由此也激发了他后来对胡适白话诗的抵触和反对。

6月，胡适回国，执教于北京大学，随后与陈独秀一起发动文学革命。

8月，吴宓赴美留学，入弗吉尼亚（Virginia，吴宓日记中译为勿吉尼亚）大学，习文学专科。此前，吴宓一直有志于学习“新闻学”或“报业”，以为将来办杂志之用。次之则习化学，以为对国家有实际贡献。当时清华学校校长周诒春认为吴宓性格不适合“新闻学”，而适合于文学，因而决定让吴宓入弗吉尼亚大学习文学。[③]

1918年（民国七年）

7月，吴宓赴波士顿入哈佛大学暑期学校，与正师从白璧德的梅光迪相识。其时，梅光迪因不满于他的“文学革命”论争对手胡

---

① 引注：该词乃胡先骕留美期间所作。参见胡适：《文学改良刍议》，见《胡适全集》第1卷，合肥：安徽教育出版社，2003年，第9页。

② 胡先骕：《胡先骕先生诗集》，台湾中正大学校友会编印，1992年，第13页。

③ 参见吴宓著，吴学昭整理：《吴宓自编年谱》，北京：三联书店，1998年，第148～149页、第162页。

适在国内提倡白话文学，正在招兵买马，到处搜求人才，联合同志，拟回国对胡适作一全盘大战。得闻吴宓之文学思想态度与其相近，即主动造访，“慷慨流涕，极言我中国文化之可贵，历代圣贤、儒者思想之高深，中国旧礼俗、旧制度之优点，今彼胡适等所言所行之可痛恨”①。并向吴宓介绍白璧德之学说及著作，带他谒见白璧德。吴宓由是转到哈佛大学，入比较文学系，与梅光迪一同奉白璧德为师。

是年夏，胡先骕被聘为南京高等师范学校农林专修科教授，移居南京，与南京高师文史地部教授柳诒徵结识，对其十分崇敬。

柳诒徵（1880～1956），字翼谋，号劬堂，江苏丹徒（今镇江）人。著名文史学者，其时在南京高师“正主讲中国文化史，不蹈昔人之蹊径，史学、史识一时无两”②。柳诒徵在史学上与北大“疑古派”分庭抗礼，③ 其所培养的弟子缪凤林、景昌极、张其昀、王庸、向达、赵万里等都学有所长。柳诒徵及“柳门”弟子后来成为《学衡》的重要作者群，支撑起《学衡》的半壁江山。

柳诒徵也写诗（后也常在《学衡》“文苑”一栏发表其诗作，与吴宓、胡先骕等多有唱和），早年即与诗人陈三立有往来，交情颇深。胡先骕到南京后，经常与柳诒徵、陈三立（其时居南京）、王瀣（伯沆，时执教于南京高师）诸人一起论学。是年，陈三立为

---

① 吴宓著，吴学昭整理：《吴宓自编年谱》，北京：三联书店，1998 年，第 177 页。

② 张大为等编：《胡先骕文存》上卷，南昌：江西高校出版社，1995 年，第 513 页。

③ 参见沈卫威：《学分南北与东南学风——现代大学学术的南北差异》，见《新国学研究》第 4 辑，北京：人民文学出版社，2006 年。

胡先骕这位后辈江西诗人的诗作题识，称其："摆落浮俗。往往能骋才思于古人清深之境。具此异禀。锲而不舍。成就何可量。"[①] 陈三立的赏识和鼓励，增强了胡先骕在文学上的自信。胡先骕平常在诗文上相与往来的主要是江西诗人，其诗作主要追慕"江西诗派"。后来《学衡》"文苑"一栏大量登录江西诗人的作品，也是因为胡先骕之故。

1919 **年（民国八年）**

年初，陈寅恪入哈佛大学研究院，师从语言学家拉曼（Charls Lanman）教授学习梵文、巴利文（白璧德在哈佛读研究生时也曾追随拉曼学习梵文、巴利文）。6 月，吴宓的清华同学汤用彤入哈佛大学研究院，与陈寅恪一起师从拉曼教授学习语言，研修哲学。7 月，吴宓导陈、汤往见白璧德，白璧德"与陈君论究佛理"[②]。自此，吴宓、梅光迪、陈寅恪、汤用彤诸人往来密切，常在一起论学。这些人后来都成为《学衡》的支持者。

9 月，清华毕业生张鑫海（后改名歆海）因吴宓之介绍得读白璧德著作，遂从他校转到哈佛。张鑫海师从白璧德，后获文学博士学位，就读于哈佛时与吴宓过从甚密，也曾有志学成后与胡适辈"鏖战一番"，回国后因志趣改变，虽与吴宓仍多所往来，但并没参与《学衡》事务，也没在《学衡》上发表文章。

同月，林语堂也到哈佛习文学，去国之前，他即认同新文学运动，且与胡适私交不错。吴宓等人因此认为林君"惟沉溺于白话文

---

① 胡先骕：《胡先骕先生诗集》，台湾中正大学校友会编印，1992 年，第 8 页。

② 吴宓：《吴宓日记》Ⅱ，北京：三联书店，1998 年，第 73 页。

学一流，未能为同志也”[1]。虽然同在哈佛聆听白璧德的教诲，但林语堂并未如吴宓等人那样推崇和认同白璧德，一年后即离开哈佛。可见，吴宓等人对白璧德的接受是一个内外应合的结果，他们本来的文学观念、思想倾向是一个重要基础。林语堂的基础则与吴宓等人显然有别。

10 月，梅光迪自哈佛毕业回国，任教于南开大学。[2]

11 月，吴宓在日记中写道："近见国中所出之《新潮》等杂志，无知狂徒，妖言煽惑，耸动听闻，淆乱人心，贻害邦家，日滋月盛，殊可惊叹。又其妄言'白话文学'，少年学子，纷纷向风。于是文学益将堕落，黑白颠倒，良莠不别。弃珠玉而美粪土，流潮所趋，莫或能挽。呜呼。宓等孜孜欣欣，方以文章为终身事业，乃所学尚未成，而时势已如此。"[3] 可见，当时国内新文学运动的强大声势，已让身处哈佛的吴宓深感时不我待。

12 月，吴宓在日记中表达了他对"新文学"的激烈态度："'新文学'之非是，不待词说。一言以蔽之，曰：凡读得几本中国书者，皆不赞成。西文有深造者，亦不赞成。兼通中西学者，最不赞成。惟中西文之书，皆未多读，不明世界实情，不顾国之兴亡，而只喜自己纵邀名者，则趋附'新文学'焉。""夫'新文学'者，乱国之文学也。……'新文学'者，土匪文学也。"[4] 对新文学加以笼

---

① 吴宓：《吴宓日记》Ⅱ，北京：三联书店，1998 年，第 37 页。

② 吴宓：《吴宓日记》Ⅱ，1919 年 9 月 29～10 月 4 日："梅君迪生（引注：即梅光迪）将首途归国，赴南开学校英文教员任。"1919 年 10 月 5 日："晨，偕锡予（引注：即汤用彤）为梅君（引注：即梅光迪）运搬箱箧。午，由锡予及施君济元及宓，共约梅君在汉口楼祖饯。四时半，送至南车站，握手而别。"均见第 78 页。

③ 吴宓：《吴宓日记》Ⅱ，北京：三联书店，1998 年，第 90～91 页。

④ 吴宓：《吴宓日记》Ⅱ，北京：三联书店，1998 年，第 114～115 页。

统的否定和鄙弃，完全不是一种理性的批评态度，这种情绪一直保持到后来的《学衡》时期。这种对新文学运动完全否定的非理性情绪，在《学衡》同人中是比较普遍的。

是年，《东方杂志》16 卷 3 期发表胡先骕的《中国文学改良论》，该文对胡适、陈独秀倡导的文学革命提出批评，反对用白话完全取代文言。5 月，《新潮》1 卷 5 号刊发北京大学学生罗家伦撰写的《驳胡先骕君的〈中国文学改良论〉》一文，以五倍于胡先骕原文篇幅的文字对胡文逐字逐句进行批驳，最后认为“胡君此文的全体，名为《中国文学改良论》，实是自己毫无改良的主张和办法，只是与白话文学吵嘴。而且意义文词，都太笼统，不着边际”①。在与梅光迪、吴宓等聚集到一起之前，胡先骕已逐步卷入文学革命的论争中，这是他后来加入《学衡》且出力甚多的一个基础。

1920 年（民国九年）

1 月，清华毕业生楼光来因吴宓的介绍而倾慕白璧德，从他校转学到哈佛。② 楼光来后来虽然没有直接参与《学衡》杂志，但对《学衡》的倾向较为认同。

3 月，吴宓与北京高等师范学校校长陈宝泉约定第二年回国赴北京高师英文部任教。③

---

① 罗家伦：《驳胡先骕君的〈中国文学改良论〉》，见赵家璧主编：《中国新文学大系·文学论争集》，上海：良友书局 1935 年版，上海：上海文艺出版社 1981 年影印本，第 126 页。

② 吴宓：《吴宓日记》Ⅱ，北京：三联书店，1998 年，第 126 页。

③ 吴宓：《吴宓日记》Ⅱ，北京：三联书店，1998 年，第 134 页。

3月，吴宓接到《民心》报[①]总编辑张幼涵（引注：即张贻志）来信，知《民心》也受新文学势力影响，张被撤职。吴宓在日记中记道："幼涵来书，慨伤中国现况，劝宓等早归，捐钱自办一报，以树风声而遏横流。宓他年回国之日，必成此志。此间习文学诸君，学深而品粹者，均莫不痛恨胡、陈之流毒祸世。张君鑫海谓羽翼未成，不可轻飞。他年学问成，同志集，必定与若辈鏖战一番。盖胡、陈之学说，本不值识者一笑。凡稍读书者，均知其非。乃其势炙手可热，举世风靡，至于如此，实属怪异。"[②] 吴宓对新文学的不屑以及隔膜分明可见，这也是后来《学衡》诸人的一大毛病，他们未能真正了解新文学运动之所以发生及其成为不可逆转的历史趋势的各种现实条件。

是年夏，因好友刘伯明之招，梅光迪转赴南京高等师范学校（东南大学之前身）任教。刘伯明时任南京高师文理科主任兼校长办公室副主任。[③]

9月，胡先骕在《东方杂志》第17卷第18号发表《欧美文学最近之趋势》一文，该文开头即将新文学运动开始以来写实主义在

---

① 《民心》报是中国留美学生爱国组织国防会所办的刊物。国防会成立于1915年5月9日中国政府屈服于日本、承认其五项二十一条之后，其意在唤醒国人，团结民众，共事反抗外国侵略，以救亡图存。吴宓于1919年加入国防会，并开始与该会同人商议办报；同年，国防会会长张贻志、副会长尹寰枢毕业归国，国防会总会随之迁回中国，设于上海。是年底，《民心》报在上海出版。吴宓为国防会驻美分会编辑部长，负责在美国为《民心》集稿及其他有关事宜。该报影响不大，陈寅恪、汤用彤等屡劝吴宓勿为此等无益之事，历来有"报业"与"文学"之志的吴宓虽也深感身受其累，却仍不能割舍。

② 吴宓：《吴宓日记》Ⅱ，北京：三联书店，1998年，第144页。

③ 罗岗、陈春艳编：《梅光迪文录》，沈阳：辽宁教育出版社，2001年，第46页。

中国受崇拜视为“好现象”，认为“中国小说戏曲之写实主义。实不发达。故社会之提倡欧洲写实主义与自然主义之新文学。于中国新文学之将来。为益必非浅鲜”[①]。随后即对古典主义以来欧洲文学发展的各种流派进行梳理评论，指出写实主义、自然主义的成就与缺陷，以作为中国新文学的借鉴，持论较为客观。此时，胡先骕在文学观上并未接受白璧德的影响——他受白璧德学说的影响无疑是与梅光迪、吴宓等人接触，参与《学衡》杂志之后。

10月，吴宓“接阅北京高等师范学校寄来所出《教育丛刊》等件，粗鄙丑陋，见之气尽。而白话文字、英文圈点。学生之所陈说，无非杜威之唾余，胡适之反响，且肆行谩骂，一片愤戾恣睢之气。呜呼，今国中教育界情形，一至于此，茫茫前途，我忧何极?宓明年回去之所遭遇，此时已可想见”[②]。一方面是对国内新文化运动的发展依然愤愤不平、完全排斥，另一方面，则开始担忧回国之后自己的文学倾向的遭遇。

吴宓作文 Old and New（新与旧），该文以 Old and New in China（中国之新与旧）之名登于1921年1月《留美学生月报》第16卷第3期。

12月，吴宓作文《论新文化运动》，投寄《留美学生季报》，[③]发表于该报1921年春季号。该文认为新文化运动惟取“在西洋已视为糟粕为毒鸩者举为代表西洋文化之全体”，“专图破坏”。1921年在归国海舟中又作《再论新文化运动，答邱昌渭君》一文，拟登

---

① 张大为等编：《胡先骕文存》（上卷），南昌：江西高校出版社，1995年，第7页。

② 吴宓：《吴宓日记》Ⅱ，北京：三联书店，1998年，第188页。

③ 吴宓：《吴宓日记》Ⅱ，北京：三联书店，1998年，第197页。

《留美学生季报》，回应北京大学毕业赴美留学的邱昌渭对其之前发表于《留美学生季刊》和《留美学生月报》上的文章的批评。[①] 1922年，吴宓对《论新文化运动》和《再论新文化运动，答邱昌渭君》两文重新整理合并，以《论新文化运动》之名发表于《学衡》第4期。

1921年（民国十年）

5月，本已打点行李发付北京、准备回国任北京高师教职的吴宓，忽然接到梅光迪从南京高师寄来的快函，告知吴宓他已就职于南京高师，“今后决以此为聚集同志知友，发展理想事业之地”[②]，希望吴宓辞去与北京高师之约，转赴南京高师任职。梅光迪在1920年秋，已与中华书局有约，拟编撰杂志《学衡》，由中华书局印刷发行。该杂志之总编辑，梅光迪认为非吴宓来担任不可。1920年吴宓决定就北京高师之聘时，仍计划着“归国后，必当符旧约，与梅君等，共办学报一种，以持正论而辟邪说”[③]。如今，得闻梅光迪已在南京筹办杂志，自清华时期即有办杂志之志的吴宓自然心动了，尽管南京高师所开给他的月薪（160元）远低于北京高师（300元），他还是立即决定辞去北京高师之聘，转赴南京高师，与梅光迪共办《学衡》杂志，实现其多年来对于报业和文学的理想。

---

① 参见吴宓：《吴宓日记》Ⅱ，北京：三联书店，1998年，第224～225页；吴宓著，吴学昭整理：《吴宓自编年谱》，北京：三联书店，1998年，第216页。

② 吴宓著，吴学昭整理：《吴宓自编年谱》，北京：三联书店，1998年，第214页。

③ 吴宓：《吴宓日记》Ⅱ，北京：三联书店，1998年，第134页。

8月，吴宓归国，赴南京高师一东南大学[①]任教。此前，梅光迪已在南京集结了《学衡》杂志撰述员和同志若干人，主要有刘伯明、马承堃（王闿运晚年弟子，时任南京暨南大学教授）、胡先骕（时任南京高师农林专修科教授）、萧纯锦（留美，时任东大经济系教授）、邵祖平（时任东大附属中学国文教员）、徐则陵（留美，时任历史系主任）、柳诒徵（时任东大历史系教授）。吴宓到南京后，《学衡》杂志开始进入运作。[②]

《学衡》杂志能在南京高师一东南大学创办，与时任文理科主任的刘伯明的支持密不可分。梅光迪、吴宓所在的西洋文学系，是在刘伯明的支持下从英语系中独立出来而开设的，西洋文学系的教员主要为梅光迪、吴宓等的知交和同道，如楼光来、李思纯等。正是因为有刘伯明的有力支持，梅光迪和吴宓才能以东南大学作为聚集同道之地，陆续招引知友到来。

9月，应美国东部留美中国学生会之要求，白璧德在该会年会作题为 Humanistic Education in China and the West 的演讲，讲稿随后登于该年《中国留美学生月报》第17卷第2期。后经胡先骕译出，以《白璧德中西人文教育谈》之名登于《学衡》第3期，成为《学衡》介绍白璧德的开始。

---

① 1920年12月，南京高师开始筹建国立东南大学。1921年10月，东南大学成立并招生上课。南京高师自1921年起即不再招生，俟其原有学生全部毕业后即并入东大。1923年6月，南京高师正式并入东大。合并之前，南京高师与东大共存，吴宓等既是南京高师教员，也是东大教员。参见朱斐主编：《东南大学校史》（第一卷，1902～1949），南京：东南大学出版社，1991年，第95～100页。

② 吴宓著，吴学昭整理：《吴宓自编年谱》，北京：三联书店，1998年，第227～230页。

1922 **年（民国十一年）**

1月，《学衡》（月刊，英文名 *THE CRITICAL REVIEW*）第1期面世。柳诒徵为杂志撰写发刊词《弁言》，提出《学衡》杂志四义："一 诵述中西先哲之精言。以翼学。二 解析世宙名著之共性。以邮思。三 籀绎之作。必趋雅音。以崇文。四 平心而言。不事嫚骂。以培俗。"

《学衡》杂志宗旨为："论究学术。阐求真理。昌明国粹。融化新知。以中正之眼光。行批评之职事。无偏无党。不激不随。"

《学衡》包括以下栏目：

（1）插画——主要是中西名人图像，或西洋名画等。创刊号的插画为孔子像和苏格拉底像，分别代表着《学衡》在"国学"和"西学"上的皈依，同时象征着"学衡派"的人文主义理想。

（2）通论——主要发表争论性的文章，或关乎"国事与时局"的文章。批评新文化－新文学运动的文章基本都列在"通论"。译介白璧德及人文主义学说的文章也发在这一栏。该栏是《学衡》标志性的栏目，"学衡派"的由来，以及它后来被贴上的各种标签，跟"通论"一栏的内容特征有密不可分的关系。

（3）述学——主要负责"昌明国粹"、"诵述中西先哲之精言"。柳诒徵的著作《中国文化史》即在该栏连载；王国维在《学衡》上发表的一系列"考古述学"的文章也都在这一栏。此外，还有译介和研究中外历史、哲学、佛学的文章。

（4）文苑——主要登载旧体诗词文赋，以及用文言翻译的外国诗作、文章。因胡先骕之故，"文苑"多刊发江西诗人的作品；还有大量"南社"社员的诗作。主要代表人物有陈三立、黄节、胡先骕、沈曾植、朱祖谋、姚华、邵祖平、王易、林损、庞钧、张尔田等；吴宓和柳诒徵也在“文苑”上发表过不少诗词。该栏还登过吴宓用章回体小说的形式翻译的英国文学家沙克雷（萨克雷）的名作《纽康氏家传》（*The Newcomes*）和《名利场》（*Vanity Fair*）（仅译出一回）和陈钧用白话文翻译的福禄特尔（伏尔泰）哲理小说《查德熙传》和《坦白少年》等，以及白话小说：胡徵《慧华小传》、吴宓（署名王志雄）《新旧因缘》。“文苑”从不刊登白话诗，这是《学衡》杂志始终坚持的一个文学标准。

（5）杂缀——主要连载胡先骕的《浙江采集植物游记》和邵祖平的《无尽藏斋诗话》，及少量译作。28 期后即不再有这一栏。后来偶尔出现“杂评”一栏，性质类似。

（6）书评——胡先骕的《评〈尝试集〉》、《评胡适〈五十年来中国之文学〉》及一系列评论近代诗人的文章，均在这一栏目。

《学衡》杂志最初成立时各栏目分工如下：通论——梅光迪，述学——马承堃，文苑——胡先骕，杂缀——邵祖平。吴宓是“集稿员”，所有稿件最后汇交他编排，然后由他发付中华书局。1925 年前后，由于人员变动，杂志编辑的责任主要落于吴宓一人身上。

《学衡》创刊号中，刘伯明、萧纯锦、马承堃、柳诒徵、徐则陵等人均有撰文，梅光迪《评提倡新文化者》和胡先骕《评〈尝试集〉》两篇文章，对新文学－新文化运动进行否定性批评和攻击，鲜明地呈现出《学衡》作为新文学运动反对派的色彩。此后，《学衡》连续刊登一系列批评新文化－新文学运动的文章。

是年，《学衡》12 期共发表批评新文化－新文学运动的文章 9 篇，分别如下：

梅光迪：《评提倡新文化者》（通论，第 1 期）

胡先骕：《评〈尝试集〉》（书评，第 1 期，第 2 期续）

梅光迪：《评今人提倡学术之方法》（通论，第 2 期）

胡先骕：《论批评家之责任》（通论，第 3 期）

梅光迪：《论今日吾国学术界之需要》（通论，第 4 期）

胡先骕：《说今日教育之危机》（通论，第 4 期）

吴宓：《论新文化运动》（通论，第 4 期）

邵祖平：《论新旧道德与文艺》（通论，第 7 期）

汤用彤：《评近人之文化研究》（通论，第 12 期）

其中以梅光迪、胡先骕、吴宓的文章最为锋芒毕露，有些文字近乎谩骂。《学衡》“通论”一栏的论争特色充分显现出来，该栏是梅光迪和吴宓非常倚重的。

《学衡》第 3 期开始译介白璧德及人文主义学说。胡先骕在第 2 期所发表的《评〈尝试集〉》（续）中，已引用白璧德的人文主义学说为依据对新文学进行批判。在该文中，胡先骕将 Babbitt 译为白璧德——此后一直沿用该译名；Humanism 译为人文主义，之前吴宓将其译为“人本主义”，梅光迪将其译为“人学主义”，此后一直沿用胡先骕“人文主义”的译名。[①] 本年《学衡》译介白璧德及人文主义的文章如下：

胡先骕译：《白璧德中西人文教育谈》（通论，第 3 期）

吴宓、陈训慈译：《葛兰坚论新》（通论，第 6 期）

梅光迪：《现今西洋人文主义》（述学，第 8 期）

另有东南大学学生、柳诒徵弟子缪凤林、景昌极、徐震堮等译

---

① 鉴于白璧德所谓的人文主义与西方通行的各种人文主义的区别，一般把白璧德所代表的人文主义称为新人文主义 Neo-Humanism，但白璧德本人基本不使用 Neo-Humanism，仍用 Humanism 一词，因而，《学衡》杂志提及白璧德学说时用“人文主义”以名之。

介古希腊哲学，响应梅光迪等人所介绍和推崇的白璧德人文主义学说。主要有缪凤林：《希腊之精神》（述学，第 8 期），景昌极译：《苏格拉底自辨篇》（述学，第 3 期）、《克利陀篇》（述学，第 5 期）、《斐都篇》（述学，第 10 期）等等。

对《学衡》所掀起的反对声浪，新文学倡导者迅速予以回应。

1922 年 2 月 4 日，周作人（署名式芬）在北京《晨报副刊》发表《评〈尝试集〉匡谬》，对胡先骕《评〈尝试集〉》一文进行学理上的具体批驳，指出其矛盾及谬误。

同日，胡适在日记中有如下记录："东南大学梅迪生等出的《学衡》，几乎专是攻击我的。出版之后，《中华新报》（上海）有赞成的论调，《时事新报》有谩骂的批评，多无价值。今天《晨报》有'式芬'的批评，颇有中肯的话，末段尤不错。"[①] 同时，称《学衡》为"学骂"。

9 日，《晨报副刊》登发鲁迅（署名风声）《估〈学衡〉》一文，逐一指出《学衡》第 1 期的文章中所存在的种种不通之处，以及《学衡》创办者对自身身份定位的错误，该文对《学衡》以后的地位有着重要影响。

21 日，茅盾（署名郎损）在《时事新报·文学旬刊》第 29 期发表《评梅光迪之所评》，驳斥梅光迪在《学衡》第 1、2 期所发表的两篇文章：《评提倡新文化者》、《评今人提倡学术之方法》。

4 月 23 日，周作人（署名仲密）在《晨报副刊》发表《思想界的倾向》，对包括"梅、胡诸君《学衡》"及"章太炎的讲学"等

---

① 胡适：《日记》，见《胡适全集》第 29 卷，合肥：安徽教育出版社，2003 年，第 506 页。

“国粹主义勃兴的局面”“深抱杞忧”。

4月24日，胡适在《晨报副刊》发表《读仲密君〈思想界的倾向〉》，针对仲密在文章中所表示的对于中国思想界的复古潮流的担忧，进行批驳，认为这种潮流并不能真正代表思想界的倾向。

10月2日，周作人（署名子严）在《晨报副刊》发表《恶趣味的毒害》，对“‘礼拜六’派（包括上海所有定期通俗刊物）”这种文学上的“反动”和“恶趣味”进行批评，同时，区分了这些“恶趣味”的反动“与‘学衡’派”的反动，认为“这所谓反动并不是‘学衡’派的行动。‘学衡’派崇奉卢梭以前的思想，在最初的几期报上讲过一点笑话，但是比现在的反动思想要稍新，态度也稍正经，……他只是新文学的旁枝，决不是敌人，我们不必太歧视他的”[①]。“学衡派”这一名称渐渐与胡先骕、梅光迪、吴宓等《学衡》杂志创办者等同起来。但是，周作人把“学衡派”视为“新文学的旁枝”的说法，在当时显然并未成为新文学倡导者的一种共识。

11月1日，茅盾（署名冰）在《时事新报·文学旬刊》第54期发表《“写实小说之流弊”?》，对吴宓10月21日发表于《中华新报》的《写实小说之流弊》进行批驳，指出吴宓对新文学运动所提倡的“写实文学”的误解和歪曲。

11月3日，鲁迅（署名风声）在《晨报副刊》发表《“一是之学说”》，对10月10日《中华新报》所发表的吴宓《新文化运动之反应》一文进行批驳，指出后者言论的自相矛盾与难以自圆其说之处。

---

① 陈子善、张铁荣编：《周作人集外文》（上册），海口：海南国际新闻出版中心，1995年，第451页。

“赞同《学衡》者，首有上海《中华新报》主笔张季鸾君，在其《报》中著论，[①] 且更进一解，谓今全国青年所旁皇纷扰者，厥为人生观问题，盼《学衡》社诸君，能于此有所主张，有所启示。云云。日本国中，研读汉文书籍，志在维持儒学，保存儒教之团体，则速起响应《学衡》杂志，以其出版物寄来。五六月间，更有来中国各地游览考察之学者与政客清水氏等二十余人，持张季鸾君介函，直到《学衡》杂志社寻访，与社员会谈半日。”[②]

自第1期起，吴宓即以《学衡》按期寄赠以下单位和个人：(1) 英国博物院（British Museum）；(2) 英国牛津大学图书馆；(3) 英国剑桥大学 Soothill 教授（汉学家）；(4) 法国国家图书馆；(5) 巴黎大学东方学院伯希和（Paul Pelliot）教授（汉学家）；(6) 美国国会图书馆（Library of the Congress）；(7) 美国哈佛大学图书馆；(8) 白璧德。[③]

初，《学衡》同人遵从梅光迪的主张：“谓《学衡》杂志应脱尽俗氛，不立社长、总编辑、撰述员等名目，以免有争夺职位之事。甚至社员亦不必确定：凡有文章登载于《学衡》杂志中者，其人即是社员；原是社员而久不作文者，则亦不复为社员矣。”[④] 梅光迪这一清高主张，对后来关于“学衡派”外延的界定有着重要影响。作

---

① 引注：指张季鸾1922年1月19日在其主编的《中华新报》上所发社论《读学衡书后》（署名一苇）。

② 吴宓著，吴学昭整理：《吴宓自编年谱》，北京：三联书店，1998年，第236页。

③ 吴宓著，吴学昭整理：《吴宓自编年谱》，北京：三联书店，1998年，第241页。

④ 吴宓著，吴学昭整理：《吴宓自编年谱》，北京：三联书店，1998年，第229页。

为集稿员（实际上等于总编辑）的吴宓在他所拟的《学衡杂志简章》末尾署上："总编辑兼干事吴宓　撰述员人多不具录"，在他看来，"总编辑"之名是他实际应得的。此举令胡、梅诸君颇不以为然，并对吴宓加以讽刺。《学衡》这种"脱俗"的松散组合，以及主要人员名分不确定，既不利于《学衡》同人的团结和凝聚，也不利于《学衡》长远的稳定发展。《学衡》创办半年后，除吴宓、胡先骕、邵祖平、柳诒徵、缪凤林、景昌极外，其他最初的所谓《学衡》社员即已不再过问《学衡》社务和杂志内容。①

《学衡》自成立之初，即无固定经费，全靠《学衡》社员捐助或其他社会团体、个人捐助，自始至终，吴宓本人不仅在精力上对《学衡》投入极多，在经济上更是一直竭尽所能维持《学衡》。没有固定经费或基金，对《学衡》的稳定运作造成一定影响。另外，《学衡》对所登录的文章作者均不付稿酬，这极大地影响其稿件来源，以致杂志创办后没多久，作为"集稿员"的吴宓就屡屡为稿件缺乏而忧急。

是年，《学衡》共发 12 期，其作者基本为东南大学师生，即《学衡》创办之初所约定的"撰述员同志若干人"，如梅光迪、吴宓、胡先骕、刘伯明、马承堃、萧纯锦、邵祖平、徐则陵、柳诒徵及其门下弟子缪凤林、景昌极等，外界来稿较少。

是年夏，汤用彤从哈佛大学毕业，获哲学硕士学位，由吴宓和梅光迪推荐与哲学系主任刘伯明，被聘为东南大学哲学系教授。作为吴宓多年的知友，汤用彤免不了对《学衡》表示支持，但其志不

---

① 吴宓著，吴学昭整理：《吴宓自编年谱》，北京：三联书店，1998 年，第 235 页。

在文学，而在佛教研究，因此无意过多介入《学衡》与新文化运动的论战中。汤用彤在《学衡》上共发表5篇文章：《评近人之文化研究》（通论，第12期）、《佛教上座部九心轮略识》（述学，第26期）、《印度哲学之起原》（述学，第30期）、《释迦时代之外道》（述学，第39期）、《唐太宗与佛教》（述学，第75期）；2篇译作：《亚里士多德哲学大纲》（第17期，第19期续）、《希腊之宗教》（述学，第24期）。除《评近人之文化研究》一文对“时学”有所批评外，其余文章均为专门“述学”的学术之作。

1923 **年（民国十二年）**

1月，《学衡》第13期出版，该期登有吴宓（不署名）用英文撰写的 A STATEMENT BY THE CRITICAL REVIEW（《学衡》杂志介绍）。

2月，《学衡》第14期出版，自该期开始，《学衡》“每期皆增入英文《学衡》杂志《简章》及本期英文《日录》。由是《学衡》杂志遂为旅居中国之欧美人士及英文读者所注意。此时，有英人（生物学者）Arthur Sowerby 发起并编撰英文《中国学艺杂志》‘China Journal of Science & Art’（月刊），其副编辑为美国人福开森 John C. Ferguson 中国总统府高等顾问（曾著有英文《中国绘画史》一书，出版）。本月出版第一期，Sowerby 寄赠一册来，并来函英文。请与《学衡》杂志互为介绍，并互登广告及每期目录。以后宓与福开森君及庄士敦君通讯，并交识。又有英人庄士敦 Reginald Fleming Johnston 著有英文‘Buddhistic China’一书，叙记中国各地佛教寺院之建筑、雕刻、绘画、碑碣、藏经。曾为英国之威海卫总督（Governor）。现任清废帝宣统之师傅，管理颐和园事务。极赞同《学衡》杂志，来函，并汇款定购”。①

“江苏人杨成能，字橐吾，在大连市，任日本南满铁道会社附设之东北文化协会职员。其职务，在编撰《东北文化月报》。须鼓吹‘中日亲善’。今春，以书来，表示极赞同《学衡》杂志，愿在东北为宣传、推销。杨君旋撰文《论中国欲求进步，必先养成多数悃愊无华、埋头职务之人才说》。刊登《学衡》中。由是通信。暑假中，杨君函言：沈阳当时犹称奉天省，省会曰奉天城。东北大学，校长由省长王永江儒者，亦贤明之大吏。兼任，今年新聘汪兆璠字悉鍼，奉天省复县人。留学美国 Michgan 大学，新毕业回国。为文法科学长，即后来之‘院长’。即是实际之校长。汪君热心爱国，锐意欲将东北大学办好。由杨君得知且极赞同《学衡》杂志，故特求宓为举荐文法科各系之教授人才。云云。该校另有理工科，学长左某。与文法科不在一处。（按，据中华书局报告：订阅《学衡》杂志及零期购阅者，各省中，以江苏省为最多，居第一。奉天省次之，居第二。四川省、湖南省亦多。余甚少，云云。）”② 吴宓由此与东北大学保持联系，在失去东南大学这个据点后，一直有意以东北大学为基地重新聚集《学衡》同道。

3 月，胡适在为纪念《申报》创刊五十年所写的《五十年来中国之文学》一文中以胜利者的姿态宣告：“文学革命已过了讨论的

---

① 吴宓著，吴学昭整理：《吴宓自编年谱》，北京：三联书店，1998 年，第 241 页。

② 吴宓著，吴学昭整理：《吴宓自编年谱》，北京：三联书店，1998 年，第 248～249 页。Michgan 应为 Michigan 之误，即密歇根大学。

时期，反对党已经破产了。”①

6月，《学衡》第18期登出胡先骕所撰书评《评胡适〈五十年来中国之文学〉》。针对胡适该文所阐述的主旨——桐城文之衰落与语体文之成功，胡先骕不仅列数近代以来旧文学的成就及各名家的长处，为桐城文辩解，力图证明旧文学之价值及其不绝如缕的传承，并且继续批判胡适的白话文学观。

9月，通过香港大学副校长沃姆（G．N．Orme，甚赞同《学衡》杂志之宗旨、主张及内容②）的介绍，吴宓结识香港大学毕业生郭斌龢（时任南京第一中学英文教员）、胡稷咸（时任常州省立第五中学教员），郭、胡对《学衡》极热心，表示愿为《学衡》撰稿，③ 这对正为稿件缺乏而发愁的吴宓来说，是极大的鼓舞。两人随后如约为《学衡》供稿。因吴宓之影响，郭斌龢后来也赴哈佛大学留学，师从白璧德。胡稷咸在吴宓1930年赴欧洲游学后代吴宓负责《学衡》，续编《学衡》第75～79期稿件。

是年秋，胡先骕赴美，入哈佛大学攻读植物分类学博士学位。④其时白璧德仍执教哈佛，胡先骕想必与其有接触。

11月24日，刘伯明因病逝世。“伯明为《学衡》创办人之一，其他作者，亦多其所引致之教授，与其私交甚密者。”⑤ 刘伯明不仅

---

① 胡适：《五十年来中国之文学》，见《胡适全集》第2卷，合肥：安徽教育出版社，2003年，第342页。

② 参见吴宓著，吴学昭整理：《吴宓自编年谱》，北京：三联书店，1998年，第249～250页。

③ 参见吴宓：《吴宓日记》Ⅱ，北京：三联书店，1998年，第252～258页。

④ 《胡先骕先生年谱》，参见胡先骕：《胡先骕先生诗集》，台湾中正大学校友会编印，1992年，第173页。

⑤ 罗岗、陈春艳编：《梅光迪文录》，沈阳：辽宁教育出版社，2001年，第47页。

在人事上给予《学衡》支持，自《学衡》创刊始，他即为其撰文，到他去世，一共在《学衡》上发表文章6篇：《学者之精神》（通论，第1期）、《再论学者之精神》（通论，第2期）、《杜威论中国思想》（通论，第5期）、《非宗教运动平议》（通论，第6期）、《共和国民之精神》（通论，第10期）、《论学风》（通论，第16期）；书评1篇：《评梁漱溟著东西文化及其哲学》（书评，第3期）。刘伯明的文章持论公正、客观、冷静，不像梅光迪、吴宓、胡先骕那样激烈乃至偏激，在梅光迪看来，这是因为刘伯明"以其所处地位，一面须顾及内部之团结，一面又不欲开罪外界之学阀，故其在学衡上发表之文字，远不如他人之放言无忌，亦不如其私人谈话之激扬也"①。

尚在美国哈佛大学攻读博士学位的胡先骕得闻刘伯明死讯后，写了如下诗句："士林夺英彦。刘君伯明新丧闻之走旁皇。趋死同一途。亦知梦黄粱。独深气类感。此失终难偿。"② 兔死狐悲，胡先骕不仅痛惜刘伯明的英年早逝，同时，也预见到这将对《学衡》造成很大影响。由于东南大学内部的矛盾和复杂关系，刘伯明逝世后，东南大学随即发生一系列人事变动，首当其冲的即是吴宓、梅光迪所在的西洋文学系。次年4、5月间，学校宣布裁并西洋文学系，梅光迪、吴宓诸人纷纷各自另觅去处。失去东南大学这个基地，对《学衡》杂志的实际操作造成极大不便，同时，《学衡》主将各分东西，也对《学衡》的命运产生深远的影响。

是年，《学衡》继续发文批评和攻击新文化一新文学运动：

---

① 罗岗、陈春艳编：《梅光迪文录》，沈阳：辽宁教育出版社，2001年，第47页。

② 胡先骕：《胡先骕先生诗集》，台湾中正大学校友会编印，1992年，第58页。

吴宓：《论今日文学创造之正法》（通论，第15期）

吴芳吉：《再论吾人眼中之新旧文学观》（通论，第21期）

李思纯：《论文化》（通论，第22期）

胡稷咸：《敬告我国学术界》（通论，第23期）

柳诒徵：《说习》（通论，第24期）

但新文化运动倡导者们已极少回应。《学衡》顿显寂寥。

是年，因《学衡》稿件缺乏——尤其"国学一部"，愈加欠缺，吴宓致函原《亚洲学术杂志》总编辑孙德谦："请其以《亚洲学术》杂志停办后所留遗之稿见赐，并恳其全力扶助。"① 孙氏全行允诺，且答应为《学衡》撰文《评今之治国学者》。此前，《学衡》第11期"述学"一栏曾转录孙德谦发于《亚洲学术杂志》的《中国学术要略》一文。其后，《学衡》又刊登孙德谦的文章六篇：《评今之治国学者》（通论，第23期），《申章实斋六经皆史说》（述学，第24期），《释墨经说辩义》（述学，第25期），《秦记图籍考》（述学，第30期），《答福田问墨学》（述学，第39期），《再答福田问墨学》（述学，第39期）。

1924年（民国十三年）

西洋文学系被裁并，梅光迪决定赴美国哈佛大学任汉文教员。自1923年2月在《学衡》第14期发表《安诺德之文化论》一文后，梅光迪即不再为《学衡》供稿，也极少过问《学衡》之事。是年去国后，梅光迪实际上已完全退出《学衡》。作为《学衡》的发起人，梅光迪很快对《学衡》失去信心，且对外宣称他与此杂志已无关

① 吴宓：《吴宓日记》Ⅱ，北京：三联书店，1998年，第248页。

系。留学哈佛时摩拳擦掌准备“对胡适作一全盘大战”的计划，对他而言，无疑是难以实现了。梅光迪在《学衡》所发表文章总计如下：《评提倡新文化者》(第1期)、《评今人提倡学术之方法》(第2期)、《论近日吾国学术界之需要》(第4期)、《现今西洋人文主义》(第8期)、《安诺德之文化论》(第14期)。

吴宓于5月底决定就奉天（沈阳）东北大学之聘。种种变故，令吴宓感慨万千：“予自美归，教授于东南大学三载。方谓此局可长，乃自伯明先生溘逝，事变纷来。本年四五月之交，校中宣布裁并西洋文学系。于是诸同道如梅、楼、李诸君，均散之四方。予亦处不可留之势。一再审思计议，卒于五月底，决然就奉天东北大学之聘。予之生涯，乃大变改。然去南京而之他所，实非本志。”① 去奉天之前，吴宓除加紧编辑《学衡》第32、33、34期稿件外，还与中华书局商定续办《学衡》的相关事宜，以保证《学衡》不因人员播迁而受影响。

7月，吴宓赴奉天东北大学。东南大学局势变动之际，吴宓即有意以东北大学为集结同道知友的基地。此前，东南大学毕业生、《学衡》作者缪凤林和景昌极因吴宓之推荐介绍，于1923年秋赴东北大学任教。

7月28日，吴宓与柳诒徵同“赴静安寺路192号中华书局编辑所，见左舜生君及编辑部长戴克敦懋斋。君，谈《学衡》续办事”②。

7月30日，吴宓与柳诒徵“同访中华书局总理陆费逵君于中华

---

① 吴宓：《吴宓日记》Ⅱ，北京：三联书店，1998年，第265页。梅即梅光迪，楼即楼光来，李即李思纯。

② 吴宓：《吴宓日记》Ⅱ，北京：三联书店，1998年，第266页。

书局总店。……痛陈《学衡》已具之声名、实在之价值，及将来前途之远大。陆费君意颇活动，谓与局中同人细商后再缓复，并允第三十七、三十八期必续出云”。[1]

8月，《学衡》第32期出版，本期《学衡杂志简章》职员表署：“总编辑吴宓（奉天东北大学转交）　干事柳诒徵 汤用彤（南京四牌楼南仓巷二号学衡杂志社）”。

胡先骕则自1923年赴美后，依然为《学衡》供稿，以旧体诗作为主，评论性文章较少。

《学衡》的重要作者柳诒徵仍在东南大学任教。

1925年（民国十四年）

1月，吴宓离开东北大学。他在东北大学待的时间不长，但离开后仍与东北大学方面保持联系，始终把东北大学视为退路，且多方为其介绍教员，力争把自己的知友同道安排到东北大学，以备日后进退之需。然而，因操之过急，吴宓在推荐其知友熟人往东北大学时，经常强人所难，不顾别人本来的意愿，只顾自己的计划，因此，他的操劳和奔走往往难以如愿，他力图向东北大学引荐的人很少接受他的安排，最终都令他失望。此后几年，尽管吴宓一直不死心，总是本着自己的目的，四处为东北大学拉拢人才，但最终都未能把东北大学发展成聚集同道的基地。

2月，吴宓赴清华学校执教，任清华国学研究院主任，并向校方力荐聘任尚留学德国的陈寅恪为研究院导师。此后，《学衡》杂志主要由吴宓在清华编辑，稿件缺乏成为一个重大问题，吴宓屡屡

---

① 吴宓：《吴宓日记》Ⅱ，北京：三联书店，1998年，第268页。

为征稿问题而忧急。在遭遇严重稿荒的情况下，吴宓已经很难贯彻《学衡》创办之初力图坚持的原则，梅光迪退出，胡先骕供稿不积极，关乎“国事与时局”的文章几乎一稿难求。吴宓本人也不再热心于批评新文化运动，除发表于第 56 期的《论事之标准》对新文化运动有所批评外，其余所发文章基本是译述西方学说、文学。尽管《学衡》仍有批评、反对新文化运动的文章零星出现，但“学衡派”几个核心人物实际上已开始疏离其反对派的角色。

自第 40 期（封面出版时间为 1925 年 4 月，具体出版时间不明）开始，王国维（时任清华国学研究院导师）关于古史研究的文章开始频繁出现于《学衡》，客观上提升了《学衡》的学术地位。王国维在《学衡》上共发表文章 19 篇（均发于“述学”一栏），书评 1 篇，诗 23 首（其中 20 首发于他逝世后）。第 40 期开始，“述学”一栏开始连载瞿方梅的遗著《史记三家注补正》（共载 8 期）。第 46 期开始，柳诒徵的名作《中国文化史》在“述学”一栏开始连载（共载 16 期）。《学衡》的反对派色彩减弱，“不激不随”“论究学术”的倾向增强。

继王国维之后，清华国学研究院另一导师梁启超的名字也出现在《学衡》上：《寿姚茫父五十》（文苑/诗录，第 42 期），《祭康南海先生文》（文苑/文录，第 59 期），《曾刚父诗集序》（文苑/文录，第 59 期）。

是年，胡先骕在美国哈佛大学获植物分类学博士学位，回国后继续执教于东南大学。胡先骕在《学衡》主要充当诗人和诗歌批评家的角色。他在“文苑”一栏先后发表诗词若干。从《学衡》第 1 期的《评〈尝试集〉》（第 2 期续）开始，他共在“书评”一栏发表了 13 篇评论文章，除《评〈尝试集〉》和《评胡适〈五十年来中国之文学〉》两篇外，其他的都是关于中国古代及近现代旧体诗人如阮大铖、赵熙（尧生）、郑珍（子尹）、金和（亚匏）、朱祖谋（古微）等等的评论。自第51期（1926年3月）后，除了偶尔还在“文苑”一栏发表诗作，胡先骕已不再为《学衡》撰文，基本不过问《学衡》事务，而是专心于他的植物学研究。

东南大学发生易长风潮，柳诒徵受人攻讦，辞去东南大学教职，6月，赴沈阳东北大学任教。吴宓、胡先骕、柳诒徵三人天各一方，《学衡》的编辑事务主要由吴宓在北京负责。《学衡》的维持变得愈加艰难，吴宓在诗中叹道：“登高未见众山应，螳臂当车只自矜。成事艰于蚁转石，向人终类炭投冰。”①

10月，吴宓接到柳诒徵来函，“谓《中国文化史》决不登，命将已发稿追回”②。《中国文化史》是柳诒徵多年来讲授“中国文化史”的讲义，之前决定在《学衡》上连载，吴宓事先在《学衡》登广告为其宣传，且已将其编入第46期稿件发付中华书局，柳诒徵的反悔，极大地打击了苦心经营《学衡》的昊宓。再三交涉之后，《中国文化史》终于仍在《学衡》登发，自第46期开始，到第72期，分16期载完。除《中国文化史》外，柳诒徵还在《学衡》发表32篇文章（部分文章分几期刊完），这些文章除专门“述学”外，也有对当时教育界、学术界加以评论，但“止于笼统指摘，决不讦诋个人”③。另有诗文若干见于“文苑”一栏。

---

① 吴宓：《吴宓日记》Ⅲ，北京：三联书店，1998年，第42页。

② 吴宓：《吴宓日记》Ⅲ，北京：三联书店，1998年，第81页。

③ 柳曾符、柳佳编《劬堂学记》，上海：上海书店出版社，2002年。

1926 年（民国十五年）

1月，吴宓接到柳诒徵来函，言不再担任《学衡》干事一职。①自1925年以来，柳诒徵这员《学衡》大将越来越疏离《学衡》。"学衡派"的流散已成定势。

吴宓积极筹划为《学衡》做广告、宣传，并与章士钊主编的《甲寅》周刊多有接触，准备在《甲寅》上刊登《学衡》广告。②

2月，《学衡》第50期登有《甲寅》周刊的广告。《学衡》与《甲寅》同样都是文言刊物，且都为新文化一新文学运动的反对派，但《学衡》自始至终都没有政治背景，独立于当时的政治势力之外。《学衡》终刊后的1934年，周作人在《〈现代散文选〉序》中论及新文学运动以来的"古文复兴运动"，说道："古文复兴运动同样的有深厚的根基，仿佛民国的内乱似的应时应节的发动，而且在这运动后面都有政治的意味，都有人物的背景。五四时代林纾之于徐树铮，执政时代章士钊之于段祺瑞，现在汪懋祖不知何所依据，但不妨假定为戴公传贤罢。只有《学衡》的复古运动可以说是没有什么政治意义，真正为文学上的古文殊死战，虽然终于败绩，比起那些人来更胜一筹了。"③

夏，汤用彤离开东南大学，转任南开大学哲学系教授。吴宓欲荐汤往清华，清华校方没接受。④《学衡》主要人物和支持者各分东西，难以重新集结。

---

① 吴宓：《吴宓日记》Ⅲ，北京：三联书店，1998年，第121页。

② 吴宓：《吴宓日记》Ⅲ，北京：三联书店，1998年，第129页。

③ 周作人：《苦茶随笔》，石家庄：河北教育出版社，2002年，第64页。

④ 孙尚扬：《汤用彤先生年谱简编》，见汤一介编选：《汤用彤选集》，天津：天津人民出版社，1995年，第429页。

7月，陈寅恪赴清华任国学研究院导师。因吴宓之故，陈寅恪也在《学衡》上发表文章。所发表文章如下：《与妹书》（文苑，第20期）、《挽王静庵先生》（文苑，第60期）、《王观堂先生挽词并序》（文苑，第64期）、《题文学士读韦端己集诗》（文苑，第71期）、《〈敦煌劫余录〉序》（文苑，第74期）、《冯著〈中国哲学史〉审查报告》（文苑，第74期）、《与刘文典教授论国文试题书》（通论，第79期）。

11月，吴宓接到中华书局来函，言《学衡》60期以后不续办。吴宓与陈寅恪谈《学衡》停办之事，后者谓《学衡》无影响于社会，理当停办。[1] 作为吴宓极其尊重的好友，陈寅恪如此不看好《学衡》，对苦心维持《学衡》的吴宓多少是种打击。

自接到中华书局决定停办《学衡》的信函后，吴宓一直多方设法与中华书局进行交涉，力求能将《学衡》维持下去。中华书局方面则以各种理由坚决拒绝续办《学衡》。[2]

1927年（民国十六年）

自1922年1月至1926年12月，《学衡》以月刊形式发行了60期。1924年后，《学衡》经常不能按期出版，因此，封面所标出版时间往往与实际出版时间不符，甚至相隔甚远。根据封面所标出版时间，是年，《学衡》暂时停刊。吴宓依然为续办《学衡》而奔走谋划。

6月，清华国学研究院导师王国维自沉于颐和园昆明湖。《学

---

① 吴宓：《吴宓日记》Ⅲ，北京：三联书店，1998年，第251页。

② 吴宓：《吴宓日记》Ⅲ，北京：三联书店，1998年，第252～269页。

衡》第60期（封面所标时间为1926年12月）插画刊登了王国维遗像及其自沉之处颐和园昆明湖鱼藻轩的图片，“述学”一栏则是王国维的遗著《黑车子室韦考》，“文苑”一栏登了以下悼诗：张尔田《哭静庵》、黄节《五月初三日王静庵自沉颐和园昆明湖中毕命越五日余偕桥川子雍小平绥方出西郊访其故居为诗吊之》、陈寅恪《挽王静庵先生》、刘善泽《王静庵徵君挽诗》。

10月，吴宓作函致中华书局，“提出办法。（一）改为两月一期，年出六期。（二）每期由我方津贴现款百元。（三）馀均照旧。请即续办一年（61—66期）。并以此函寄吴其昌，转请梁任公再作函说项，同寄中华当局云”①。

11月14日，胡先骕到北京，与吴宓相见。吴宓本来对胡先骕的到来抱有很大期待，以为可以趁此机会共商振兴《学衡》大计，胡先骕却谓“（一）专心生物学，不能多作文。（二）胡适对我（胡）颇好，等等。且谓（三）《学衡》缺点太多，且成为抱残守缺，为新式讲国学者所不喜。业已玷污，无可补救。（四）今可改在南京出版，由柳、汤、王易三人主编。（五）但须先将现有之《学衡》停办，完全另行改组。丝毫不用《学衡》旧名义，前后渺不相涉，以期焕然一新。而免新者为旧者所带坏云云”②。作为《学衡》的主将和有力支持者的胡先骕，如今对《学衡》竟采取如此决绝的态度，这对以维持《学衡》于不坠为己任的吴宓，其打击可想而知，至此，吴宓终于意识到《学衡》之局已成弩末。自1926年

① 吴宓：《吴宓日记》Ⅲ，北京：三联书店，1998年，第419页。

② 吴宓：《吴宓日记》Ⅲ，北京：三联书店，1998年，第437页。柳即柳诒徵，汤即汤用彤。

11月接到中华书局决定停办《学衡》的消息后，他始终不肯放弃，想方设法，希望能把《学衡》继续办下去，外界的种种强大阻力并未完全消除他对《学衡》的信念，《学衡》内部成员的离心却严重动摇了他对《学衡》的信念。尽管"中心至为痛伤"，只要《学衡》能够坚持办下去，他可以采纳胡先骕的建议，改在南京出版，且改良内容，但坚持《学衡》之名不可改。胡先骕则坚持《学衡》之名断不可用，而应在改组之后完全另出一种新杂志。《学衡》两大主将这次会面，在关于《学衡》的问题上，自然也就不欢而散了。

正当吴宓深感山穷水尽束手无策之时，11月21日，他接到中华书局来函，"谓（一）决照十月十三日宓函所提条件。（年出六期，给津贴六百元。馀仍旧。）续办《学衡》一年。请速寄稿"①。此函令吴宓喜出望外，备受鼓舞，决定努力把《学衡》继续经营下去。

12月，吴宓与《大公报》总编辑张季鸾商议办《大公报·文学副刊》，由吴宓负责。《学衡》刚刚面世不久，张季鸾即在当时他所主编的《中华新报》著文表示支持和鼓励。吴宓等人有时也在《中华新报》发表文章，如吴宓引起鲁迅批驳的文章《新文化运动之反应》，汤用彤发表于《学衡》第12期的文章《评近人之文化研究》先发表于《中华新报》再由《学衡》转录。《学衡》也转载《中华新报》的文章，如第6期张季鸾（署名一苇）的《再论宗教问题》即转自《中华新报》。

商定办《文学副刊》后，吴宓请在清华的张荫麟、赵万里、浦江清、王庸协助自己办报。

---

① 吴宓：《吴宓日记》Ⅲ，北京：三联书店，1998年，第442页。

1928 年（民国十七年）

1 月 2 日，吴宓主编的《大公报·文学副刊》第 1 期出版，此后，每周一出版，一直延续到 1934 年 1 月 1 日，共出 313 期。在《学衡》风雨飘摇难以为继之时，《文学副刊》的出版，为吴宓贯彻自己的文学观念提供了另一个重要的阵地。借助报纸这一更快捷更大众化的媒体，吴宓得以继续宣传介绍白璧德等人的学说以及西洋文学。[①] 同时，《文学副刊》对新文学作家作品多有介绍，吴宓本人也撰文评介了不少新文学作家作品。[②] 后期《学衡》稿件缺乏，吴宓经常转录发表于《文学副刊》的文章。

《学衡》复刊，自第 61 期开始，改为双月刊，杂志简章增署："副编辑兼干事缪凤林"。复刊之后，出于各种因素，杂志经常无法按时出版，杂志封面上标明的出版日期往往与实际出版日期不符。

《学衡》第 64 期（封面上印的时间为 1928 年 7 月，实际是 1929 年出版）为王国维逝世周年纪念专号。"述学"一栏的《王静安先生逝世周年纪念》（录自吴宓主编的天津《大公报·文学副刊》）包括四篇文章：素痴（张荫麟）《王静安先生与晚清思想界》、縠永（浦江清）《王静安先生之文学批评》、蠡舟（赵万里）《王静安先生之考证学》、縠永《论王静安先生之自沉》。"文苑"一栏有：

---

① 关于《大公报·文学副刊》对于《学衡》的辅助作用，参见沈卫威：《〈大公报·文学副刊〉对新人文主义的张扬》，见《社会科学辑刊》2004 年第 3 期。

② 参见刘淑玲：《大公报与中国现代文学》，石家庄：河北教育出版社，2004 年。该书"第一章 吴宓与《文学副刊》：与新文学的对话（1928～1934）"，考察了吴宓与《文学副刊》的关系，尤其注意到《文学副刊》所反映出来的吴宓对新文学态度的变化。

陈寅恪《王观堂先生挽词并序》、吴宓《六月二日作落花诗成复赋此律时为王静安先生投身昆明湖一周年之期也》、刘盼遂《落花感王静安先师练日作》。

胡先骕与秉志等人在北京创办静生生物调查所，秉志任所长，胡先骕任植物部主任，从事植物科学的研究，并受聘在北京大学、北京师范大学讲授植物学。尽管与吴宓同在北京，但胡先骕并未因此对《学衡》杂志有更多的投入，而是专注于其植物学研究。《学衡》同人零落如此，以至于《学衡》完全成了吴宓“个人之事业”。

1929 年（民国十八年）

1 月，协助吴宓办《大公报·文学副刊》的赵万里和浦江清主张副刊加入语体文及新文学，并请其时执教于清华的朱自清[①]加入编辑部。吴宓悉遵从他们的主张，并商定改办《文学副刊》的计划：“（1）改介绍批评之专刊，为各体具备之杂货店，增入新文学及语体文及新式标点（并增入新诗、小说之创造作品）。（2）改首尾一贯而全体形式完美之特刊，为一公共场所，每一作者，不论何派何等，均得在此中自行发见，以作者为单位，而不成团体。每篇作者各署名。（3）改总统制为委员制。即一切不由宓一人主持。而由诸人划分范围，分别经营。对于该类稿件，有增损去取之全权。宓仅负集稿编次之责，而宓以后因事须出游，诸人亦可代办各事云。”[②] 吴宓深感《文学副刊》这一“宣传作战之地”已难贯彻“吾人平常之理想及宗旨”，《学衡》杂志的局面又是支离破碎，因此觉

① 朱自清后来在《学衡》发表过一首旧体诗：《蹉跎》（文苑/诗录，第 73 期）。

② 吴宓：《吴宓日记》Ⅳ，北京：三联书店，1998 年，第 197 页。

得难以坚持下去，《学衡》创办之初的理想如今已成强弩之末，敌不过新文学统领天下的强大现实。

12月，梁实秋所编的《白璧德与人文主义》一书由上海新月书店出版，该书收录了《学衡》所译介的关于白璧德的文章如下：《中西人文教育谈》（白璧德著，胡先骕译）、《人文主义》（白璧德著，徐震堮译）、《白璧德之人文主义》（马西尔著，吴宓译）、《论民治与领袖》（白璧德著，吴宓译）、《论欧亚两洲文化》（白璧德著，吴宓译）。1923年，其时就读清华学校的梁实秋曾到东南大学听吴宓的课，回清华后即在《清华周刊》著文介绍东南大学学风及讲授欧洲文学史的吴宓，对吴宓多有推崇之意。[①] 同年，梁实秋从清华毕业赴美留学，1924年入哈佛大学，师从白璧德，深受其古典主义文学观影响，由此奠定了他的文艺观和后来信守不渝的文学观念。1926年2月15日，梁实秋在北京《晨报副刊》发表《现代中国文学之浪漫的趋势》一文，以白璧德的古典主义文学观为标准，对新文学的“浪漫趋势”提出否定性批评，由此开启了他与鲁迅为代表的左翼文学阵营的论争——梁实秋与鲁迅关于文学观、翻译等重大问题上的持续论战，较之《学衡》创刊后与新文学倡导者们的论争，影响更大。1927年，新月书店出版梁实秋的文学评论集《浪漫的与古典的》一书。1928年，梁实秋又一部评论集《文学的纪律》由新月书店出版。尽管与梅光迪、吴宓同为白璧德入室弟子，同样深受白璧德人文主义影响，但梁实秋没有参与《学衡》杂志。与《学衡》诸人不同，他并不反对白话文运动，就读清华时，梁实

① 吴宓著，吴学昭整理：《吴宓自编年谱》，北京：三联书店，1998年，第242～243页。

秋即与闻一多等人组织“小说研究社”、“文学社”,[1] 热情关注新文学的发展，同时用白话文写作。他与鲁迅等新文学主将的论争不是白话与文言之争，而是关于新文学的标准之争，即古典主义与浪漫主义、写实主义之争。较之《学衡》杂志用文言文来译介白璧德，梁实秋用白话文来介绍和推广白璧德的人文主义学说，直接应用于对新文学的批评，所引起的反响更大，他“最典型地体现了新人文主义在中国的转化和影响”。[2] 因为与白璧德的师承关系，梁实秋往往被一些论者视为“学衡派”的外围成员，但他与《学衡》杂志实际上一直都保持着距离。

1930 年（民国十九年）

4 月，吴宓“接缪凤林复函，视其自办之《史学杂志》甚有价值，不肯合并，更不能以馀力兼顾《学衡》事。汤、柳诸公亦无办法云云”[3]。柳诒徵及景昌极等柳门弟子都无意继续投入《学衡》的工作，《学衡》已成残局。吴宓本人因计划是年赴欧洲游学，对《学衡》也不再如从前一般认真、用心。

8 月，吴宓“接中华书局函，允续办《学衡》一年（73 至 78 期)”。随后“发出《学衡》73、74 期全稿，计七八两月中，共编成《学衡》六期（69—74）之稿，悉寄中华。75 期以后，则由南京胡

① 关于梁实秋在清华时期参与文学社团的活动，参见张玲霞：《论早期清华的文艺社团及其刊物》,《新文学史料》2000 年第 4 期。

② 罗钢：《历史汇流中的抉择：中国现代文艺思想家与西方文学理论》，北京：中国社会科学出版社，2000 年，第 197 页。关于梁实秋与白璧德的关系，参见该书第五章“梁实秋与新人文主义”。

③ 吴宓：《吴宓日记》V，北京：三联书店，1998 年，第 50 页。

稷咸君担任续编。其印费津贴，则由宓付至73期止。内中有辽宁教育会、总商会及叶恭绰先生各捐100元，馀200元则由宓自付给。宓对《学衡》义务已尽，不特内心甚安，亦可塞诋斥宓离婚止诸友之口矣”。[①] 至此，吴宓认为“此事遂完结”。

9月，吴宓赴欧洲游学。《学衡》由在南京的胡稷咸负责。翌年，吴宓回国，对《学衡》不再有积极投入。

1933年（民国二十二年）

《学衡》第78期出版（封面上的时间是1933年5月，具体出版时间不明），扉页登有《学衡杂志社启事》：“本社自民国十一年发行学衡杂志以来。现已出至七十八期。概由吴宓君负责编辑。上海中华书局印售。七十九期亦同。自第八十期起。则改由南京钟山书局印行。编辑职务亦由缪凤林君担任。每年出版六期。定价每册三角。预定全年连邮费一圆六角。海内外人士欲投稿者。请迳函南京国立中央大学收转缪凤林君。欲补购全份（七十九册连邮费特价十八圆）零册（每册三角）及预定全年者。请迳函南京城北蓁巷钟山书局可也。民国二十二年八月一日学衡杂志社敬启。”

7月，白璧德在美国去世。

《学衡》第79期出版（封面时间为1933年7月，具体出版时间不明），此后永久停刊。

《学衡》第79期“通论”一栏刊有易峻《评文学革命与文学专制》一文，据编者识：“易君此文作于数年前”，该文是针对胡适刊于1929年9月10日《新月》第2卷6、7号合刊上的《新文化运动

---

① 吴宓：《吴宓日记》V，北京：三联书店，1998年，第91～92页。

与国民党》而发的，批驳了胡适在该文中所表现出来的“文学专制”倾向。易峻在文章开头即谓：“新旧文学之争。世间久已不论不议矣。”由此也可证，《学衡》对新文学的批评早已不能形成争论的局面。而《学衡》在此时过境迁之后，又刊登出这样一篇同样已失去时效性的文章，多少说明《学衡》对新文学运动的批评已是无的放矢。该文是《学衡》批评新文化—新文学运动的最后一篇文章。

《大公报·文学副刊》在1934年1月1日出了最后一期，随即停刊。

《学衡》的重要发起人梅光迪脱离《学衡》后，1930年代执教于哈佛时，曾用英文写下一篇文章，名为《人文主义与现代中国》，其中有言：“在《学衡》中人们看不到任何坚持不懈的尝试，编者们并没有像他们承诺的那样全面、深入地讨论这些难题。要研究、精选并阐明中国文化传统中所有具有重要意义的方面和问题需要大量的文献并付诸多年的努力；做到这一点，既有利于现代中国，也有利于整个现代世界。从事此项工作的学者和作家们也就必须比《学衡》的编者们拥有更广泛的知识层面和更具深度的思想。……”[①] 他把《学衡》的活动视为“中国的人文主义运动”，并且对此有着清醒的认识：“这样的一次运动没有引起广泛的注意，得到公平的待遇，在现今的状况下倒也不足为奇；因为它与中国思想界花了一代人的时间与努力想要建立和接受的东西完全背道而驰。……从一开始，这场运动就没能提出界定明确的议题。……《学

① 罗岗、陈春艳编：《梅光迪文录》，沈阳：辽宁教育出版社，2001年，第225页。

衡》的原则和观点给普通读者留下的印象是，它只模糊而狭隘地局限在一些仅供学术界闲时讨论的文哲问题上。”①

作为发起者的梅光迪对《学衡》如此评价，比《学衡》的论争对手们对它的评价，更加发人深思。

① 罗岗、陈春艳编：《梅光迪文录》，沈阳：辽宁教育出版社，2001 年，第 225～226 页。

参考文献

专著：

1. 吴宓：《吴宓日记》（Ⅰ－Ⅹ）（吴学昭整理注释），北京：三联书店，1998年。

2. 吴宓：《吴宓自编年谱》（吴学昭整理），北京：三联书店，1998年。

3. 吴宓：《吴宓诗集》，上海：中华书局，1935年。

4. 吴宓：《吴宓诗集》（吴学昭整理），北京：商务印书馆，2004年。

5. 吴宓：《吴宓诗及其诗话》（吕效祖主编），西安：陕西人民出版社，1992年。

6. 吴宓：《文学与人生》，北京：清华大学出版社，1993年。

7.《学衡》（期刊），上海：中华书局发行，1922～1933年。

8. 梅光迪：《梅光迪文录》（罗岗、陈春艳编），沈阳：辽宁教育出版社，2001年。

9. 梅光迪：《梅光迪文录》，台湾：中华丛书委员会，1956年。

10. 梅光迪：《梅光迪文录》，杭州：国立浙江大学出版部，1948年。

11. 梅光迪：《文学概论》（张其昀记），油印本。

12. 梅光迪：《梅光迪文存》（中华梅氏文化研究会编），武汉：华中师范大学出版社，2011年。

13. 胡先骕：《胡先骕文存》（上卷）（张大为等编），南昌：江西高校出版社，1995年。

14. 胡先骕：《胡先骕文存》（下卷）（张大为等编），南昌：江西高校出版社，1996年。

15. 胡先骕：《胡先骕先生诗集》，台湾中正大学校友会编印，1992年。

16. 胡宗刚：《胡先骕先生年谱长编》，南昌：江西教育出版社，2008年。

17. 徐震堮等译：《白璧德与人文主义》，上海：新月书店，1929年。

18. 柳诒徵：《中国文化史》（蔡尚思导读），上海：上海古籍出版社，2001年。

19. 柳诒徵：《柳诒徵说文化》，上海：上海古籍出版社，1999年。

20. 刘梦溪主编：《中国现代学术经典——鲁迅吴宓吴梅陈师曾卷》（陈平原等编校），石家庄：河北教育出版社，1996年。

21. 吴学昭：《吴宓与陈寅恪》，北京：清华大学出版社，1992年。

22. 孙尚扬、郭兰芳编：《国故新知论——学衡派文化论著辑要》，北京：中国广播电视出版社，1995年。

23. 梁启超：《清代学术概论》（朱维铮导读），上海：上海古籍出版社，2000年。

24. 徐葆耕编选：《会通派如是说：吴宓集》，上海：上海文艺出版社，1998年。

25. 郑振铎编选：《中国新文学大系·文学论争集》，上海：上海文艺出版社影印，2003年。

26. 何世进、于奇智：《吴宓的情感世界》，广州：广东人民出版社，2001年。

27. 王泉根主编：《多维视野中的吴宓》，重庆：重庆出版社，2001年。

28. 李继凯、刘瑞春选编：《追忆吴宓》，北京：社会科学文献出版社，2001年。

29. 北塔：《情痴诗僧吴宓传》，北京：团结出版社，2000年。

30. 沈卫威：《回眸“学衡派”——文化保守主义的现代命运》，北京：人民文学出版社，1999年。

31. 沈卫威:《吴宓与〈学衡〉》，开封：河南大学出版社，2000年。

32. 沈卫威:《情僧苦行：吴宓传》，北京：东方出版社，2000年。

33. 张弘:《吴宓：理想的使者》，北京：文津出版社，2005年。

34. 李赋宁等编:《第一届吴宓学术讨论会论文选集》，西安：陕西人民教育出版社，1992年。

35. 李赋宁等编:《第二届吴宓学术讨论会论文选集》，西安：陕西人民教育出版社，1994年。

36. 黄世坦编:《回忆吴宓先生》，西安：陕西人民出版社，1990年。

37. 周阳山编:《五四与中国》，台湾时报文化出版事业有限公司，1981年。

38. 鲁迅:《鲁迅全集》，北京：人民文学出版社，1981年。

39. 唐德刚:《胡适杂忆》，台湾传记文学出版社，1980年。

40. 胡适:《胡适口述自传》(唐德刚译)，台湾传记文学出版社，1981年。

41. 胡适:《胡适全集》，合肥：安徽教育出版社，2003年。

42. 杜春和、韩荣芳、耿来金编:《胡适论学往来书信选》，石家庄：河北人民出版社，1998年。

43. 陈金淦编:《胡适研究资料》，北京：北京十月文艺出版社，1989年。

44. 周作人:《苦茶随笔》，石家庄：河北教育出版社，2002年。

45. 陈子善、张铁荣编:《周作人集外文》，海口：海南国际新闻出版中心，1995年。

46. 唐德刚:《晚清七十年》，台湾远流出版事业公司，1998年。

47. 余英时:《士与中国文化》，上海：上海人民出版社，1987年。

48. 余英时:《现代危机与思想人物》，北京：三联书店，2005年。

49. 余英时:《现代儒学的回顾与展望》，北京：三联书店，2004年。

50. 汤一介编:《国故新知：中国传统文化的再诠释》，北京：北京大学出版社，1993年。

51. 石霓:《观念与悲剧——晚清留美幼童命运剖析》，上海：上海人民出版社，2000年。

52. 郑春：《留学背景与中国现代文学》，济南：山东教育出版社，2002年。

53. 李喜所、刘集林：《近代中国的留美教育》，天津：天津古籍出版社，2000年。

54. 李喜所：《近代中国的留学生》，北京：人民出版社，1987年。

55. 李喜所：《近代留学生与中外文化》，天津：天津人民出版社，1992年。

56. 容闳：《我在美国和中国生活的追忆》（王蓁译），北京：中华书局，1991年。

57. 钱刚、胡劲草：《留美幼童：中国最早的官派留学生》，上海：文汇出版社，2004年。

58. 刘禾：《跨语际实践：文学，民族文化与被译介的现代性（中国1900—1937）》（宋伟杰等译），北京：三联书店，2002年。

59. 汪晖：《现代中国思想的兴起》，北京：三联书店，2004年。

60. 罗钢：《历史汇流中的抉择：中国现代文艺思想家与西方文学理论》，北京：中国社会科学出版社，1993年。

61. 王富仁：《中国文化的守夜人——鲁迅》，北京：人民文学出版社，2002年。

62. 王富仁：《中国的文艺复兴》，桂林：广西师范大学出版社，2003年。

63. 王富仁：《中国现代文化指掌图》，北京：人民文学出版社，2004年。

64. 钟叔河：《走向世界：近代中国知识分子考察西方的历史》，北京：中华书局，2000年。

65. 郑师渠：《近代中西文化论争的反思》，北京：高等教育出版社，1991年。

66. 郑师渠：《在欧化与国粹之间：学衡派文化思想研究》，北京：北京师范大学出版社，2001年。

67. 郑师渠：《晚清国粹派：文化思想研究》，北京：北京师范大学出版社，1997年。

68. 钱满素：《爱默生和中国——对个人主义的反思》，北京：三联书店，1996年。

69. 王岳川：《后殖民主义与新历史主义文论》，济南：山东教育出版社，2002年。

70. 沈松侨：《学衡派与五四时期的反新文化运动》，台湾大学出版委员会，1984年。

71. 高恒文：《东南大学与“学衡派”》，桂林：广西师范大学出版社，2002年。

72. 段怀清：《白璧德与中国文化》，北京：首都师范大学出版社，2006年。

73. 〔英〕温彻斯特：《文学批评之原理》（景昌极、钱堃新译，梅光迪校），上海：商务印书馆，1923年。

74. 柏拉图：《柏拉图对话集》（王太庆译），北京：商务印书馆，2004年。

75. 柏拉图：《理想国》（郭斌和、张竹明译），北京：商务印书馆，1997年。

76. 亚里士多德：《诗学》（陈中梅译），北京：商务印书馆，1999年。

77. 〔英〕马修·阿诺德：《文化与无政府状态》（韩敏中译），北京：三联书店，2002年。

78. 〔美〕白璧德：《法国现代批判大师》（孙宜学译），桂林：广西师范大学出版社，2002年。

79. 〔美〕白璧德：《卢梭与浪漫主义》（孙宜学译），石家庄：河北教育出版社，2003年。

80. 〔美〕白璧德：《文学与美国的大学》（张沛、张源译），北京：北京大学出版社，2004年。

81. 〔美〕费正清、刘广京：《剑桥中国晚清史》，北京：中国社会科学出版社，1993年。

82.〔美〕费正清、费维恺：《剑桥中华民国史》，北京：中国社会科学出版社，1994年。

83.〔美〕艾恺：《世界范围内的反现代化思潮》，贵阳：贵州人民出版社，1991年。

84.〔美〕施瓦支：《中国的启蒙运动：知识分子与五四运动》（李国英等译），太原：山西人民出版社，1989年。

85.〔美〕尼斯贝：《保守主义》（邱辛晔译），台北：桂冠透视公司，1992年。

86.〔英〕塞西尔：《保守主义》（杜汝辑译），北京：商务印书馆，1986年。

87.〔德〕卡尔·曼海姆：《保守主义》（李朝晖、牟建军译），南京：译林出版社，2002年。

88.〔德〕诺贝特·埃利亚斯：《文明的进程》（王佩莉译），北京：三联书店，1998～1999年。

89.〔美〕T. S. 艾略特：《艾略特文学论文集》（李赋宁译注），南昌：百花洲文艺出版社，1994年。

90.〔美〕费正清：《美国与中国》（孙瑞芹、陈泽宪译），北京：商务印书馆，1973年。

91.〔斯洛伐克〕玛利安·高利克：《中国现代文学批评发生史》（陈圣生等译），北京：社会科学文献出版社，2000年。

92.〔美〕帕灵顿：《美国思想史》（陈永国等译），长春：吉林人民出版社，2002年。

93.〔美〕H·S·康马杰：《美国精神》（南木等译），北京：光明日报出版社，1988年。

94.〔美〕爱德华·W·萨义德：《知识分子论》（单德兴译、陆建德校），北京：三联书店，2002年。

95.〔美〕杰罗姆·B·格里德尔：《知识分子与现代中国》（单正平译），天津：南开大学出版社，2002年。

96.〔波兰〕弗·兹纳涅茨基：《知识人的社会角色》（郑斌祥译、郑也夫校），南京：译林出版社，2002年。

97.〔美〕雅克·巴尊：《古典的、浪漫的、现代的》（侯蓓译、何念校），南京：江苏教育出版社，2005年。

98.〔英〕阿伦·布洛克：《西方人文主义传统》（董乐山译），北京：三联书店，1998年。

99. 美国《人文》杂志社、三联书店编辑部编：《人文主义：全盘反思》（多人译），北京：三联书店，2003年。

100.〔美〕哈罗德·伊罗生（Harold R. Isaacs）：《美国的中国形象》（于殿利、陆日宇译），北京：中华书局，2006年。

101.〔英〕罗伯茨（J. A. Roberts）：《十九世纪西方人眼中的中国》（蒋重跃、刘林海译），北京：中华书局，2006年。

博士论文（论文来源：国家图书馆博士论文库）：

1.〔韩〕李泰俊：《学衡派与五四新文学运动》，钱谷融指导，华东师大中文系中国现代文学，1998年。

2. 段怀清：《新人文主义：美国与中国：欧文·白璧德与〈学衡〉派知识分子群研究》，陈思和指导，复旦大学中文系中国现当代文学，1999年。

3. 周云：《学衡派思想研究》，魏宏运指导，南开大学历史学系中国现代史，2000年。

4. 张萍萍：《论〈学衡〉》，孔范今指导，山东大学中文系中国现当代文学，2002年。

研究论文：

1. 查国华、蒋心焕：《谈“学衡派”》，《山东师范大学学报》，1979年第2期。

2. 张宪文：《学衡派浅析》，《江西社会科学》，1982 年第 4 期。

3. 乐黛云：《世界文化对话中的现代保守主义》，《中国文化》，1989 年创刊号。

4. 王泉根：《吴宓主编〈学衡〉杂志的初步考察》，《西南师范大学学报》（人文社会科学版），1990 年第 4 期。

5. 王泉根：《吴宓年表》，《文教资料》，1991 年第 5 期。

6. 王泉根：《吴宓主要著译目录》，《文教资料》，1991 年第 5 期。

7. 黄兴涛：《论现代中国的文化保守主义者梅光迪》，《北京师范大学学报》（社会科学版），1991 年第 4 期。

8. 旷新年：《学衡派与现代中国文化》，《中国文化研究》，1994 年第 4 期。

9. 旷新年：《学衡派与新人文主义》，《北京大学学报》（哲社版），1994 年第 6 期。

10. 张文建：《学衡派的中西文化融贯说》，《探索与争鸣》，1995 年第 11 期。

11. 徐传礼：《关于学衡派与新青年派论争的再认识》，《中国现代文学研究丛刊》，1995 年第 3 期。

12. 魏建、贾振勇：《“学衡派”再评价》，《文学评论》，1995 年第 4 期。

13. 徐葆耕：《吴宓与会通派》，《清华大学学报》（哲学社会科学版），1995 年第 4 期。

14. 陈厚诚：《学衡派文学批评与新人文主义》，《社会科学研究》，1996 年第 5 期。

15. 韩星：《胡适与吴宓在新文学运动中的文学观比较》，《唐都学刊》，1996 年第 3 期。

16. 谭桂林：《近年来对学衡派的重估倾向》，《鲁迅研究月刊》，1997 年第 2 期。

17. 郑师渠：《新人文主义与胡先骕的教育思想》，《江西社会科学》，1996 年第 1 期。

18. 郑师渠：《“古今事无殊，东西迹岂两”——论学衡派的文化观》，《近代史研究》，1998 年第 4 期。

19. 郑师渠：《论学衡派的教育思想》，《北京师范大学学报》（人文社会科学版），2000 年第 3 期。

20. 王本朝：《吴宓与现代知识分子的生存空间》，《红岩》，1998 年第 1 期。

21. 王泉根：《孤守人文精神的智者：吴宓与中国文化》，《红岩》，1998 年第 2 期。

22. 李怡：《论“学衡派”与五四新文化运动》，《中国社会科学》，1998 年第 6 期。

23. 李怡：《无法圆满的悲剧——我看吴宓及其文化理想》，《西南师范大学学报》（人文社会科学版），2000 年第 5 期。

24. 孙福万：《关于中西文化辩证关系的思考——从“体用说”到“融贯说”》，《北京教育学院学报》，1999 年第 3 期。

25. 段国超：《鲁迅对〈学衡〉和吴宓的批评——兼谈吴宓研究》，《达县师范高等专科学校学报》（社会科学版），1999 年 3 月。

26. 欧阳军喜：《论学衡派对新文化运动的批评》，《清华大学学报》（哲学社会科学版），1999 年第 3 期。

27. 龙文茂：《融通中西、贯概古今——学衡派文化观念评述》，《首都师范大学学报》（社会科学版），1999 年第 1 期。

28. 龙文懋：《文字、文学与文化——学衡派论新文化运动》，《学术月刊》，1999 年第 7 期。

29. 卢毅：《世纪回眸——中国近现代文化保守主义的嬗变与传承》，《东南学术》，2000 年第 2 期。

30. 陈蔚萱：《新人文主义与五四文化》，《文艺研究》，2000 年第 5 期。

31. 段怀清：《梅光迪的人文思想与人文批评》，《浙江大学学报》（人文社会科学版），2000 年第 1 期。

32. 高玉：《论学衡派作为理性保守主义的现代品格》，《天津社会科学》，

2001年第2期。

33. 高恒文：《“学衡派”与20年代的国学研究》，《中国现代文学研究丛刊》，2001年第3期。

34. 张贺敏：《学衡派与吴宓研究70年》，《西南师范大学学报》（人文社会科学版），2001年第3期。

35. 李怡：《中国“反现代性”思潮：世界意义的保守主义?》，《西南师范大学学报》（人文社会科学版），2002年第2期。

36. 胡其柱：《吴宓与〈学衡〉》，《贵州文史丛刊》，2002年第2期。

37. 李刚、倪波：《〈学衡〉创刊与出版始末》，《新世纪图书馆》，2003年第3期。

38. 周云：《论学衡派的文化建设方案》，《天津社会科学》，2003年第2期。

39. 高恒文：《“学衡派”对唯科学主义的批评》，《天津师范大学学报》（社会科学版），2003年第6期。

40. 朱寿桐：《欧文·白璧德在中国现代文化建构中的宿命角色》，《外国文学评论》，2003年第2期。

41. 韩星：《学衡派对儒学的现代诠释和转换》，《唐都学刊》，2003年第2期。

42. 沈卫威：《现代中国的人文主义思潮导论——以“学衡派”为中心》，《文艺研究》，2004年第1期。

43. 蒋书丽：《学衡派和新文化派的错位论争》，《人文杂志》，2004年第6期。

44. 郑大华：《重评学衡派对五四新文化运动的批评》，《广州大学学报》，2005年第1期。

45. 沈卫威：《作为文化保守主义批评家的胡先骕》，《江西社会科学》，2005年第3期。

46. 贾振勇：《世纪回眸——论五四文化保守主义者的文化关怀》，《淄博学院学报》（社会科学版），2000年第3期。

47. 王富仁：《中国新古典主义文学论》，《天津社会科学》，1998年第3、4期。

48. 王富仁：《“新国学”论纲》，《社会科学战线》，2005年第1～3期。

外文书目：

1. Irving Babbitt：*Character & Culture：essays on East and West*，New Brunswick，U. S. A，Transaction Publishers，1995.

2. Irving Babbitt：*Rousseau and Romanticism*，New Brunswick，U. S. A，Transaction Publishers，1991.

3. Irving Babbitt：*The master of modern French criticism*，New York，Noonday Press，1963.

4. Irving Babbitt：*On being creative/and other essays*，Boston and New York，Houghton Mifflin Company，1932.

5. Stephen C. Brennan and Stephen R. Yarbrough：*Irving Babbitt*，Boston，Twayne Publishers，1987.

6. Ryn，Claes G.：*Will，imagination and reason：Irving Babbitt and the problem of reality*，Chicago，Regnery Books，1986.

写在周佩瑶论“学衡派”后面

王得后

这部著作是佩瑶六年前的博士论文，经过五年的推敲和磨砺，终于成书问世，我为她高兴，也为鲁迅研究加入年轻的学者庆幸。六年前我有幸参与这篇论文的匿名评审，随后又忝为评委，不仅得以先睹为快，尤其得以听到诸位评委的评论，和她的导师王富仁教授的总结。我认为，这是一篇堪称优秀的博士论文。

当正式出版之际，佩瑶希望我写一篇“序言”，我欣欣然之外，很是踌躇。考虑再三，先和富仁兄商量，再和作者沟通，决定请她的导师写一篇大序，我写篇读后感，夸大一点说，就是“后序”。富仁兄知我谅我，慷慨俯允；佩瑶也开怀大笑，不亦乐乎。我于是请佩瑶把书稿的电子版发给我，我好把字放大，再拜读一遍。子曰:“温故而知新”，不“温故”是无从着笔的。

花了近一个月，当年的好感复活并更加浓烈起来了。

如今的博士论文，是有一套规范的。评审也有一套规范。“评议”规范印在《专家评议书》上，形同填空题。比如：

一、论文选题及研究成果的理论意义及应用价值，论文的结论是否正确，研究成果有无创造性；

二、申请人对本研究领域文献资料的掌握程度，论文的写作水平及表现出的学风；

三、质询申请人的问题，请务必写明是否同意该学位论文进行答辩。

而其中的“应用价值”，在文学论文，尽管是博士的论文，实在难以证实吧？鲁迅青年时期就认为：“故文章之于人生，其为用决不次于衣食，宫室，宗教，道德。盖缘人在两间，必有时自觉以勤劬，有时丧我而惝恍，时必致力于善生，时必并忘其善生之事而入于醇乐，时或活动于现实之区，时或神驰于理想之域；苟致力于其偏，是谓之不具足。严冬永留，春气不至，生其躯壳，死其精魂，其人虽生，而人生之道失。文章不用之用，其在斯乎？”到中年，回忆说：“我们在日本留学时候，有一种茫漠的希望：以为文艺是可以转移性情，改造社会的。”可见这种功用，是“转移性情”之属：“文艺是国民精神所发的火光，同时也是引导国民精神的前途的灯火。”“中国现在的社会情状，止有实地的革命战争，一首诗吓不走孙传芳，一炮就把孙传芳轰走了。自然也有人以为文学于革命是有伟力的，但我个人总觉得怀疑，文学总是一种余裕的产物，可以表示一民族的文化，倒是真的。”那么，文学，文学研究，也就是我们今天常说的“软实力”。有如《诗经》所吟唱：“蒹葭苍苍，白露为霜。所谓伊人，在水一方。溯洄从之，道阻且长。溯游从之，宛在水中央。”可想而不可即也。何况“十年树木，百年树人”！不仅时程长，而且效应复杂。今天距鲁迅最早写的论文，已经超过百年，固然有信奉的人，多多少少、深深浅浅实践的人，但诟病与攻击的又何尝少呢？要衡量鲁迅著作的“应用价值”，怎么定论呢？鲁迅尚且如此，遑论当今的一介博士？

至于“结论是否正确”，更是天方夜谭。鲁迅有言：“文学的理论不像算学，二二一定得四，所以议论很纷歧。”最鲜明的例证是关于《红楼梦》的命意。鲁迅指出：“《红楼梦》是中国许多人所知道，至少，是知道这名目的书。谁是作者和续者姑且勿论，单是命意，就因读者的眼光而有种种：经学家看见《易》，道学家看见淫，才子看见缠绵，革命家看见排满，流言家看见宫闱秘事……。在我的眼下的宝玉，却看见他看见许多死亡；证成多所爱者，当大苦恼，因为世上，不幸人多。惟憎人者，幸灾乐祸，于一生中，得小欢喜，少有罣碍。然而憎人却不过是爱人者的败亡的逃路，与宝玉之终于出家，同一小器。但在作《红楼梦》时的思想，大约也止能如此；即使出于续作，想来未必与作者本意大相悬殊。惟被了大红猩猩毡斗篷来拜他的父亲，却令人觉得诧异。”像我这样的后死者更知道：无产阶级革命家看见阶级斗争！哪一个正确呢？“公说公有理婆说婆有理”吧？但我们中国的特色，是任何一个问题，都讲究唯一的正确的“标准答案”，从小学开始就给予“标准答案”的教化，而大凡出现一个“我说了算”的人物，“标准答案”是变动不居的：哪一个“正确”呢？“不争论”吗？其实就是一种无言有行的“争论”。还是让博士们畅所欲言，不顾忌“正确”与否好吧？

先师王瑶先生教我写论文，说：写论文与写专著不同。论文是独立成篇的。有三种情形。人云亦云的不能写，也不要写；

要有新意，要能够自圆其说；力求得到公认，这非常之难，是最高的追求。

佩瑶的论文，当年不仅做到了“自圆其说”，而且获得了匿名评审专家的一致肯定，和评委们的认同。我想，这是她下了真功夫，认真通读了《学衡》的全部作品，编辑了主要撰稿者的作品目录，考订了它的主要发起人的简要生平，以及《学衡》出世与终结的全过程。自然，并且梳理了当时它对于新文学的批评以及新文学倡导者对它的反驳与不屑。资料充分而翔实，经得起人们复核。资料是论文及著作的基石。地基深厚而坚固，大厦也就成功了一半了。

我看重并喜欢的是佩瑶问答了应该回答的问题：即：是什么或有什么？是怎样的？为什么是这样的？要论“学衡派”，首先是“谁是《学衡派》？”这自然离不开《学衡》这刊物。但在《学衡》上发表文章的就是“学衡派”吗？即使一个同仁刊物，“同仁”未必完全“同心”。诚如论文所说：“同一社团之内的人，其思想倾向和文化主张并非必定一致。”当流派研究风行的时候，一个流派的领军作家，有一个精妙的比喻，说文学流派，不是豆荚，粒粒都是同样的豆子。其次是它的宗旨，它的主张。再次，它为什么提出这样的“宗旨”，这样的“主张”？

这是一个“元问题”，起始的问题。即如“鲁迅”，对鲁迅研究来说就是一个“元问题”。“谁是鲁迅？”“鲁迅是怎样的一个人（或作家或思想家或革命家）？”“鲁迅为什么是这样的？”又如“鲁迅思想”，也是一个“元问题”。“什么是鲁迅思想？”“鲁迅有什么思想？”“鲁迅思想是怎样的思想？”“鲁迅思想为什么是这样的？”我读到的不少博士论文，往往忽略了“元问题”。因为

“元问题” 往往给人“耳熟能详”，“不言而喻” 的印象， 似乎约定俗成了， 似乎无须探究， 无须论说， 无须界定。 实际不然。大量“元问题” 被“不言而喻” 遮蔽掉了。 习惯成自然， 人云亦云， 想当然耳。 佩瑶把这些思维逻辑所要求的问题， 一一研究清楚了， 论述清楚了， 在她自己的思想中。

佩瑶论“学衡派”， 完全不囿于新文学倡导者的批评。 她根据事实梳理了双方的“异” 与“同”， 证明“学衡派” 希望建设自己的“新” 文化， 指出它有“以中国文化与西方文化相互印证， 并反过来自觉以中国文化来阐释西方文化的做法， 则是‘学衡派’ 的鲜明特点”， 不增恶， 不虚美， 肯定他们对“新” 文化作出的贡献。 这是非常难能可贵的研究与结论。 看来他们的根本分歧， 似乎可以概括为“人文主义者－圣人” 与“人道主义者－文学革命者” 的分歧。 前者止于“个人” 的“道德自我完善”； 后者追求每个人的个性解放， 消除人与人之间的剥削、 压迫、 歧视、 侮辱。 前者尊崇传统文化； 后者否定传统中的主流的“正统” 文化， 要建设新文化。 前者尊崇“圣人之道”； 后者否定古旧的道德， 要建设新道德。 幸呢， 还是不幸呢？ 由历史所昭示： 文化是变动不居的。 正如鲁迅所说：“文化的改革如长江大河的流行， 无法遏止， 假使能够遏止， 那就成为死水， 纵不干涸， 也必腐败的。 当然， 在流行时， 倘无弊害， 岂不更是非常之好？ 然而在实际上， 却断没有这样的事。 回复故道的事是没有的， 一定有迁移； 维持现状的事也是没有的， 一定有改变。有百利而无一害的事也是没有的， 只可权大小。” 即如语言的变化， 汉字字体的变迁， 凡是读书人都看到的， 都知道的， 谁也没有伟力能够做一个现代的秦始皇实行“书同文” 而回到甲骨文；

哪怕秦始皇，他的“书同文”，也不过把六国不同的篆书“同”于秦篆而已矣！“圣人”们明察秋毫之末而不见舆薪，这也是人间“无事的悲剧”吧？

现在佩瑶将她认真修订的论文出版，我可以放心说一点她的这一著作留下的缺失。她未能进一步追问：“学衡派”尊崇的“孔子、柏拉图、亚里士多德等中西大哲圣贤的‘圣道’，即‘圣人之道’”是什么道？是怎样的道？它的根本特质是什么？它的根本价值观及价值取向是怎样的？古希腊大哲圣贤姑不论，只说孔子。孔子和他之徒的“圣道”，即“儒道”根本价值观及其取向是什么呢？《论语》记录的，“子曰：‘夫召我者，而岂徒哉？如有用我者，吾其为东周乎’！”孔子志在从政，志在复兴“东周”，恐怕是不刊的事实吧？那么，他的“为政以德，譬如北辰，居其所而众星共之”，恐怕是一个纲领，一个宣言吧？那么，孔子的“德政”是什么呢？还是《论语》记录的：“齐景公问政于孔子。孔子对曰：‘君君、臣臣、父父、子子。’公曰：‘善哉！信如君不君、臣不臣、父不父、子不子，虽有粟，吾得而食诸？’”何等生动！何等贴心！何等会意的一次君王和他的政治老师的对话啊！鲁迅论曰：“不错，孔夫子曾经计划过出色的治国的方法，但那都是为了治民众者，即权势者设想的方法，为民众本身的，却一点也没有。这就是‘礼不下庶人’。成为权势者们的圣人，终于变了‘敲门砖’，实在也叫不得冤枉。”当今明明暗暗为孔子鸣冤的学者，对于夫子的这一设计，又有什么心得呢？倘若学一个孟夫子的“王顾左右而言他”，恐怕不过“圣之时也”之徒而已矣。

再加上《论语》记录的孔子说到的和没说而实做的，对于

“女子”的看法，认为在孔子的思想中，男女是不平等的，女子是从属于男子的，也不能喊冤吧？那么，孔子弟子，写入儒家经典的“君为臣纲。父为子纲。夫为妻纲”，恐怕是儒家的根本特质吧？不信？忘记了？那么，请读儒家《十三经》中的一经《礼记》中的一段经，是这样的：

> 圣人南面而治天下，必自人道始矣。立权度量、考文章、改正朔、易服色、殊徽号、异器械、别衣服，此其所得与民变革者也。其不可得变革者则有矣，亲亲也、尊尊也、长长也、男女有别，此其不可得与民变革者也。（《礼记·大传第十六》，见中华书局影印《十三经注疏》下册第278页）

我想：“亲亲”、“尊尊”、“长长”、“男女有别”，就是孔子一孔子的“圣人之道”的纲领，根本特质，基本原则，根本价值观。只有问一个什么是“圣人之道”，才能看清楚“学衡派”的“自我完善”的“道德”的内涵，根本特质，才能明白“学衡派”与“文学革命者”的不能相容的根源。但是“道德”和“道德”的“自我完善”，是不能看出有什么区别的。甚至看到的是他们之间的“同”，而非“异”。盖凡一个真知识者而不是“伪士”（鲁迅语），都会重视道德，认真“自我完善”的。不幸，道德是极其多元，极其复杂的。时代不同，道德不同；性别不同，道德不同；群体，尤其是民族不同，道德也不尽相同。

最后，想说一句废话。一个人，更别说一个派，思想是多种多样的，是复杂的，乃至可以说是丰富的，如果不从根本特质着眼，不聚焦于根本价值观及价值取向，举其一端，大加渲染，孔子无疑也可以是今天的圣人:《论语》的第一章第一句，“子曰:‘学而时习之，不亦说乎？有朋自远方来，不亦乐乎？人不知，而不愠，不亦君子乎’？”说得多好啊!

二〇一三年一月十三日

后　记

自2007年夏天毕业后，博士论文便被我搁置一旁。新的身份，新的生活，让我有些茫然失措。当了20多年的学生，突然变成老师了，至今还是战战兢兢，不能从容应对。每一学期的课都让我紧张，许多的时间无声消逝于备课、上课的往复循环中；总有太多的书还没有看，有太多的想法需要逐一去验证，却又不断地质疑着自己的一些想法或所谓发现，轻易不敢下笔成文。在一个数字化生存的环境中，没有文章的数量累积，似乎便有点名不正言不顺了。眼看我工作两三年后依然没有发表文章，我的导师王富仁老师终于忍不住提醒我可以把毕业论文进行拆解。拆解出两篇文章发表后，又是继续闲置。其间我几次回京，看望王得后老师时，得后老师总鼓励我将毕业论文出版，而我始终因信心不足，以各种借口推脱。

2011年秋天，我在北京的朋友老挺和铛铛突然跟我提起论文出版的事，并向我推荐了福建教育出版社，我对福建教育出版社向来怀有亲切的好感——最主要的原因是我所敬重的两位王老师都在这里出过书，于是答应了由老挺和铛铛先替我联系。很快，接到出版社林冠珍女士的回函，确定选题通过；我惊喜参半，觉得这下要被推出去了，心里有点恐慌，真要把这不成熟的单薄论文付印吗？11月份回京，拜访得后老师时，他再次问起我毕业论文的事情，得知我正在跟福建教育出版社联系，得后老师很高兴，在眼力已经严重弱化的情况下亲自写信向福建教育出版社介绍我的论文，让我感动之余更是愧疚有加。

尽管有朋友的支持，有得后老师的帮助，我还是不断拖延，迟迟不敢把稿子交给出版社。2012年春节，给王富仁老师拜年时提起这个事情，惴惴不安地问王老师能否给写个序，王老师当即答应，但建议我先找得后老师写——因为得后老师是我的论文答辩委员会主席，并且一直关心着我的成长。其时我心里尚未真正决定把论文交出去，并且知道得后老师眼疾越来越严重，阅读和写字都相当吃力，也就没有向他提出请求。

10月中旬接到林冠珍女士的“最后通牒”时，我才决定不再纠结，就把这书稿交出去吧。同时，为了平息内心的不安和愧疚，我决定不去麻烦二位王老师重新审阅我的论文和写序，论文的写作和答辩过程中，他们已经给了我很多宝贵的意见，实在不应该再烦劳他们费时间来重看我这依然不成熟的论文。临近出版，终于还是应编辑要求，向两位王老师求序，蒙两位老师不弃，欣然赐序，让我既高兴又不安，如此不成熟的文章，却能得到两位老师的一再鼓励，我生何幸！

我想，这论文称不上所谓个人的学术成就，它只是我开始接近现代文学、现代知识分子的一个印记，是我读博阶段中从对知识分子身份的困惑出发，尝试着通过探究“学衡派”这些学院派知识分子在现代文化中的命运，来为自我的身份选择提供借鉴。

“学衡派”的文化成就至今仍是一个见仁见智的问题，对我而言，他们的价值，在于他们的文化选择和身份定位与他们命运的关系，能为我这样学院化生存的知识人提供一定的思考空间。尽管我并未深入所谓的学术界，但我知道，在当下的社会中，中国知识分子很容易走向身份迷失。而对于知识分子而言，身份即是命运。

论文能够出版，要感谢我的朋友老挺和铛铛，他们在刚为人父母的一片忙乱之中，还记挂着我，并把我推到刀尖上，若非他俩“多管闲事”，我的论文多半还会继续在书架上安睡。

还要感谢福建教育出版社能够出版这样一本非常不“市场化”的小书，感谢素未谋面的林冠珍女士对我的耐心等待，她一再容忍了我的拖沓，让我见识到了一个出版人的雅量。还有苏碧铨女士，她很年轻，但她认真踏实的敬业精神屡屡让我感动。因为她们，我不禁要暗自得意自己的好运气。

另有一些人，是我默默铭记着的，他们是我生命中的温暖和力量，对他们，我不言谢。

周佩瑶

2013 年 3 月 2 日于广州市华南师范大学